rororo

rororo

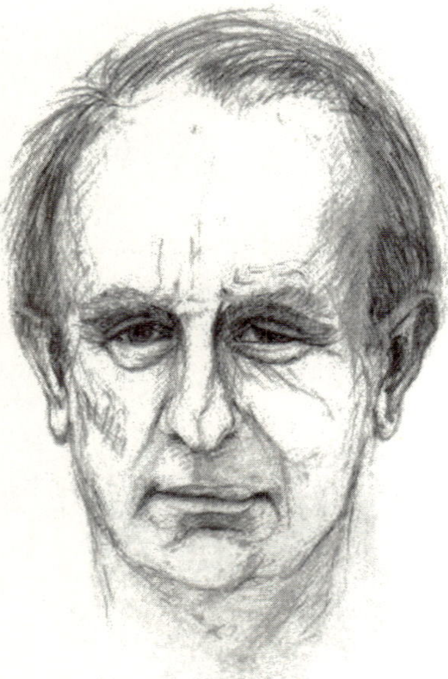

Rolf Hochhuth

Julia
oder Der Weg zur Macht

Erzählung

Mit einem Essay von Heinrich Schlange-Schöningen

Rowohlt Taschenbuch Verlag

Veröffentlicht im Rowohlt Taschenbuch Verlag,
Reinbek bei Hamburg, Mai 2012

Das Buch erschien zuerst 1994 bei Volk & Welt GmbH, Berlin
Umschlaggestaltung any.way, Walter Hellmann
(Titelzeichnung: © Fritz Hochhuth, Fotograf: Thomas M. Jauk)
Frontispiz Ursula Euler
Foto des Autors © ddp images / dapd / Michael Gottschalk
Satz Arno Pro OpenType (InDesign) bei
Dörlemann Satz, Lemförde
Druck und Bindung Druckerei C. H. Beck, Nördlingen
Printed in Germany
ISBN 978 3 499 25875 6

Inhalt

«Sobald die Frauen anfangen, uns Männern gleichgestellt zu werden, sind sie uns auch schon überlegen.»

CATO DER ÄLTERE, 195 V. CHR.

«Zur gleichen Zeit fand Julia den Tod, die Enkelin des Augustus, die dieser als des Ehebruchs überführt, verurteilt und auf der Insel Trimerus, nicht weit von der apulischen Küste, verbannt hatte. Dort hielt sie zwanzig Jahre in der Verbannung aus, auf die Unterstützung durch Livia angewiesen, die ihre Stiefkinder zuerst durch geheime Machenschaften aus dem Glück ins Verderben stürzte, dann aber ihr Mitleid mit den Unglücklichen offen zur Schau zu stellen pflegte.»

TACITUS, ETWA 110 – 120 N. CHR.

«Ich bedaure stets, daß unserer besseren Hälfte des menschlichen Geschlechts nicht mehr Einfluß auf die politischen Verhältnisse gestattet ist.»

OTTO VON BISMARCK, 1895

« Um die Frauen zu kennen, muß man sie als Schwiegermütter erlebt haben. »

Otto Flake, 1960

« Schon in Sallusts <Catilina> spielten römische Damen gesellschaftliche, politische Schlüsselrollen; weitere Fortschritte noch geschahen unter den Claudiern ... Mit im Zentrum stehen jederzeit die Frauen, Geliebten, Witwen, Mütter der Cäsaren; Archetypen insgesamt. Livia, die ewige Stiefmutter, den Blick auf ihren großen Hätschelhans, den Tiberius, gerichtet, ohne Liebe und Gnade für ihre Stiefkinder, die wahren Julier; nach des Sohnes Machtergreifung diskret aus dem Hintergrunde wirkend, majestätisch-sittenstreng zugleich und erzpolitisch und von unergründlicher Tücke. »

Golo Mann, 1976

« Die vollkommene Niedertracht kommt nur vor, wo eine Frau gegen eine Frau agiert. »

Martin Walser, 1993

Familienkriege

Fast immer betrügen alte Männer, wenn sie spät junge Frauen geheiratet haben, ihre Kinder aus früheren Ehen ums Erbe; oft auch noch deren Mütter. Ausnahmen bestätigen nur – so selten sind sie – die Regel. Je größer das Erbe – je häufiger der Betrug. Daß zahllose Töchter und Söhne der Inhaber bedeutender Firmen später Vater oder Stiefgeschwister verklagen müssen, beweist, daß unter der Sonne nichts Neues geschieht. Denn so alt wie die Bibel und wie jedes andere Geschichtsbuch ist diese Erfahrung: Ging es vor Zeiten um die Vererbung ganzer Königreiche, so heute um bürgerliche Vermögen – ob das nun Fabriken sind oder Bauerngärten oder nur Bilder und Möbel. Auch übergehen oft sogar jene Väter ihre Kinder, die später mit Frauen verheiratet sind, die ihnen keinen Erben geboren haben. So Kaiser Augustus. Livia, von der wir hier erzählen werden, hat als seine dritte Frau kein Kind geboren, jedoch alle seine Nachkommen entrechtet, um *ihren,* nicht von Augustus, sondern aus ihrer ersten Ehe stammenden Sohn Tiberius auf den Thron zu bringen. Und Augustus sah dem zu ... ja, half ihr dabei!

Vermutlich ist die tiefste Ursache der Unmoral des Alten

eine erotische. Kam die oft viel jüngere Partnerin bei ihrem alten Mann im Bett nicht mehr auf ihre Kosten – um so mehr dann bei seinen Konten. Und selbst dort, wo die Frau an Sexualität nicht mehr interessiert ist, was oft ihr Mann verschuldet, nimmt das ihm nicht das Gefühl, ihr zu wenig geboten zu haben. Entschlossene Frauen beugen vor, wenn Gefahr besteht, daß ihre Kinder zugunsten jüngerer Halbgeschwister entrechtet werden: So hat Olympias, die Mutter Alexanders des Großen, ihre Nachfolgerin und deren Sohn ermordet. Ja, vermutlich hat sie sogar auch schon den Mörder zu König Philipp gesandt, der sie wegen dieser sehr viel Jüngeren sitzengelassen hatte.

Gemordet wird heute nicht mehr oder nur spurlos. Heute wird enterbt, indem man – weil Enterben ungesetzlich ist und anfechtbar – wertvolle Konzerne so beizeiten verkauft, daß man den Erlös der zweiten oder dritten Partnerin ausliefern kann oder auch deren Kindern, was mit Bargeld, Gold und Aktien viel unauffälliger zu handhaben ist als mit Boden und Bauten. Stirbt dann der Alte, finden Kinder und Frauen aus früheren Verbindungen meist nur noch einen Korb Äpfel anstelle des Obstgartens vor, der ihnen zugestanden hätte ... So häufig das ist und so gleich im Endergebnis, so unterschiedlich sind die Wege und Umwege, dieses Unrecht zu praktizieren. Freilich darf darüber nicht vergessen werden, wie oft auch – umgekehrt – eine frühere Gattin und ihre Kinder eine späte, letzte Geliebte oder Ehefrau ihres von ihnen geschiedenen Mannes oder ihres Vaters ruchlos entrechten! So daß dann vielleicht jene Partnerin, die zuletzt vorwiegend nur noch die Pflegerin eines Alten an seinem jahrelangen Krankenlager war, nichts mehr erbt, sondern einem unversorgten Alter schon deshalb entgegenbangen muß, weil sie während ihrer späten Jahre nicht mehr berufstätig war, sondern erst die Freundin, dann aber die Diakonisse eines von seiner Familie verlassenen Mannes, um den sich seine Kinder nicht mehr kümmerten, weil sie sein Erbe schon an sich gerissen hatten …

Wir erzählen, wie entsetzlich einer schuldlos geschiedenen Frau und ihrer Tochter und deren fünf Kindern mitgespielt wurde von ihrer Nachfolgerin, die sogar zur Schwiegermutter der Tochter dieser «ausgeschiedenen» Vorgängerin geworden war und so auch zur Stiefgroßmutter der fünf Enkel.

Daß Livia – so hieß diese mörderische Erbschleicherin, die sechsundachtzig wurde – vor zweitausend Jahren als dritte Ehefrau ihres Mannes seine Erben aus zweiter Ehe, die mit ihr nicht blutsverwandt waren, ums Recht brachte, sogar ums Leben, manche auch «nur» – lebenslänglich – um ihre Freiheit, das nimmt dieser Erzählung nichts von ihrem Heutewert. Denn die Natur des Menschen *bleibt*! Und ist stärker als seine gesellschaftlichen, an die Zeit gebundenen und mit den Zeiten stromab gehenden Sitten und Einrichtungen. Der Trieb, sich anzueignen, was anderen gehört – ist jetzt nicht schwächer ausgeprägt als damals. Und nicht nur lernt man Ehepartner und sogar eigene Kinder bekanntlich erst während der Scheidung kennen und Geschwister erst beim Erben, sondern Menschen überhaupt erst im Krieg. Krieg ist aber immer – auch wenn kein Schuß fällt, sondern zum Beispiel geheiratet wird. Krieg zwar nicht ausschließlich. Und nicht stets obenauf, aber dann doch mindestens unten im Gefühlshaushalt. Ob nun – harmlose, zeitlose Vorfälle – nur ein sehr geliebter Sohn sich endgültig vom sehr geliebten Vater abnabelt oder eine Tochter ihrer Mutter aus dem Wege geht: Krieg als die Kehrseite der Harmonie lehrt sie uns als solche erst schätzen.

Niemand hat Lust – daher das auch niemand kann –, sich die Namen von Verwandten zu merken, die nicht die seinen sind. Wir stellen deshalb nur jene Gestalten aus den zwei sich einander zerfleischenden Familien, den Juliern und den Claudiern, vor, die man kennen muß, will man erfahren, was in den achtundfünfzig Jahren von 23 v. Chr. bis 36 n. Chr. im Hause des ersten und des zweiten römischen Kaisers, des Augustus und seines Stiefsohnes und Nachfolgers Tiberius, passiert ist; übrigens zur andauernden Mahnung, Monarchien nicht nachzutrauern.

Denn wenn auch die Ermordung amerikanischer Präsidenten viel häufiger zum Wechsel im Weißen Haus geführt hat, als Morde an Zaren in Petersburg den Regierungswechsel ausgelöst haben, so ist in der Demokratie doch stets nur *einer* «Kronprinz», also Vizepräsident. Nur einer kann fest damit rechnen, Nachfolger des Ermordeten zu werden. Während in Dynastien, fällt der Erbprinz aus, zahllose Familienmitglieder von Geburt eine Anwartschaft auf den Thron haben. Da außerdem der Monarch nicht wie der Präsident nur wenige Jahre seinen Nachfolgern im Wege ist, sondern solange er lebt: ist natürlich auch die Neigung derer, die nach der Krone greifen, ihm die Lebenszeit abzukürzen, viel ausgeprägter. Auch hassen Verwandte, sobald Rangfragen da sind, viel leidenschaftlicher einander, als Fremde einander verabscheuen ... Andererseits haben konstitutionelle

Monarchien einen sehr bedeutenden Vorteil für das Volk: Könige, die nicht vom Parlament gewählt werden und nicht nur wie Präsidenten zehn Jahre regieren dürfen, sind von den Parteien unabhängiger – während ein Präsident, will er gewählt werden, durchaus den Parteien nach dem Munde reden muß, sogar noch während seiner ersten Amtsperiode, weil er eine zweite sonst gar nicht erreicht. Es ist aber immer von Vorteil für jeden Staat, wenn zwischen seinem Volk und jenen, die es beherrschen, also den Parlamentariern, aus denen auch die Regierung sich zusammensetzt, noch eine dritte Institution existiert, die in ihrer Dauer vom Parlament nicht beschnitten werden kann. Allein *sie* kann folglich riskieren, zugunsten des mundtoten Volkes, gegen dessen Beherrscher: Regierung und Parlament – noch eine andere, eine oppositionelle Meinung öffentlich geltend zu machen. Ob ein *Monarch* nur eine schwache Persönlichkeit ist, hängt nicht vom Regierungschef ab, der es aber durchaus in der Hand hat, aus einem Schwächling – dann wird er von ihm in Ruhe gelassen – einen Präsidenten zu machen ... Demokratie ist nur, wo – wie in der Schweiz – das Volk auch in Einzelfragen das Referendum erzwingen kann. In Deutschland, wo Volksabstimmungen überhaupt nicht erlaubt sind, ist schon deshalb keine Demokratie, sondern Parteienherrschaft ...

Ein Kaiser überlebt vier Kronprinzen; als er stirbt, wird der fünfte enthauptet

Kaiser Augustus hat noch im gleichen Jahr, in dem seine zweite Frau ihm das einzige Kind zur Welt brachte, Julia, das er aus drei Ehen gehabt hat, diese vorbildliche Mutter seiner Tochter verstoßen, um wenige Wochen später Livia zu heiraten, die im sechsten Monat schwanger war – ob bereits von Augustus, ob noch von ihrem ersten Ehemann, weiß keiner. Dem hatte sie jedenfalls ihren ersten Sohn: Tiberius – geboren. *Ihn* zum Nachfolger des Augustus zu machen, durch Beseitigung Julias und der fünf Kaiser-Enkel: war denn auch ein halbes Jahrhundert lang das Bestreben dieser Livia. Und führte zum Ziel. Tiberius wurde 14 n. Chr. Kaiser und brachte im selben Jahr die Augustus-Tochter Julia um, die sogar einmal mit ihm zwangsverheiratet war, und ermordete auch noch deren letzten – von drei – Söhnen, der bereits seit sieben Jahren wegen «Unsittlichkeit und Aufsässigkeit» verbannt war. So wie die älteste Schwester dieser drei Jungen, die ebenfalls wie ihre Mutter Julia hieß, wegen «Ehebruch» schon seit sechs Jahren verbannt war und noch vierzehn Jahre bis zu ihrem Tode verbannt bleiben sollte, nach Hinrichtung ihres Ehemannes als Verschwörer. Und auch noch deren Schwester, das letzte in Rom lebende Kind des einzigen Kaiserkindes Julia: Agrippina I. – war bereits in Ungnade bei Tiberius und wurde alsbald mit ihrem ältesten Sohn lebenslänglich verbannt. Ihr Ältester starb zwei Jahre später den Hungertod, nur fünfundzwanzig Jahre «alt»; sein dann auch noch verbannter Bruder Drusus III. starb ihn zwei Jahre später, ebenfalls erst fünfundzwanzig. Den Hungertod der Mutter dieser beiden Verhungerten nannten Historiker dann einen «freiwilligen», obgleich diese bedeutende Enkeltochter des Augustus sich derart gegen ihre Deportation aus Rom zur Wehr setzte, körperlich, daß ihr dabei ein Auge ausgeschlagen wurde ... Diese drei in der Verbannung Verhungerten waren die Witwe und die ältesten Söhne des mit vierunddreißig Jahren im Orient vergifteten Germanicus gewesen, des populärsten Soldaten Roms, nach Cäsar und Agrippa, dem Schwiegervater des Germanicus. Der selbst noch gesagt hat, er sei vergiftet worden ... Daß ganz Rom davon überzeugt war – keineswegs nur Germanicus selber und seine Witwe –, dieser zu seiner Zeit beliebteste Feldherr Roms sei das Giftmord-Opfer des Kaisers Tiberius und seiner Mutter Livia, belegt die Tatsache, daß diese zwei nicht riskieren konnten, dem Staatsakt der Beisetzung der Asche des Germanicus beizuwohnen: Sie mußten fürchten, das Volk von Rom sei nicht zu bändigen und werde sie lynchen ...

Was wir untersuchen wollen: Warum Historiker, speziell deutsche, speziell jene des 19. Jahrhunderts – Mommsen-Epigonen allesamt – mit Leidenschaft Partei für jene Giftmischerin Livia und ihren Ältesten: den Thron-Usurpator Tiberius – ergreifen und sie von den Mordanklagen – ohne jeden Beweis – freisprechen, die ausnahmslos alle Zeitgenossen und antiken Historiker, die wir heute noch kennen, gegen Livia und ihren Ältesten gerichtet haben. Richten *mußten*! Weil in der Tat dies einzigartig ist in der gesamten Weltgeschichte: Daß einem Kaiser *fünf* Kronprinzen sterben, damit der von ihm gehaßte Stiefsohn Nachfolger werden kann! Starb Germanicus – der sechste dezidierte Kronprinz – «erst» vier Jahre nach dem Tode des Augustus, so waren schon zu Lebzeiten dem Kaiser seine zwei Schwiegersöhne Marcellus (mit neunzehn Jahren!) und Agrippa mit einundfünfzig und seine zwei Enkel, Lucius und Caius, binnen achtzehn Monaten, vierundzwanzig und zweiundzwanzig Jahre «alt», gestorben. Während der dritte und letzte vom Nachfolger Tiberius enthauptet wurde, bevor der neue Kaiser bekanntzugeben wagte, der alte sei tot. Und obwohl es – wie gesagt – keine anderen Herrscherfamilien irgendwo gegeben hat, seit die Welt sich dreht, in der dem Monarchen sechs Kronprinzen wegsterben – alle bis auf einen als Jünglinge, vier zu seinen Lebzeiten, der fünfte wenige Tage nach dem Tode dieses kaiserlichen Großvaters – *nachweislich* durch Enthauptung: beharren doch deutsche Nachschreiber der antiken Historiker darauf, es besser zu wissen als jene vor zweitausend Jahren, die Verleumder gewesen seien: Was sehr schwierig für die gewesen wäre! Unterstanden doch diese antiken Chronisten der Kontrolle, teilweise sogar jener Zeitgenossen, die noch Mithandelnde der Ereignisse gewesen waren, die sie in ihren Büchern schildern. Oder aber der Kontrolle anderer, heute verschollener römischer Historiker. Daß die zweitausend Jahre näher *dem* gewesen sind, was sie darstellen, kann das Rudel deutscher Mommsen-Nachschreiber in seiner pontifikalen Hochnasigkeit nicht beirren ... Wir untersuchen, *warum* sie zum Beispiel die Kaiserin Livia und ihren Ältesten, den Tiberius, so tugendhaft schildern, wie einer im 19. Jahrhundert hat sein müssen, wenn seine Biographie von den Schullehrern der Queen-Victoria-Epoche für tauglich befunden werden sollte, sogar für «die reifere Jugend bearbeitet» zu werden, wie das in solche Bücher hineingedruckt wurde. Warum die Historiker zum Beispiel den «so feinen Menschen» Tiberius gar mit Friedrich dem Großen vergleichen (Mommsen), obwohl er den vorletzten Urenkel, ein Kind, seines Vorgängers Augustus derartigen Hungerqualen unterwirft, daß der Fünfundzwanzigjährige, der sich nichts anderes hat zuschulden kommen lassen, als von Geburt ein potentieller Thronprätendent zu sein, daß er zuletzt seine Matratze «ißt»! Da das aber eine «Sudelei» ist, die sich nicht «gehört» in den Augen der glückverdummten Nachwelt: erwähnen die meisten, die seit 1800 n. Chr. über Tiberius schreiben, dies nicht einmal ...

Nicht nur Historiker – jedermann ist *anders* albern, vermutlich jedoch bei weitem nicht so sehr als Individuum wie als Zeitgenosse. Die unentbehrliche Einsicht Nietzsches: «Der Irrsinn ist bei Individuen etwas höchst Seltenes, aber in Völkern und Zeitaltern ist er *die Regel*!» – unterströmt unsere ganze Erzählung wie eine ebenfalls unentbehrliche Kloake eine Stadt und stinkt uns immer erneut dort an, wo neue Abwässer nicht nur des augusteischen Hof- und Familienlebens, sondern auch der «Geistes»-Haltung seiner neunzehnhundert Jahre später schreibenden Chronisten dieser Kloake zugeführt werden ... So müssen wir noch oft an diese Grundeinsicht Nietzsches erinnern; ja, sie liegt wie ein Wasserzeichen hier unter allen Zeilen.

Die verfälschende Zeit

Ein unlösbares Problem des Erzählers ist die Zeit: Logischer-, aber doch absurderweise vergeht sie auch in der Chronik um so rascher, je spannender der Chronist erzählt. Doch hier – er kann das nicht ändern – beginnt unvermeidbar die Fälschung. Denn rapportiert er so rasch, faktenreich, kurz und kurzweilig zum Beispiel das Wegräumen der Augustus-Nachkommen aus der Erbfolge durch Livia und ihren Sohn Tiberius: so *muß* der durchaus irreführende Eindruck entstehen, Livias nahezu fünfzigjährige Regierungszeit – mindestens die Familienpolitik unterstand *ihr,* nicht ihrem Ehemann Augustus – sei ein einziges dämonisches Mantel- und Degenstück gewesen, der dramatische Ablauf einander Jahr auf Jahr folgender Beseitigungen potentieller Thronanwärter.

Nein – Livia hatte und nahm sich viel Zeit. Nur einmal nicht: Als die zwei ältesten Söhne Julias, die vom Großvater Augustus wie vom römischen Volk vergötterten Enkel Caius und Lucius, binnen achtzehn Monaten «starben» ... Sonst aber gab es in diesen Jahrzehnten – Livia lebte von 58 v. Chr. bis 29 n. Chr. – auch innerhalb der Kaiserfamilie lange währende paradiesische Friedens-Oasen: So pilgerte einst Augustus mit diesen Enkeln nach Troja, von wo die Julier, die Kaiserfamilie – der bei Vergil in Auftrag gegebenen Legendenverklärung zufolge –, durch ihren Ahnherrn Äneas nach Italien gekommen waren. Und es gab in der Reichshauptstadt jede Woche mindestens ein Fest, einen Aufzug, gab ungetrübte Jahre des glanzvollsten gesellschaftlichen Lebens ... Vergleichbar, will man vergleichen, was aber doch wenig erhellt, mit dem Hofleben etwa der Kaiserin Eugenie und Napoleons III. in jenem Paris, das soeben Haussmann neu erschuf. Und vergleichbar dem Berlin Wilhelms des Letzten, das soeben Max Reinhardt, Richard Strauss und Max Liebermann zu einer Metropole auch der Kunst machten; Metropole der Wissenschaft war Berlin schon seit den Humboldts gewesen ...

Livia hatte ja Zeit. Und scheint das gespürt zu haben. Zeit genug (die ihr Chronist *nicht* hat), ihre Schachzüge, den Tiberius zu inthronisieren, so umsichtig vorzubereiten, daß es niemandem auffiel in den Jahrzehnten, während denen sie wirkte als Mörderin. Niemandem auffiel, wie verdächtig, ja endlich: wie *skandalös* häufig der Tod wieder einen Kerngesunden holte aus der Augustus-Nachkommenschaft. Zeitgenossen kommen da über Argwohn – ein Schelm, der Böses dabei denkt; ein Narr, der es *nicht* tut – nicht hinaus. Erst im nachhinein, erst im Rückblick auf die *ganze* «Strecke» ihrer Opfer an den Thronstufen ihres Mannes, endlich auch ihres zum Thron drängenden und «natürlich» hingelangten Sohnes wird die – wiederholen wir – «aller Statistik Hohn sprechende Häufung von termingerechten Todesfällen» so auffallend, daß endlich keine Illusion mehr erlaubt ist: Hier lag durch die Unmöglichkeit, eine andere, plausible und amtlich anzugebende Begründung für die Beseitigungen der Frauen Julia I., Julia II. und Agrippina zu finden, eine Parallel-Aktion vor. Doch nur wer alt wurde in Rom, nur der konnte das durchschauen. Wer *sehr* alt wurde – wie wenige wurden das damals! –, der durchschaute auch noch, daß später den *Enkeln* der Kaisertochter Julia – wiederum aus der Unmöglichkeit, andere «Gründe» öffentlich angeben zu *können* –, daß auch denen noch eine Parallel-Aktion zu ihrer Beseitigung widerfuhr: Wie ihren Müttern Julia II. oder Agrippina I. oder wie ihrem Onkel Agrippa Postumus – 12 v. Chr., im Todesjahr seines Vaters Agrippa geboren –, widerfuhr auch ihnen, aus Rom beseitigt oder dort eingekerkert zu werden wegen «Unsittlichkeit» oder – Postumus – «schlechten Charakters». Die immer gleiche, die wahre «Schuld» dieser Nachkommen der ersten Julia konnte amtlich ja nie eingestanden werden, weil jeder Römer gesagt hätte: Die Kaisertochter, die Kaiserenkel, die Kaiserurenkel haben doch *recht*! Daß sie nämlich zum Thron drängten als Legitime – als Todfeinde des Tiberius und der Livia schon von Geburt. Allemal «Hochverräter» ... Da sie *geborene* Thronprätendenten waren – waren sie auch schon geborene Todfeinde der Usurpatoren Livia und Tiberius. Doch, wie gesagt: Nur Altwerdende, nur Altgewordene durchschauten diese Beseitigungs-Aktionen als Parallel-Fälle. Dauerten sie doch von 23 v. Chr., als Julias erster Mann: ihr Vetter ersten Grades (Sohn der Kaiserschwester), der erst neunzehnjährige Publikumsliebling und Kronprinz Marcellus II., «plötzlich» starb – bis mindestens ins Jahr 36 n. Chr., als Aemilia Lepida zum Selbstmord wegen «Ehebruchs» gezwungen wird, Urenkelin des

Augustus, deren Vater – Mann Julias II. – als Verschwörer hingerichtet worden ist in jenem Jahr 8 n. Chr., als seine Frau wegen «Ehebruchs» lebenslänglich verbannt wurde, wie – mit der gleichen «Begründung» – schon zehn Jahre zuvor deren Mutter Julia I.

Von 23 vor bis 36 nach der Zeitenwende – diese neunundfünfzig Jahre sind aber das Wirkungsfeld dreier Generationen, zieht man die Jahre des Kindseins und des nicht mehr öffentlich tätigen Alters ab! Wer konnte da auch nur – wie dann die später Geborenen mit *einem* Blick – als Zeitgenosse (Zeitgenosse von *wem*: von denen, die als Twens schon zu Zeiten des Augustus starben – oder Zeitgenosse jener Twens, die Livia erst am Abend ihres Lebens ihrem Sohn Tiberius zur Ermordung überlassen hatte, wie die noch immer zweifellos auf den Thron, der ja *ihnen* auch zukam, versessenen Urenkelinnen des Augustus?) –, wer konnte bereits als Zeitgenosse, wie Spätere, die *ganze* Mordstrecke überschauen und die Folge-«Richtigkeit» in ihr überblicken und die Einfallslosigkeit, den Getöteten oder Eingezwingerten immer nur dies *eine* Delikt anzuhängen: Unsittlichkeit; bei Verheirateten: Ehebruch? Denn jede *politische* Tat der Augustus-Nachkommen hätte den Beifall nicht nur des Senats – der den Tiberius haßte –, sondern mehr noch den der Aristokratie und des ganzen Volkes gehabt, die den Legitimen mehr als gewogen waren …

Doch eben dies: Daß die Jahre, die Jahrzehnte, endlich der Gedächtnisschwund, der individuelle wie der kollektive, alles verharmlosen, sofern sie es nicht sogar tilgen, indem sie jene tilgen, die noch davon wußten; eben dies, daß so die Zeit zum stärksten Verbündeten derer wird, die Unrecht getan haben, sofern nur diese selbst alles Unrecht überleben – eben dies kann kein Erzähler vermitteln, einfach deshalb nicht, weil *ihm* diese Zeit dazu fehlt. (Zeit ist durch nichts zu ersetzen.)

Diese stillschweigend verändernde Kraft der Zeit, neutralisierend, ja scheinbar objektivierend: als «normative Kraft des Faktischen» beschönigt, eine große Macht, wenn nicht die größte innerhalb der menschlichen Dinge: sie hat in seinem Tacitus-Essay auch Golo Mann bedrängt, bedrückt: «Die Gangart verlangsamt sich noch im ersten Kapitel, mehr im zweiten; vom rasenden Galopp kann man nicht direkt zum Schritt übergehen. Kapitel zwei bis fünf – taciteische Kapitel haben etwa zwanzig Zeilen – geben die Exposition, eine Zeichnung der Herrschaft und Herrschaftsbasis des Augustus. Die Basis ist eine überwiegend negative: Roms große republikanische Familien sind durch die Bürgerkriege, die Proskriptionen vernichtet worden, zumal die Besten, Kühnsten ihrer Vertreter; feige war, was übrigblieb. Der Tradition der Nobiles fühlt Tacitus sich verbunden; nur augenblicksweise, eigentlich im Widerspruch zu sich selber, ist er gerecht genug, um zu sehen, daß in ihrem Zeichen vieles verfehlt worden war ... Der einzige festigt seine Macht mit voraussehender Klugheit; so viele Jahre lang, daß, wie sein Leben zur Neige geht, die allermeisten sich an einen anderen Stand der Dinge gar nicht mehr erinnern können: ... wer war noch übrig, der die Republik gesehen hätte? Indem es nun mit dem alten Herrn zu Ende geht, wird in Rom geredet; für ihn, gegen ihn, für, gegen seine Verwandten, seine möglichen Nachfolger, meist gegen sie, wie die Leute so sind. Tacitus hat geringe Achtung vor dem Hauptstadtgerede, ohnmächtigem Ersatz der untergegangenen Freiheit; aber berichten tut er immer wieder darüber, es interessiert ihn, es gehört zum Bild. Während noch geredet wird, stirbt Augustus.

Die alte Kaiserin Livia hat den Palast, die Straßen ringsumher genauestens isoliert, läßt durch die Ärzte ermutigende Bulletins herausgeben, bis beides mit einem Schlag gesichert ist, der Tod des alten, die Ankunft des neuen Herrn. Der Ausdruck ist *rerum potiri,* Machtergreifung im Palast. Hier geht die Exposition unmerklich in das Eigentliche über, in die Chronik, und zwar mit den Worten: das erste Verbrechen des neuen Principats. Damit fängt es an: mit der Ermordung des jungen Agrippa Postumus ...»

Tacitus selber schon war als Autor bekümmert, wehrlos zu sein gegen die Macht der Zeit, die jede Chronik entstellt, ja verzerrt, ohne daß der Chronist dagegen anzuschreiben vermöchte ... Manfred Fuhrmann hat in seinem Essay, der die ‹Annalen› einleitet, zitiert aus der Einleitung, die Tacitus seiner Biographie des Schwiegervaters Agricola schrieb – ein so schmales Werk, das Jacob Burckhardt eben dieser Knappheit wegen neben sich auf den Schreibtisch zu legen jedermann empfiehlt, der ebenfalls eine Biographie zu schreiben habe. Fuhrmann über die Einleitung zu ‹Agricola›: «Tacitus befaßt sich dort mit der Geschichtsschreibung überhaupt: Sie war unter Domitian unmöglich, da seine Herrschaft das freie Wort unmöglich machte. So erklärt sich, daß Tacitus so lange geschwiegen hatte, daß er erst in fortgeschrittenem Alter von seinem schriftstellerischen Talent Gebrauch machte, nachdem unter den Adoptivkaisern die Freiheit des Wortes wiederhergestellt worden war. Tacitus bemerkt allerdings hierzu, daß die Wiederherstellung der äußeren Bedingungen nicht sogleich die der inneren verbürge: Die lange Tyrannei habe eine allgemeine Dumpfheit und Gleichgültigkeit erzeugt. ‹Sind wir nichts›, ruft er an dieser Stelle aus, ‹wenn in fünfzehn Jahren, einem bedeutenden Zeitraum des Menschenlebens, viele durch Zufälle und die Tüchtigsten durch das Wüten des Kaisers ihren Untergang gefunden haben, nur noch wenige und haben wir nicht sozusagen sowohl andere als auch uns selbst überlebt, da so viele Jahre mitten aus unserem Dasein herausgerissen worden sind, die uns in Schweigsamkeit, wenn wir junge Männer waren, zum Greisenalter, wenn Greise, nahezu bis an die Schwelle des Todes gebracht haben?›»

Und wie wenige nur dieser so beklagenswert wenigen, die übrig geblieben, doch nun alt geworden waren, ehe sie überhaupt beginnen konnten, zu schreiben, waren auch fähig zu schreiben und fanden dazu Zeugen oder gar noch Schriftdokumente! Was Fuhrmann hier aufdeckt im Vorwort zu dem frühesten Werk des schon nicht mehr jungen Tacitus, zeigt, wie nötig die Empfehlung Burckhardts war, die Klassiker immer neu zu lesen, weil z. B. im Thukydides eine Quelle ersten Ranges stecken könne, die als solche erst heute wir zu erkennen fähig seien! Diese Entdeckung im ‹Agricola› durch Fuhrmann enthüllt, daß bereits Tacitus die Zeit als übermächtige Widersacherin der Wahrheit gefürchtet hat. Denn da so viele «durch Zufälle und die Tüchtigsten durch das Wüten des Kaisers» untergegangen waren: wie viele Zeugen dann auch, wie viele unersetzliche Dokumente?

Wenn sich nun einer auch noch vorgenommen hat, wie ich hier, die Liquidierung der Augustus-Nachkommen im Zusammenhang zum erstenmal zu seinem einzigen Thema zu machen – wie könnte ausgerechnet *der* dann die scheinbare und nicht nur scheinbare, denn es gab auch Jahre genug, in denen nichts passierte, was dem Tiberius wieder einmal einen Augustus-Sproß aus dem Wege geräumt hätte –, wie könnte der die *Normalität* im Alltag der Livia-Regierungszeit darstellen? Daß er's nicht kann, erweckt den durchaus falschen Eindruck, am laufenden Bande habe diese Tückische gewütet. Nein, das brauchte sie nicht – sie hatte ja Zeit. Und da die Normalität, die immer *auch* in diesen Jahrzehnten das Leben Roms, auch des Hofes, bestimmt hat, nicht darzustellen ist, so *muß* die Häufung der Untaten, wie der Chronist sie *zusammenrafft* und wie sie ja keineswegs der jahrzehntelangen Zeit adäquat ist, die Livia tatsächlich benötigte, ihren Sohn zu inthronisieren, so muß diese «unrealistische» Raffung einen fälschenden, ja die Untaten unglaubhaft machenden, also sie verklärenden, entschuldigenden Eindruck erwecken: den, der Erzähler sei paranoid, da er vor lauter Toten keine Lebenden mehr sähe, vor lauter Mord-Jahren die Friedens-Epoche nicht mehr –, die doch im Erleben der Untertanen die Augustus-Jahrzehnte tatsächlich gewesen waren! Denn den meisten Untertanen der Livia mußten die Augustus-Jahre absolut normal erscheinen, schon wegen der politischen und sozialen Friedlichkeit dieses Zeitalters. Und genau deshalb kann der Erzähler – wer immer das sein mag, wie immer er's darstellt – die nur scheinbare (was aber nur den Hof betrifft; nicht auch das Leben der Namenlosen, die normal lebten) Normalität dieser Epoche nicht zeigen, wenn wie hier nicht die Pax Romana sein Thema ist, sondern der Verwandtenmord. Der erfolgte damals nahezu unauffällig, erstens, weil er mit höchster Ökonomie verteilt war auf achtundfünfzig (!) Jahre; zweitens, weil Zeitgenossen, während sie über das – ihnen durchaus schon verdächtige – Sterben *wieder* eines kaiserlichen Familienmitglieds zwar debattieren, doch noch gar nicht voraussehen *können* – was wir Späteren dann mit *einem* rückschauenden Blick übersehen und addieren: Daß noch so viele den früh gehegten Verdacht *bestätigende* Parallel-Morde folgen werden, weit mehr, als sogar einem Idioten noch als «Normalfälle» einzureden sind ...

Doch die Zeit ist amoralisch, ja tückisch. Es liegt in ihrer Macht, eine historische Aktion wie diese Throneroberung für Tiberius nicht nur – wenn sie über Jahrzehnte hinaus in Einzelaktionen verteilt wird – als «normal» erscheinen zu lassen, sondern sie geradezu dem Vergessen zu überantworten! Denn wer – ein Beispiel – *lebte* noch, der schon vom Selbstmord oder der Verbannung oder der Hinrichtung der Freunde Julias I. gewußt hat, etwa des Sempronius Gracchus, eines Nachkommen des legendär-volkstümlichen Revolutionärs? Oder ihres Vetters, Neffe ihres Vaters, des Marc-Anton-Sohnes, der als Halbbruder der Julia im Hause des Augustus aufgewachsen war? Vielleicht war er Julias, der zweifachen Witwe und von Tiberius Geschiedenen, Geliebter gewesen. Gewiß aber ihr Mitverschworener, da er – so Kornemann – «dem Kaiser gar nach dem Leben getrachtet» habe. Ihm nach dem Leben getrachtet, um dessen zweimal verwitwete Tochter zu beschlafen? Das gab es nie irgendwo auf der Welt! Nein, um dieser geliebten Frau zu sichern, was *ihr* – nicht aber dem Livia-Sohn Tiberius – legitimerweise zustand: den Thron ... Wer wußte nach Jahrzehnten denn noch, daß diese beiden Mitverschwörer der Kaisertochter – offiziell konnte man von Verschwörung doch nicht sprechen – wegen «Unsittlichkeit» umgekommen waren! Ebenso wie zehn Jahre später der Ehemann der ältesten Enkeltochter des Augustus, die Julia hieß wie ihre Mutter Julia? Sie alle waren nicht «unsittlicher» als alle anderen damals, heute, immer – sondern waren verzweifelte Zuschauer und Opfer der von Livia initiierten totalen Ausrottung des ganzen Hauses der Kaisertochter! Der Mutter Julia «Unsittlichkeit», die ihre lebenslängliche Verbannung ausgelöst hatte, war schon zehn Jahre her, als ihre Tochter Julia ebenfalls «wegen Unsittlichkeit» lebenslänglich verbannt wurde, obgleich nicht Seneca allein sagte, es sei eine Verschwörung gegen Großvater Augustus gewesen – so wie der ältere Plinius von einer «vatermörderischen» Verschwörung der Tochter Julia mit dem Sohne Marc Antons gegen Augustus gesprochen hatte: Unwiderleglich! Denn warum – hätten die zwei Julias nur herumgeschlafen – die Hinrichtung ihrer Freunde, ja (bei der jüngeren) ihres Ehemanns? Strafen für Ehebruch hat es viele gegeben in der Geschichte. Aber Hinrichtung des Ehemanns – weil seine Frau Liebhaber hat? Es ist zu idiotisch, was die Propagandisten des Hofes, die sich vermutlich *auch* Historiker genannt haben, was die sich an Absurditäten einfallen ließen, nur um vor Senat und Volk zu verschweigen, daß die Nachkommen des Augustus ihr Recht auf dessen Thron der Julier mit Gewalt sich endlich erkämpfen wollten, da sie längst in der Gewißheit lebten, ermordet zu werden – wie es dann ja tatsächlich auch geschehen ist –, würde der Claudier Tiberius Kaiser. Vergeblich alle. Da niemand der Livia gewachsen war, weder an Einfluß auf Augustus – schlief doch nur sie allein fünfzig Jahre in seinem Zimmer – noch an Tücke ... Welche Zeitgenossen hatten so lange zu leben, daß sie noch hätten bezeugen können, wie hier einfallslos, ja schematisch, da genauso wie vor achtunddreißig Jahren ihrer Großmutter Julia I., genauso wie vor achtundzwanzig Jahren ihrer Mutter Julia II. und ihrem «deshalb» hingerichteten Vater Aemilius Paullus, sogar noch der Tochter Julias II.: der Aemilia Lepida – 36 n. Chr. «Ehebruch» vorgehalten wurde, der sie zum Selbstmord zwang, sofern sie nicht anders umgebracht worden ist, etwa durch «freiwilliges Verhungern» wie ihre Vettern Nero I. und Drusus III. Und wie deren Mutter, Aemilia Lepidas Tante: Agrippina I., die allen ehrwürdig gewesene Witwe des Germanicus, die deutsche Historiker ein «hysterisches Weib» schimpfen (Kornemann), da sie ihren Mörder und den ihrer drei Söhne: Tiberius – eines Tages vergebens bat – zehn Jahre nach dem Tode ihres Mannes –, sich wieder verheiraten zu dürfen ... Natürlich einen Politiker, der dann auch im Hungerverlies qualvoll verendet: sicher nicht, weil er – vielleicht – mit der Witwe des Germanicus geschlafen, sondern, berühmter Senator, sich zur Verteidigung ihrer angestammten Rechte vor Tiberius ermannt hatte. Wie er sich Tiberius bereits zum Todfeind gemacht hatte, während der erstmals als Kaiser zum Senat sprach ... Wir werden später zitieren, wie Golo Mann das erzählt hat.

Einfallslos lautete drei Generationen lang – welcher Zeitgenosse kann, wie später die Nachwelt mit *einem* Blick, drei Generationen überblicken –, lautete gegen Julia und ihre Mitverschworenen ebenso wie gegen Julias Tochter Julia und ihren Mitverschworenen und wie in der dritten Generation: bei den Kindern Agrippinas – die Anklage immer gleich: «Unsittlichkeit». Denn daß hier *Verschwörer* wirkten, die den ihnen zustehenden Thron des Vaters, des Großvaters, des Urgroßvaters Augustus erlangen wollten, anstatt tatenlos zuzusehen, wie ihr Mörder Tiberius ihn erben werde: das konnte weder dem Volk noch dem Senat eingestanden werden, deren Sympathie, ja Liebe doch nicht Livia und Tiberius gehörten, sondern den legitimen Thronprätendenten! Die Zeit selber – eine unbezwingliche Gegnerin des authentischen Erzählens – verfälscht das Geschehene. Und der Erzähler ist ohnmächtig dagegen.

Reisezeit – Lesezeit

Zur körperlichen Erholung stellt die geistige sich nur dann ein, läuft dem Ortswechsel auch ein Zeitwechsel parallel. Also kein Buch mitnehmen, das die Gegenwart berührt, denn das stets Aktuelle leert uns so aus, als sähen wir immer nur die Tagesschau – Ausflugsreisen in die Alte Welt sind die sicherste Gewähr, sich von der Neuen zu erholen: Im Kielwasser des 8 n. Chr. aus Rom ans Schwarze Meer verbannten Ovid überlasse ich mich ganz den fünf rororo-Bändchen, die eine Frau schrieb, den Monographien Ciceros, des Augustus, Vergils, Ovids und der Sappho.

Marion Giebel liefert mir die ablenkendste Unterhaltung auf dem Wege – zu Schiff, versteht sich – nach Samothrake und Konstanza, ins Donau-Delta. So schmal sind ihre reich bebilderten Taschenbücher, daß man sich nicht einmal mit einem Jackett «belasten» muß, nimmt man eins mit zu Streifzügen ins Fremde: es paßt in die Hosentasche.

Als ich Marion Giebel fragte, warum sie, immerhin schon fünfzig, noch keine Professur habe, gibt sie die völlig unzeitgemäß-sympathische, nämlich an Karriere so gänzlich uninteressierte Antwort, die wahre Passion für die Alte Welt verrät: «Ach, da hätte ich mich doch zwischen Griechen und Römern entscheiden müssen, wäre ich auf einen Lehrstuhl ausgewesen, aber Sappho steht mir ja nicht weniger nah als Ovid!» Eine Antwort, die geradezu herausfordert, dieser gründlichen Wissenschaftlerin endlich einen Lehrstuhl anzubieten. Doch unser Universitätsbetrieb ... ja, hätte Frau Giebel wenigstens ein Parteibuch, damit sie Professoren *ernennen* könnte, als Kulturministerin!

Wie neu und bedeutend erschließen ihre vier Römer-Biographien einem doch jene Epoche, die *allen* Menschen, international, interessanter ist als die meisten anderen Zeitalter. Warum? Weil die Antike, auch die Perikles-Zeit, hell wie ihr Mittelmeer-Himmel, uns mindestens im augusteischen Jahrhundert so anlockend-vertraut ist wie heute Deutschen nur noch Bismarcks und Fontanes Jahre und wie den Briten die der Queen Victoria und des Königs Edward und der ‹Titanic› und wie den Franzosen jene der Impressionisten und Maupassants und des (ihm verhaßten!) Eiffelturms und wie den Russen ihre Puschkin- bis Tschechow-Jahrzehnte. Dogmendunkle Epochen dagegen sind uns nie vertraut. Wildfremd, ja abstoßend sind schon uns heute – wie erst in zweihundert Jahren! – die von religiösem Fanatismus geschlagenen Hexenverbrenner-Zeitläufte. Wer empfände in einer Kirche, einer Moschee, einer Synagoge, was die Antike uns schenkt? Und was Hofmannsthal in die Maxime faßte: «Der Geist entfaltet seine größte Kraft corps à corps mit dem Sinnlichen.» Ja, nur dort *erholt* er sich. Und nur, wo er auf die Weide geschickt wird, fällt ihm etwas ein ...

Daß eine Frau über vier Repräsentanten des Augusteischen Zeitalters schrieb, macht ihre Monographien hellsichtiger, intim-kenntnisreicher, als habe die wie ein Dutzend andere «nur» ein Mann verfaßt. Warum? Eine Frau, die schon oft hier genannte Livia, ist es gewesen, die so nachwirkend wie später keine mehr, wie nicht einmal Katharina die Große – ihrem ganzen Zeitalter seine Zukunft bestimmt hat, durch gewaltsame Abänderung der natürlichen Erbfolge. Hat Katharina von Rußland durch Beseitigung ihres Mannes den Zarenthron an sich gerissen, aber doch nur zu ihren Gunsten und zu denen des Sohnes ihres ermordeten Gatten – so hat Livia als dritte Frau des Augustus wahrscheinlich drei Generationen der Erben ihres Mannes die legitime Anwartschaft auf den Thron geraubt, weil die nicht *ihre* leiblichen Nachkommen waren!

Kaspar-Hauser-Tragödien in einer Häufung wie sonst in keiner anderen Herrscher-Familie. Tragödien wie Goethes ‹Natürliche Tochter›, aber in einer Totalität, die es schlechthin *verbietet,* «Zufälle» beim Ausfall der legitimen Erben auch nur noch für möglich zu halten. Auch dem Arglosesten wird verwehrt, von Zufall noch zu sprechen seit der Ermordung des dritten und letzten männlichen Augustus-Enkels. Zudem muß die *gleichzeitige* Ermordung seiner Mutter – der einzigen Kaisertochter Julia – durch Livia und ihren Sohn: zum *Maßstab* des ganzen Frevels genommen werden. Grausamkeit, die an la Bruyères Erfahrungssatz denken läßt: «Les femmes sont extrêmes; elles sont meilleures ou pires que les hommes» ...

Mommsen und andere Machos

Oktober 1992. Ein Fund ersten Ranges wird veröffentlicht, neunzig Jahre nach Mommsens Tod: die gültige Vorlesungsmitschrift der von Mommsen selber niemals geschriebenen ‹Römischen Kaisergeschichte›! Der Berliner Ordinarius für Alte Geschichte Alexander Demandt hat mit seiner Gattin, Lateinlehrerin am Altsprachlichen Gymnasium Zehlendorf, endlich das Manuskript publiziert, das Sebastian und Paul Hensel 1882 bis 1886 in den Vorlesungen Mommsens an der Berliner Friedrich Wilhelm-Universität stenographiert hatten. Zwei Männer, die Nachkommen Moses Mendelssohns waren: Ihr Vater und Großvater, der Hofmaler Wilhelm Hensel, hatte Felix Mendelssohn Bartholdys Schwester Fanny geheiratet, Sebastian war 1830 geboren, sein Sohn Paul 1860. Ein in dieser Familie ebenfalls eingeheirateter Nürnberger Antiquar Kistner, der 1974 gestorben ist, bewahrte die Vorlesungsmitschriften auf, von denen auch Wilamowitz Kenntnis hatte, der Schwiegersohn Mommsens. Der jedoch bekämpfte geradezu alle Bemühungen – es waren schon früher andere Mitschriften eines Italieners, auch deutscher Mommsen-Hörer, der Familie angeboten worden –, den fehlenden vierten Band der Römischen Geschichte zusammenzustücken. Erst Alexander Demandt, der die Hensel-Mitschriften 1980 von Kistners Erben gekauft hat, erfaßte ihren vollen Wert: Sie waren, verglichen mit den Stenogrammen anderer Mommsen-Hörer aus den Jahren 1863 bis 1886, die komplette, auch zuverlässigste Mitschrift. Und so schenkten er und seine Gattin endlich der Nachwelt den schon von Mommsens Mitwelt stets leidenschaftlich, doch vergebens dem Meister abgeforderten vierten Band jenes berühmtesten Wissenschafts-Epos der Bismarck-Zeit, dank dessen Mommsen 1902 den Nobelpreis für Literatur zum erstenmal nach Deutschland brachte. (Seltsam, daß die beiden einzigen Autoren, die als Historiker den Nobelpreis erhielten, am 30. November Geburtstag hatten: Mommsen und Churchill.) Wir erfahren durch Demandt, daß der Brite Toynbee neben Gibbon, seinem Landsmann, Mommsen als den größten Historiker überhaupt bezeichnete und daß wiederum Mommsen das Werk Gibbons «für das bedeutendste, das je über römische Geschichte geschrieben wurde», gehalten hat.

Zuweilen verging Mommsen sogar *deshalb* die Lust, die Kaiserzeit darzustellen, er empfand Gibbon als übermächtig … Und gewiß hat das Jahrhundert, das seit Mommsen nunmehr stromab gegangen und das gekennzeichnet ist durch eine ganze Riege erstklassiger Nacherzähler der antiken römischen Historiker; und viele dieser Nacherzähler waren direkt aus Mommsens Hörerschaft hervorgegangen – gewiß hat dieses Jahrhundert die Überlieferung wie die Resultate aus späteren Funden so gründlich aufgearbeitet, daß sensationell *neue* Fakten und Aspekte nun aus diesem endlich vorliegenden Band nicht herausgelesen werden können.

Nötig war seine Publizierung dennoch. Und keineswegs nur aus Pietät.

Schon 1884 schrieb ein Zeitgenosse an Mommsen: «Die Welt interessiert sich vielleicht weniger für die ‹Römischen Kaiser› als für Ihre Auffassung derselben.» Wir heute, da schon längst kein international berühmter deutscher Autor mehr lebt – der letzte war Thomas Mann –, können uns ja schlechterdings nicht vorstellen, wie in allen Ländern Europas, auch in Asien und in den USA, Mommsen gefeiert wurde; allein Émile Zola hatte um 1900 noch ähnlichen Ruhm. Und tatsächlich ist für uns auch heute an Mommsen noch interessanter als an jedem Historiker sonst, wie weit er seine zuweilen höchst bedeutend gewordenen Schüler beeinflußt hat: Man denke nur an Otto Seeck, der die sechs Bände ‹Geschichte des Untergangs der antiken Welt› schrieb und damit 1912 der Haupt-Veranlasser für Oswald Spenglers ‹Untergang des Abendlandes› wurde. Denn die Mommsen-Schüler in allen Ländern prägten wohl weitergehend als andere Historiker wiederum ihre Schüler und haben, sicher oft verhängnisvoll, Mommsens Neigung «vererbt», die Alexander Demandt kritisch so umschreibt: «In Mommsens Geschichtsbild dominiert das Politische, sein Interesse für das Zivilisatorische, Kulturelle und Religiöse steht zurück. Eine Darstellung der Pax Romana fehlt. Er schildert nur das – mehrfach so genannte – Kriegstheater. Erstaunlich ist, welches Gewicht Mommsen auf die Finanzen legt. In kaum vorstellbarer Weise plagt er die Studenten mit Geldpolitik und Steuerwesen ... Militär und Architektur werden unter der Rubrik Einnahmen und Ausgaben abgehandelt, deren Vorrang pragmatisch herausgestellt wird.

Aus dem perfektionierten Steuerwesen erklärt sich Mommsens positive Wertung der spätrömischen Bürokratie … Die ‹Historia Augustas›, von der Mommsen (früher) schrieb, daß diese Biographien ‹die elendsten Sudeleien sind, die wir aus dem Altertum haben›, wird ausgiebig als Quelle herangezogen.»

Diese Einschränkung der Bedeutung seines Fundes ist dem Herausgeber Demandt um so höher anzurechnen, als er auch noch mutig hinzusetzt, sein Mommsen-Band werde «wohl nur das wissenschaftsgeschichtlich interessierte Publikum erreichen». Anzunehmen. Aber doch wird in der deutschen Geistesgeschichte die Frage nie mehr zur Ruhe kommen: Warum verzichtete Mommsen auf seine schriftliche Festlegung der Kaiserzeit-Chronik?

Denn fast noch mit siebzig redete Mommsen sich derart leidenschaftlich in die Kaiserzeit hinein, daß er so viel Feuer unter seiner stadtberühmten weißen Mähne selber ironisierte und zu Ludwig Curtius bemerkte, es gäbe «nichts Leichtsinnigeres auf der Welt als das Kolleglesen». Und Sebastian Hensel erzählt: «Ich hatte meinen Platz ganz vorn am Katheder, so daß ich … sein ausdrucksvolles Gesicht genau sehen konnte. Wenn er … über einen großen Kaisersünder Gericht hielt, dann war der Eindruck manchmal ein dämonischer und ganz überwältigender. Manchmal ließ er sich wohl auch durch sein Temperament hinreißen, und er sagte mehr und ging weiter, als er gewollt hatte. So einmal, als er sich in Rage über Konstantin den Großen hineinredete und den Armen so zerpflückte, daß kein gutes Haar an ihm blieb. Die nächste Stunde kam er dann noch einmal auf ihn zurück und setzte ihm an Stelle des ausgerissenen

Schopfes ein dürftiges Perückchen kärglichen Lobes wieder auf. Immerhin ist mir Mommsens und Treitschkes durch Haß und Liebe mitunter getrübtes Urteil tausendmal lieber als Rankes kühle, farblose sogenannte Unparteilichkeit.»

Gewiß glaubt schon längst kein Ernstzunehmender mehr an die Möglichkeit, sine ira et studio zu schreiben. Was uns aber doch, wenn wir Mommsens Kaisergeschichte lesen, schockiert, das ist seine – auf Eduard Meyer, auf Birt und besonders grotesk auf Kornemann übertragene – Selbstgewißheit, die antiken Überlieferungen objektiv scheiden zu können in «Sudeleien», die er auch mit seinem Schwiegersohn «Hofklatsch» nennt – und in seriöse Quellen. Im Biedermeier aufgewachsen, ist auch Mommsen total immun erstens gegen die Anfechtungen, jemals für wahr zu halten, was antike Chronisten aus der Gegend «unter der Gürtellinie» eines zuweilen mörderischen Familienlebens berichten. So insbesondere, wenn zum Beispiel alternde Männer ihre Kinder aus früheren Verbindungen, auch deren Mütter, um Recht und Leben bringen, zugunsten ihrer Kinder und / oder Frau aus späteren Ehen. Was Frauen zustößt an Verbrechen, interessiert den Macho Mommsen noch weniger, wenn eine Frau es ist, die diese Verbrechen Frauen antut; so hier Livia, die dritte Gattin des Kaisers Augustus.

Da, was Livia getan hat, sich «nicht gehört» – nichts wußte man im Biedermeier und Victorianischen Zeitalter genauer als das, was sich «nicht gehört» –, so will auch Geheimrat Mommsen aus Charlottenburg dergleichen nicht gehört haben ... «Sudeleien»! Zweitens ist Mommsen völlig immun gegen die Selbstverdächtigung, ein Kind der sittlichen Auffassungen seiner Epoche sei – wie jeder Sterbliche – sogar *er*! Jacob Burckhardt hingegen wußte: «Das Wahre und Gute ist mannigfach zeitlich gefärbt und bedingt; auch z. B. das Gewissen ist zeitlich bedingt; aber die Hingebung, zumal die mit Gefahren und Opfern verbundene an das zeitlich bedingt Wahre und Gute ist etwas unbedingt Herrliches. Das Schöne freilich könnte über die Zeiten und ihren Wechsel erhaben sein, bildet überhaupt eine Welt für sich. Homer und Phidias sind noch schön, während das Wahre und Gute jener Zeit nicht mehr ganz das unserige ist.» Da in Mommsens 19. Jahrhundert sogar die Beseitigung Kaspar Hausers nur Gerücht blieb, so war es folglich auch für Mommsen ausgeschlossen, daß ein Kronprinz anders enden könne als so natürlich wie sein Zeitgenosse, der preußische Friedrich III.: etwa durch Kehlkopfkrebs. Livias Morde, ausnahmslos von allen antiken Historikern mindestens insinuiert – nachweisbar ist eben Gift damals nicht gewesen –, Mommsen erwähnt sie meist gar nicht oder hält sie für «Klatsch». Und sagt sogar: «Der Klatsch ersetzte die Teilnahme an der Politik, die dem römischen Bürger entzogen war!» Absurd.

Daß Autoren, die immerhin – was heutige Historiker stets außer acht lassen, wenn sie diese antiken der «Sudelei» bezichtigen –, die immerhin den geschilderten Ereignissen zweitausend Jahre *näher* waren und deshalb von ihren zeitgenössischen Kollegen, die ebenfalls darüber geschrieben hatten, aber heute verschollen sind, und überhaupt von Zeitgenossen noch weitgehend *kontrolliert* waren in ihren Aussagen über die Kaiserfamilie, daß die sich hüten mußten, Quatsch zu erfinden, sich viel stärker davor hüten mußten als jeder, der zweitausend Jahre später über diese selben

Vorkommnisse schreibt – dieser Verdacht liegt Mommsen äonenfern. Ebenso wie der Verdacht ihm fernliegt, ein Tacitus, ein Cassius Dio könnten vom gleichen Ehrgeiz beseelt gewesen sein wie später er selber: die *Wahrheit* zu schreiben. Nichts als die Wahrheit – anstatt durch Klatsch ihre Lebenswerke zu diskreditieren! Nein, Mommsen, weil zufällig *er* das Glück hatte, zu leben, als Giftmord nicht mehr Usus, da nachweisbar geworden war, hält ihn auch in der Antike für undenkbar. Es ist aber so, wie Oswald Spengler 1934 vertraulich sagte – eine damals auch gänzlich *neue* Einsicht, die erst Hitler in Mitteleuropa wieder hat aufleben lassen, mit seiner Röhm-Mordnacht: Jetzt komme eine Zeit, in der man den Tacitus aus eigener Anschauung verstehen könne! Burckhardt – im Gegensatz zu Mommsen – hat solche Neo-Barbareien mit Angst vorausgeahnt und hat von der Gefahr für Autoren gesprochen, in zu friedlichen Zeiten Illusionen über *alle* Zeiten zu hegen. Mommsen sah davon weg. Und wenn Mord absolut nachweisbar war, so an Cäsars einzigem Sohn Caesarion oder an den Urenkeln des Augustus, an zweien der drei Prinzen, die Agrippina dem Germanicus geboren hatte: so schweigt Mommsen nahezu oder völlig. Und spürt nicht, wie amoralisch dieses Verschweigen der Morde zugunsten seiner «Helden» ist.

Ja, Mommsen *entschuldigt* sich, wenn er, unbewußter Macho wie alle seine Historie schreibenden Zeitgenossen, aber doch *noch* machohafter als sie, auch die *beispiellos* entrechteten *weiblichen* Nachkommen des Augustus erwähnt: «Man muß sich in diese häuslichen Details mengen; sie haben politischen Einfluß gehabt.» Mommsen will sagen: Daher sogar ich leider genötigt war, als Aurora Dreckliese davon

Notiz zu nehmen. «Aurora Dreckliese läßt grüßen», sagte Mommsen, sooft seine zwölf Kinder, die ihn – von sechzehn – überlebt haben, etwas erwähnten, was sich nicht gehörte. Zum Beispiel etwas, das in der Zeitung stand: «Verboten, streng verboten war uns nur eins – die Zeitung. Von Politik hörten wir bei Tisch mehr, als uns lieb war, und das übrige, Unglücksfälle, Gerichtsverhandlungen, all das, was für die Jugend nichts ist als Sensation, verwarf der Vater für die Kinder gänzlich», schreibt Adelheid Mommsen in ihren Erinnerungen. Nun stelle man sich vor, wie die Kaiserbiographien auf einen Menschen gewirkt haben, der es fertigbrachte, noch in Fontanes Zeit, Kindern die Zeitungen «streng» zu verbieten! Und im Testament festzusetzen, seine Töchter dürften niemals ihr bescheidenes finanzielles Erbe selber verwalten – das müßten Männer, sozusagen als lebenslängliche Vormünder, für die Töchter tun ... Diese aggressive Beschränktheit läßt das Genie Mommsen gar nicht auf die Idee kommen, erzählenswert seien die Tragödien der Julia und ihrer Nachkommen auch um ihrer selbst willen – keineswegs nur, weil sie politische Folgen hatten oder Folgen der Politik waren! Wer so denkt – weiß aber auch von Politik nur, was die Oberfläche kräuselt, also das Offizielle, weil allein Sichtbare: das Harmlose; das sogar von der Polizei Erlaubte; das Regierungsamtliche. Dazu paßt, daß Mommsen – obgleich doch Liberaler – der erste war, der es fertigbrachte, in einer Geschichte des Augustus dessen früheste und menschlich abgründigste Untat: die Ermordung des Caesarion – nicht einmal zu erwähnen! Immerhin hatte doch Cäsar, der Vater dieses Sohnes der Kleopatra, den Großneffen Octavian im Testament erst *ermäch-*

tigt, Augustus zu werden! Anderthalb Generationen später als Mommsen ist dann der Mommsen-Musterschüler Kornemann (Jahrgang 1868) moralisch dorthin verkommen, zu schreiben – wie schon erwähnt –, der sohnlose Augustus habe «reinen Tisch gemacht», als er diesen Sohn seines Wohltäters abstechen ließ, statt den Jungen als Nachfolger zu adoptieren, da er selber keinen Sohn hatte. Ja, Kornemann spricht auch vom «sohnlos gebliebenen Mann» – und so dann überhaupt deutsche Historiker, beispielsweise noch im Januar 1994 der Archäologe Ludwig Budde aus Münster –, wenn er von Cäsar redet: War doch der Sohn, den Kleopatra ihm geboren hatte, erstens unehelich; zweitens von einer «Orientalin», also minderwertig in den Augen des Breslauer Geheimrats ... folglich Cäsar «sohnlos»! Daß Kleopatra die vielleicht geistvollste Frau ihres Zeitalters war: sagt zwar Kornemann, *zählt* aber für ihn nicht. Er dachte offenbar in der Hitlerzeit, als er das schrieb, wie sein junger Kollege Gerhard Ritter, der damals sogar schriftlich von «rassisch minderwertigen Völkern» sprach!

Wenn Bismarck, der Mommsen einmal wegen Beleidigung angezeigt hat, den großen Gelehrten verhöhnte: Ob denn eine römische Geschichte wahr sein könne, die einer geschrieben hat, der so wenig die eigene Epoche verstehe wie Mommsen – so ist jedenfalls richtig daran, daß der einstige Achtundvierziger Mommsen von Vorurteilen und «sittlichen» Voreingenommenheiten besessen war, die fast das Ausmaß seiner vielen Vorzüge hatten. Das passiert Genies nicht ausnahmsweise, sondern in der Regel. Diesem Eigensinn verdanken sie vermutlich die Einseitigkeit – Einseitigkeit ist Konzentration auf die ureigene Aufgabe –, die sie genial macht. Das Übersehen der Frauen-Tragödien im kaiserlichen Rom durch Mommsen ist der penetranten «Sittsamkeit» der Spießerepoche, die man Viktorianisches Zeitalter nennt, zuzuschreiben. Denn Julia wie ihre Töchter Julia und Agrippina *mußten* außereheliche Verbindungen mit Politikern eingehen, wollten sie zurückerobern, was sie buchstäblich benötigten wie die Luft zum Atmen: die Macht! Allein deshalb nämlich, weil sie die Macht nicht zurückgewannen, die ihnen Livia: die Stiefmutter oder Schwiegermutter oder Stiefgroßmutter, geraubt hatte – wurden sie ohne Ausnahme aufs grausamste liquidiert durch die Mächtigen; sie samt ihren Kindern. Mommsen – was sein Werk mehr zum Spiegel der Zeit reduziert, in der es geschrieben wurde, als daß es Spiegel wäre der Zeit, die es schildern wollte – sah davon weg, weil er in antiken Chroniken als «Sudelei» und «Klatsch» grundsätzlich alles *das* ignorierte – aber nur das, sonst benutzte er diese selben Historiker als seriös –, was dem Sittengefühl seiner eigenen Epoche, also Mommsens wilhelminischer und paternalistischer Autoritätsauffassung ein Ekel war. Wer noch 1880 Heranwachsenden in Berlin das Zeitunglesen verboten hat – war vor Abscheu blind und *konnte* nur für Lügen halten, wenn zum Beispiel der Historiker Cassius Dio, etwa einhundertvierzig Jahre nach dem Tode des Augustus geboren, über dessen Ende schrieb: «... so wurde Augustus krank und starb. Livia traf einiger Verdacht im Zusammenhang mit seinem Tod, da er heimlich zu Agrippa Postumus auf die Insel Planasia gefahren war und sich mit ihm anscheinend völlig ausgesöhnt hatte. Sie fürchtete, so sagt man, Augustus werde ihn zurückbringen und ihm die Herrschaft übergeben. Daher beschmierte sie einige Feigen, die noch an den Bäumen waren und die Augustus mit eigener Hand zu pflücken pflegte. Dann aß sie von denen, die nicht vergiftet waren, und bot ihm die anderen an. Ob nun aus diesem Grunde – *ob es so war oder nicht*, er wurde jedenfalls krank und starb.»

Daß immerhin auch Tacitus, auch Plinius der Ältere und andere nicht an ein natürliches Ende des Augustus glaubten, weil es so *termingerecht* anläßlich seines Versuchs erfolgte, seinen letzten noch lebenden Enkelsohn – von dreien – hinter dem Rücken Livias und ihres Sohnes Tiberius aus der Verbannung nach Rom in den Bannkreis der Macht und unter seine – des Kaisers – eigene Augen zurückzuholen, um nicht seinem verhaßten Stiefsohn Tiberius den Thron zu vererben, sondern dem Enkel: das kann Mommsen – so voreingenommen ist er – nicht daran hindern, die gradezu verlogen naive Frage zu stellen: «Was konnte Livia da für ein Interesse haben?» Warum fragte er statt dessen nicht das Nächstliegende: Was den Herrn der Welt, den Augustus, gezwungen hat, *hinter dem Rücken* (!) der Herrin der Welt, seiner Frau, seinen einzigen noch nicht – wie dessen zwei Brüder – weit vorzeitig «gestorbenen» männlichen Enkel zu besuchen? Ein Großvater besucht seinen Enkel: warum heimlich? Wie ein Dieb in der Nacht: warum? Mommsen stellt diese Frage bewußt und vorsätzlich deshalb nicht – und folgsam stellt sie deshalb auch keiner seiner oft so berühmt gewordenen Schüler –, weil deren Bedeutung *allein* ausreichte, Augustus als Gefangenen seiner fürchterlichen Gebieterin Livia zu charakterisieren, als *komisch* wehrloses Ehemännchen ...

Diese Frage Mommsens, welches Interesse Livia am vorzeitigen Tode der männlichen Kaiser-Nachkommen und an den lebenslänglichen Verbannungen ausnahmslos (!) *aller* weiblichen Augustus-Großkinder gehabt haben könnte, ist um so unmoralischer, da er selber – wiederholt – von der Zurücksetzung des Tiberius, des Sohnes der Livia, der nicht vom Kaiser abstammte, durch Augustus spricht, so wie *alle* Historiker darin übereinstimmen. Keiner, der nicht die ursprüngliche (und ja auch nur natürliche) Vater- und Großvater-Neigung des Kaisers zu seinem einzigen Kind: Julia und deren fünf Kindern betont, die alle *nicht* von Livia abstammten. Und von denen nachweislich drei (!) ein Ende mit Schrecken fanden, nach dem Tode des Augustus. Während ihre zwei älteren Brüder in Jünglingsjahren binnen achtzehn Monaten «starben», noch zu Lebzeiten ihres Großvaters Augustus. Ja, Mommsen stellt seine Frage, obwohl er auch geschrieben hat, nur wenige Zeilen später: «Augustus ... wollte Julia ... zur Kaiserin Roms machen.» Und das hätte Livia, die Kaiserin, deren – wir wiederholen: nicht vom Kaiser abstammender – Sohn Tiberius ständig durch Zurücksetzung gedemütigt wurde, *nicht* «interessieren» sollen? Wenn ihre Todfeindin: Stieftochter, zeitweise auch Schwiegertochter Julia – Kaiserin geworden wäre? Und den Thronprätendenten Tiberius habe nicht interessiert, wenn Julia an seiner Statt den Thron geerbt hätte?

Denn noch rascher, als er der Nation mitteilen muß, ihr Kaiser sei gestorben, läßt ja der neue Herr: Tiberius, wie gesagt, Julias dritten und letzten Sohn köpfen; jenen Enkel, dem soeben noch Großvater Augustus heimlich auf der Verbannungs-Insel den Besuch gemacht und zweifellos die

Rückkehr nach Rom versprochen hat. Dieser Sechsundzwanzigjährige, auch schon «wegen Unsittlichkeit» seit sieben Jahren verbannt auf die Insel Planasia, muß Mutter Julias I. letzte Hoffnung gewesen sein – nachdem in ihrem Verbannungsjahr vor nunmehr schon sechzehn (!) Jahren der eine und nur achtzehn Monate später der zweite ihrer ältesten Söhne, populär wie Julia, keiner über vierundzwanzig Jahre, «gestorben» sind: Vermutlich nur deshalb und an Livias Gift, weil sie Herz und Thron des Kaisers näherstanden als alle anderen ... von ihm bereits zur Nachfolge bestimmt, seit ihr Vater Agrippa, sehr berühmt als Sieger der Entscheidungsschlacht von Actium, «plötzlich» mit einundfünfzig gestorben war: Julias zweiter Mann! So plötzlich gestorben wie einst, schon mit neunzehn, ihr erster Mann, Marcellus, der auch Neffe des Augustus gewesen war: Man geniert sich für jene Historiker, die den Arglosen spielen, wenn sie nicht umhinkönnen, diese *Serie* von Todesfällen der Nächsten Julias zur Kenntnis zu nehmen – dann aber wie Mommsen «Sudelei» oder «Hofklatsch» nennen, was das Volk von Rom, auch die Aristokratie und die Historiker Roms für Mordanschläge der Livia gehalten haben ...

Wir haben uns hier deshalb wiederholt, um die schon erwähnten Fakten ihren Deutungen – sofern Mommsen überhaupt geruhte, diese «Sudeleien» zur Kenntnis zu nehmen – gegenüberzustellen. Also, um den großen Mann mit den Scheuklappen seiner spießig-verklemmten Lebenszeit zu zeigen; sie ließen Mommsen und seinen Schwiegersohn, um nur die beiden Weltbekannten unter den deutschen Historikern und Philologen ihrer beider Zeitalter zu nennen, derart einseitig in die Geschichte blicken, daß beide aus offenbar «sittlichen Gründen» – warum sonst – Caesarions Ermordung einfach unterschlugen, weil sie ihren Lesern Augustus nicht so «befleckt» zumuten wollten. (Wilamowitz hielt seinen Augustus-Vortrag am 12. 3. 1915.)

Doch diese gradezu naturwidrige Lust Mommsens, die Frauenschicksale zu unterschlagen, obgleich doch Livias Familienpolitik die Weltpolitik maßgebend mitbestimmte, diese sonst unbegreiflichen Unterschlagungen Mommsens sind allein erklärlich aus seinem Machotrieb, Frauen überhaupt in der Politik nicht «zuzulassen». Er brachte es fertig, am 24. 3. 1881 in einer seiner Kaiser-Geburtstagsreden zu sagen, obgleich die höchst gebildete Schwiegertochter dieses hier gefeierten Berliner Kaisers: die Tochter der Queen Victoria vermutlich zwischen seinen Hörerinnen saß: «Es hat wohl Staaten gegeben ... welche ebensowohl von Frauen regiert werden können wie von Männern. Dies gilt von dem unsrigen nicht; er würde, erstarkt, wie er ist, vorübergehend einen solchen Zustand zu ertragen vermögen, aber geworden ist er durch das Gegenteil davon und immer würde derselbe als seiner Natur zuwider empfunden werden».

Abgesehen von Mommsens chauvinistisch Boche-deutscher Taktlosigkeit dieser Narretei, denn schließlich war ja nun das Herrscherhaus Berlins aufs engste verwandt mit der Londoner Herrscherin, dem weitaus erfolgreichsten gekrönten Haupt des Jahrhunderts, damals auf der Höhe seines weltumfassenden Wirkens; abgesehen von der auch politisch so stumpfsinnigen Ignorierung der Queen Victoria als seiner machtvollsten Zeitgenossin: Beleuchtet diese Denunziation weiblicher Herrscher durch Mommsen, für wie «unpassend» er es gehalten haben muß, daß Augustus seine Tochter zur Kaiserin Roms hatte machen wollen, obgleich doch auch die Antike das zeitgenössisch noch relevante Vorbild einer sehr bedeutenden Frau auf dem Thron gehabt hatte … bis Augustus Kleopatra in den Selbstmord trieb … vermutlich durch seinen Meuchelmord an ihrem und Cäsars Sohn. So eingefleischt borniert Mommsens Abneigung gegen Frauen in der Politik war – wie könnte ihn da auch nur die leiseste Ahnung vom Unglück der beiden Julias gestreift haben! Wie grotesk wird in dieser Rede ruchbar, daß er unterstellt, allein männliche Herrscher könnten von jeher «ein eigenes und persönliches Verhältnis zu ihren Untertanen gehabt» haben; Mommsen hat offenbar nicht wahrhaben wollen, daher seine Angst, Deutsche würden weibliche Herrscherinnen immer als ihrer «Natur zuwider» empfinden, wie im 18. Jahrhundert die britischen, russischen und österreichischen Soldaten *gerade* für ihre weiblichen Herrscherinnen leidenschaftlich durchs Feuer gegangen sind! Und doch muß Mommsen gewußt haben, wie sehr die Truppen des Germanicus besonders durch dessen Gattin Agrippina, weil die mit im Felde war, als Kämpfer aufgeheizt wurden. Muß auch gewußt haben, daß die Queen schlechthin England verkörperte als die im Empire meistbeliebte Frau. Dennoch ließ er diesen Unfug los, als wolle er geradezu Schopenhauers Beobachtung bestätigen, daß wir gegen besseres Denken und Wissen nicht sagen, was uns der Verstand eingibt, sondern unser Gefühl: Mommsens Gefühl war gegen Frauen – ergo kamen sie ihm nicht in Betracht als Politikerinnen …

Übrigens war dies auch die fatale Rede, in der er Kriegshetze betrieb, als persönlich so sehr Verschonter, daß ihm nicht einmal mehr möglich schien, was dann passierte: daß sein Enkel Wilamowitz fiel in dem vom Opa ersehnten Krieg. Nur zehn Jahre nach dem so verlustreichen Krieg 1870 / 71 «illustrierte» Mommsen seine Kriegslust mit diesem obszönen Bild: «richtig ... daß diese Zustände nicht von Geschlecht zu Geschlecht dauern können, sondern die Krise mit solcher Notwendigkeit in sich tragen wie der Mutterleib das empfangene Kind: der ewige Friede ist unter allen Umständen nicht bloß ein Traum, den heute auch Kant nicht träumen würde, sondern nicht einmal zu wünschen». Die Krise des Mutterleibes, Mommsen meinte wohl: Die Geburt des Kindes, mit einer zum Kriege drängenden Krise zu vergleichen: So kranke Bilder konnten einen sonst großen Autor wohl nur in jenem friedlichen 19. Jahrhundert entstellen, in dem ein Mensch über achtzig werden konnte, ohne je einen Kriegstoten gesehen zu haben.

«Unsittlichkeit» – Vorwand: Verwandte lebenslänglich zu verbannen

Niemand könnte die Bücher zählen, die im Laufe der Jahrhunderte den Kampf der Julier gegen die Claudier und den schließlich erfolgreichen Vernichtungskrieg der Claudier gegen die Julier mitbehandelt haben. Doch hat kein Autor bisher, außer dem Briten Robert Ranke-Graves, der die Autobiographie des Livia-Enkels Kaiser Claudius fingierte, die Liquidierung der Augustus-Erben im Zusammenhang und über drei Generationen zum zentralen Thema einer Untersuchung gemacht. Und hat noch keiner die Beseitigung der Erben des Augustus – wir sagen nicht: Nachkommen, sondern Erben, weil wir zu denen nicht nur die Blutsverwandten rechnen, sondern auch die Angeheirateten, zum Beispiel Ehemänner seiner Tochter und seiner Enkeltochter Julia –, hat noch niemand aufgezeigt, daß diese Vernichtung der Erben in drei Parallel-Aktionen verlief, um einen Begriff aus Musils ‹Mann ohne Eigenschaften› aufzunehmen. Nach dem immer gleichen Muster, das allein gestattete, die Ausschaltung der Familienmitglieder unter Umgehung des Senats ins Werk zu setzen: Denn Verbannung aus *politischen* Gründen hätte sogar der Kaiser vor den Senatoren rechtfertigen müssen. Doch Verstoßung wegen Ehebruch oder Unsittlichkeit konnte ein Familienvater, ein Gatte, ein Großvater ohne öffentliches Gerichtsverfahren erzwingen; ohne einen Untersuchungsausschuß zu bemühen! Senat wie Gerichte aber hätten ausnahmslos das «Vergehen» der Angehörigen des Kaiserhauses als *völlig legitim* bewertet. Es war nicht «Ehebruch». Die Kaisertochter, zweimal Witwe, war gar nicht mehr verheiratet, sondern es war ihr Griff nach dem Thron, nach der Nachfolge des Augustus. Dieser Griff sollte des Kaisers einziges Kind: Julia, und ihre Mitverschworenen vor den Usurpatoren Livia und Tiberius schützen. Sollte dann Julias fünf Kinder, von denen *nachweislich* drei, vermutlich aber alle fünf, der Stiefgroßmutter Livia zum Opfer fielen, retten; dann *deren* Kinder, die – bis auf einen: Caligula – im Kerker oder in der Verbannung starben, meist die schlimmste aller Todesarten: Hungers ... Opfer allesamt des Tiberius, des Nachfolgers – aber nicht Nachkommen – ihres Urgroßvaters Augustus.

Exemplarisch ist, wie der Mommsen-Schüler und Marburger Ordinarius Geheimrat Theodor Birt – obgleich von den deutschen Althistorikern seiner Generation (1852–1933) noch der skeptischste – in einem seiner letzten Bücher 1928 schreibt: «Livia, Tibers Mutter, stand als Anklägerin vor Augustus.» Sie war nun gewiß, als Mutter jenes dritten Ehemannes, die unobjektivste aller Anklägerinnen dieser Stieftochter, Schwiegertochter und Rivalin, als potentielle Kaiserin Julia ... Birt hatte zuvor erzählt, wie die erst siebenundzwanzigjährige Julia, fünffache Mutter, schon zum zweitenmal Witwe wurde – ihr zweiter Mann: Agrippa, war der Nächste zum Thron gewesen, als Sieger auf See, Admiral des Augustus, in der Entscheidungsschlacht von Actium. Und als einziger Schwiegersohn des Kaisers. Warum starb er, erst einundfünfzig, dieser Populäre, an dem vorbei Tiberius, Livias Sohn, nie zum Thron gelangt wäre? Aber der sogar erst neunzehnjährige erste Ehemann der Julia, Neffe des Kaisers, war auch nach zwei Ehejahren «einfach so» gestorben. Nun endlich konnte Livia durchsetzen, daß ihr Sohn die Kaisertochter zur Frau bekam und deren fünf Kindern zum Stiefvater wurde ... Julia, zwangsverheiratet in ihrer dritten Ehe mit Tiberius, konnte sich nur wieder befreien von ihm, indem sie ihn bei ihrem Vater, dem Kaiser, der Impotenz bezichtigte: Wofür dann Tiberius, sobald er Nachfolger ihres Vaters geworden war, in seinem ersten Regierungsjahr sie verhungern ließ in ihrer Verbannung, nachdem er ihren dritten und letzten Sohn hatte köpfen lassen ...

Birts «Begründung» der lebenslänglichen Verbannung Julias: «Livia, Tibers Mutter, stand als Anklägerin vor Augustus. Es ließ sich nichts mehr vertuschen. In den Sommernächten machte Julia das Forum selbst, den großen Prunkbau der Rednerbühne, zum Schauplatz der Unzucht. Der Kaiser mußte jetzt alles an die Öffentlichkeit zerren, Richter sein über sein einziges Kind. Die ganze römische Gesellschaft war in den Prozeß verstrickt. Einer ihrer Kavaliere, Antonius, hatte gar dem Kaiser nach dem Leben getrachtet. Es war dies der Sohn jenes Marc Anton, mit dem Augustus einst um die Weltherrschaft gefochten. Der junge Mensch tötete sich selbst; auch Julias Kammerzofe Phoebe erhängte sich. ‹Wie viel lieber wäre ich Phoebes Vater!› ächzte Augustus, von Schande überwältigt; denn die Zofe fand den rechten Ausgang, seine Tochter fand ihn nicht. Julia wurde auf einen der schauerlich öden Inselfelsen im Golf von

Gaëta zu einem Leben bei Wasser und Brot verbannt, und sie ist nie begnadigt worden.»

«Einer ihrer Kavaliere hatte dem Kaiser nach dem Leben getrachtet» – um mit der von ihrem Ehemann Tiberius seit Jahren verlassenen (der hatte sich nach Rhodos zurückgezogen) Julia *schlafen* zu können? Der Sohn des Marc Anton wollte seinem Adoptivvater und Großonkel «nach dem Leben trachten» – wegen «Ehebruch» eines Unverheirateten mit einer Unverheirateten? Wann hat seit Erschaffung der Welt einer den Vater einer Siebenunddreißigjährigen ermordet, um mit seiner Tochter zu schlafen? Es ist zu blöde! Er trachtete Augustus – wenn überhaupt – nach dem Leben, weil er ein hochpolitischer Verschwörer mit Blick war, der die von ihm wie von ganz Rom vergötterte Kaisertochter – zur Kaiserin machen wollte; so wie Mommsen sagt: «Augustus wollte Julia zur Kaiserin Roms machen» – was aber nur über die Leiche der Kaiser-Gattin Livia zu machen gewesen wäre! Also nie und nimmer von Augustus zu machen war. Ob nun Julias Mitverschworene auch ihre Mitschläfer gewesen waren – vermutlich – oder nicht: mit ihrer Tötung jedenfalls und mit des einzigen Kaiserkindes lebenslänglicher Haft und ihrem Hungertod *hat das gar nichts zu tun*! Auch hängen Zofen sich selten auf, weil ihre zweimal verwitwete und von ihrem dritten Gatten verlassene Herrin «Ehebruch» begeht. Der «Ehebruch» Julias und der «Ehebruch» ihrer Tochter Julia – zehn Jahre später – als «Begründung» nicht allein für *beider* lebenslängliche Verbannungen und ihren Hungertod, sondern auch noch für die Hinrichtung des Ehemannes der zweiten Julia? Absurd. Dies aber der Nachwelt als Wahrheit verkauft zu haben: war der genialste, weil am längsten in die Nachwelt wirkende Propaganda-Trick, der in der Geschichte je einer Frau, eben der Livia, geglückt ist …

Wie hätte aber – mit welcher «Begründung» sonst – Augustus dem Senat, dem Volk mitteilen sollen, er habe die überaus populäre Julia verbannt? Hätte er sagen *können*: weil sie sich verschworen hatte, *ihre* Söhne (oder sich) zum Erben meines Thrones zu machen?

Da bis heute die Mär von Historikern nicht nur der Generation Guglielmo Ferreros (Jahrgang 1871), sondern auch noch Golo Manns (Jahrgang 1909), ja sogar von ihm selbst, tradiert wird, Kaiserenkelin Julia sei wegen «Ehebruch» lebenslänglich ausgesetzt worden: So muß man folgern, daß Historiker leichtfertiger als andere Leute voneinander abschreiben. Denn welchem ist bis heute der nächstliegende Gedanke gekommen, daß ja Kaiser Augustus *unmöglich* vor dem Senat zugeben konnte, sein einziges Kind – wie zehn Jahre später ebenso deren Tochter, deren Mann sogar offiziell als Verschwörer hingerichtet wurde –, habe Verschwörung auf Verschwörung, schließlich aus legitimer Verzweiflung eine vatermörderische (laut Plinius) angezettelt, um ihre entsetzliche Stief- und zuletzt auch noch Schwiegermutter Livia daran zu hindern, Tiberius anstelle eines *ihrer* fünf Kinder – die, wie gesagt, ausnahmslos umkamen – zum Nachfolger des Kaisers zu machen? Und «Ehebruch» und «Unsittlichkeit» waren dann auch zwei weitere Generationen lang die regierungsamtliche Anklage gegen die Erben des Augustus und sogar noch gegen alle jene Männer – Feldherren, Senatoren, den erwähnten Stiefsohn und Neffen des

Kaisers, auch Gatten von Enkelinnen des Augustus –, die liquidiert wurden, weil sie allesamt in Verschwörungen zur Rückkehr von Juliern an die Macht verwickelt waren: Legitime gegen jene zwei illegitimen Thronprätendenten Livia und Tiberius, in deren Augen die Julier und ihre Mitverschworenen nichts waren als verbrecherische Hochverräter ... Sie fielen allesamt dem Erwürger – Hinrichtungen erfolgten meist durch qualvolles langsames Erwürgen – oder der lebenslänglichen Verbannung oder (und!) dem Hungertod deshalb zum Opfer, weil sie ein einziges Ziel hatten: zu verhindern, daß anstelle eines Juliers der Claudier Tiberius zur Macht komme – der «so feine Mensch», wie Mommsen-Schüler Kornemann die Bestie nennt, die Urenkel seines Vorgängers – nur weil sie kaiserliche Prinzen waren, fast Kinder noch – zuletzt im Hungerkäfig ihre Matratze zu «essen» zwang ...

Erst ein Jahr vor dem Tode des «tragischen Tiberius», wie Geheimrat Kornemann ihn auch nennt – Mommsen gar vergleicht das Vieh mit Friedrich dem Großen –, ist die Ausmordung der Julier durch Tiberius deshalb beendet, weil es außer Caligula keine Nichtverbannten mehr gibt ... Tiberius hat natürlich gewußt – ebenso wie jener Richard Nixon wußte, daß er allein dank der termingerechten Ermordung der beiden Brüder Kennedy ins Weiße Haus gelangt ist –, daß er niemals den Thron erobert hätte, würde nicht Livia, seine Mutter, die mit siebenundachtzig Jahren nur acht Jahre vor ihm starb, alle männlichen Augustus-Erben: drei Enkelsöhne, zwei Schwiegersöhne und sogar die Männer der zwei Enkelinnen – aus dem Wege geräumt und ihre Frauen verbannt haben aus Rom ... Da wundern

Historiker sich, daß Tiberius nicht einmal zur Totenfeier für seine verstorbene Mutter ging – man hüte sich vor jedem, der einem dankbar sein muß: Allein diese Mutter hatte ihm ja den Weg zum Thron freigemordet! Wundern sich auch, die Historiker, daß dieser Kaiser dann umdüstert, rachsüchtig, übellaunig auf seinem allein dank Giftmorden erlangten Thron regiert hat … Neros Erzieher Seneca, zeitweise auch «wegen Ehebruch» mit einer Nachkomme des Augustus verbannt, zwei Menschenalter später, hat gesagt, daß die augusteischen Ehegesetze stets der beliebteste Vorwand waren, politisch Mißliebige aus Rom zu verbannen. Sogar der katholisch-bigotte spanische Arzt und Tiberius-Biograph Marañón, der noch in den dreißiger Jahren des zwanzigsten Jahrhunderts Kaisertochter Julia und deren Tochter stets «die Sünderin» nennt – kann sich endlich beim Rückblick auf die Morde, die Tiberius noch nach vierzehnjähriger Verbannung (!) an Liebhabern der Kaisertochter vollstrecken läßt, nicht länger vormachen, die seien *keine* politischen Verschwörer gewesen. Vom Ehemann der zweiten Julia wurde das ja nicht einmal in der Antike geleugnet: Aemilius Paullus sei als Verschwörer hingerichtet worden, im gleichen Jahr, als der Großvater Julia und Ovid verbannt habe. Also, obgleich der Spanier Julia «die Sünderin» nennt, die er in einer Kapitelüberschrift sogar einmal als «Julia die Wahnsinnige» denunziert, kann er dann endlich doch nicht umhin, zu argwöhnen, nicht Ehebruch – sondern Hochverrat, also ihr Griff nach des Vaters, des Großvaters Thron habe die beiden Julias vernichet: «Julias Lebensnachspiel war furchtbar. Wie es auch um ihre Sünden gestanden haben mag – wir haben sie nicht verhehlt –, die kalte Verdammung, die ihres Vaters Strenge über sie verhängte, widerstrebt uns; und der Gedanke drängt sich auf, ob nicht im Recht ist, wer zur Erklärung der väterlichen Wut – abgesehen von Julias lockerem Lebenswandel – auf andere, vielleicht politische Motive schließt. Nach Plinius hegte Julia ‹vatermörderische Absichten› (48, 7). Das scheint kaum glaublich; aber nur so läßt sich die unbezähmbare Wut des Kaisers begreifen. Sueton sagt, Augustus habe zuerst daran gedacht, sie umzubringen (63, 13); aber letzten Endes begnügte er sich damit, die Ehebrecherin nach der Insel Pandataria zu verbannen (2 v. Ch.), wohin ihr Scribonia, die menschlich und edel gesinnte Mutter, tapfer nachfolgte …

Jede Bequemlichkeit wurde Julia versagt; so auch der Weingenuß und – was für sie die härteste Strafe sein mußte – jeder Umgang mit Männern, ja sogar mit ihren Sklaven. Fünf Jahre später siedelte sie von der Insel nach Rhegium über, wo sie kurz nach der Ermordung ihres jüngstgeborenen Sohnes, des Agrippa Postumus, im Jahre 14 n. Chr. starb. Schon nach einiger Zeit litt sie unter einem heftigen Magenübel, vielleicht dem Rückstand ihrer vielen durchschwärmten Nächte, ohne daß ihr der von ihren Ärzten empfohlene Kräuterabsud Erleichterung verschafft hätte.»

(Daß «Magenübel» Folgen von «Ehebruch» einer seit Jahren gar nicht mehr Verheirateten sein könnte: Hat dieser Spanier zweifellos als der einzige Arzt, der je gelebt hat, für möglich gehalten!) Der so fromme wie bösartige Frauen-Verleumder fährt fort: «Während der endlosen Stunden ihres Exils mag sie auf ihr Leben zurückgeblickt haben, wie gewöhnlich Verbannte darauf zurückblicken, als sei es gar nicht ihr eigenes Leben, das wundersame Leben jener Julia, der die ganze Welt zu Füßen gelegen hatte. Vor allem mag sie jenes Tages gedacht haben, als sie in das sagenumwobene Jerusalem eingezogen war, an der Seite ihres Gemahls Agrippa, des besten römischen Generals. Und mit jener Klarsicht, die uns in Stunden des Unglücks das Schicksal begreifen läßt, mag sie innegeworden sein, daß alles im Leben ohne Sinn und zugleich folgerichtig ist: die Apotheose und die Verfolgung, die als Pole des Schicksalsbogens, der unser Dasein regiert, in Gottes Einsicht beschlossen sind, die menschliche Logik nicht zu durchdringen vermag. Das einzige vielleicht, was sie durchaus nicht begriff, mag der unauslöschliche Haß ihres Vaters gewesen sein, der ihr nicht nur die Vergebung abschlug, sondern über das Grab hinaus seiner Rache frönte. Denn er verbot, sie und ihre Tochter, die nicht minder in Fleischessünde verstrickte Julia II, im kaiserlichen Mausoleum beizusetzen (63, 22).»

Wir bringen diesen quälenden Unsinn ungekürzt, weil er verdeutlicht, daß dieser Biograph, der in Franco-Spanien so klerikal dachte, wie sich das «gehörte», auch hier nicht über die Traumata seiner Kindheit hinwegkommt: Hat er soeben noch selber sich sagen müssen, nur Politik – nicht: Ehebruch, könne diese total maßlosen Strafen über Julia verhängt haben – so ist er wenige Zeilen später wieder beim lieben Christengott und der «Fleischessünde». Er fragt nicht einmal, wieso ausgerechnet ein lebenslänglich-stadtbekannter Ehebrecher wie Augustus – der Senat wagte, ihn öffentlich auszulachen, als er seine Eheschutz-Gesetze einbrachte – dieses einzige, von ihm bis zu diesem «Sündenfall» vergötterte Kind, die schon zweimal Verwitwete, dann von ihrem dritten Mann Tiberius Verlassene, *umbringen* wollte! Ja, dann lebenslänglich – und Augustus lebte noch sechzehn Jahre, ohne Julia zu begnadigen – aus Rom verbannte: wegen «Ehebruch»? Das fragt der Spanier nicht einmal. Und doch schließt er die Fakten an, die abermals beweisen, daß «Ehebruch» nur der Vorwand gewesen sein *kann* für Julias Verbannung und für die Ermordung eines Mitverbannten noch nach *vierzehn* Jahren. Auch verschweigt er, wo er davon spricht, Tiberius habe das Exil verschärft, daß ja Julia noch im selben Jahr wie Augustus starb; ermordet wurde. Oder durch Selbstmord endete, aus Entsetzen über die Ermordung des letzten ihrer drei Söhne, vermutlich mit ihrer Mutter Scribonia, die ja zu ihr ins Exil gegangen war. Der Spanier: «So hart erwies sich dieser ihr Vater, der als Augustus in der Geschichte eine Spur halb göttlichen Ruhms hinterlassen sollte. Tiberius, der gedemütigte, von Ressentiment erfüllte Gatte, der jedes edlen Aufschwungs unfähig war, hämmerte am kalt gewordenen Eisen der Grausamkeit fort. Als Augustus tot war, verschärfte er das strenge Exil Julias; er befahl ihr Hausarrest und beraubte sie ihres knappen Eigenvermögens, das Augustus ihr belassen hatte (63, 23).

Den Liebhaber Gracchus, der seit vierzehn Jahren in einem Felsennest Nordafrikas gefangensaß, befahl er zu töten.

Gracchus, der bei der Landung der Soldaten an den Strand gelaufen war, da er glaubte – der stete Traum des Verbannten –, es seien Freunde, die zu seiner Befreiung kämen, Gracchus, da er die Wahrheit inne wurde, rüstete sich tapfer zum Sterben; und als er noch an seine Frau geschrieben hatte, bot er den Henkern gelassen das Haupt dar (64, II), überzeugt, sein Blut werde auf immer jenen Tiberius beflecken, dem wohl zu den senilen Vergehen auf Capri die Tauglichkeit mangelte, aber nicht zu kalter, zähblütig geheckter Rache an Menschen, die ihn gekränkt hatten.»

Sogar Tiberius hätte Gracchus, den schon vierzehn Jahre Verbannten, nicht mehr wegen «Ehebruch» ermordet. Sondern ermordete ihn selbstverständlich deshalb, weil dieser mit Julia verschworen Gewesene *sie* hatte auf den Thron bringen wollen, auf dem jetzt absolut rechtswidrig Tiberius saß.

Aurora Dreckliese und Adelheid Mommsen

Mommsen hat mit der ihn ein halbes Jahrhundert überdauernden Durchschlagskraft des *Genies* die «Denk»-Weise noch der Schüler seiner Schüler bestimmt. In Anführungsstrichen deshalb, weil deren viele gar nicht dachten, sondern auswendig aufsagten, was der geniale Lehrer ihnen eingebleut hatte, wie besonders aufdringlich deutlich wird, wenn man jetzt Mommsens Kaisergeschichte liest. So ist es überaus folgenreich gewesen, wie zuerst *er* die Augustus-Kaiserhof-Kabalen gelehrt hat. Diese Lehre ist mindestens so sehr das Resultat seiner Lebensanschauung – nein, viel, viel mehr! – wie ein Ergebnis der antiken Überlieferungen. Da leistet denn Tochter Adelheids Erinnerungsbuch ans Elternhaus unschätzbare Aufklärung: Das persönliche Regiment von Hausvater Mommsen hat in seiner erschlagenden Autorität selbstverständlich nicht nur auf seine Kinder – von insgesamt sechzehn Kindern überlebten sechs Söhne und sechs Töchter die Eltern – abgefärbt, sondern noch stärker auf das, was er schrieb. Speziell über Frauen schrieb. Speziell über so «unsittliche» wie Kaisertochter Julia und deren Töchter – obgleich zum Beispiel Tacitus es anders gewußt hat, was aber Mommsen keinerlei Eindruck gemacht hat, da erst *er* – nicht aber schon Tacitus – gewußt habe, was sich gehört. Zum Beispiel den Kindern, die ungefragt nicht den Mund aufmachen dürfen am Mittagstisch, niemals einen Nachtisch abzugeben, obgleich der Vater – vor den Augen der immer Hungrigen! – einen ißt. Und sie abends noch mit vierzehn abzufüttern mit der ewig gleichen verhaßten Milchsuppe, zu der sie nur dann noch ein zweites Stück Trockenbrot erhalten, wenn sie auch – was sie nicht wollen, aber müssen – noch einen zweiten Teller Milchsuppe hinunterwürgen! «Manches Mal hieß es in der Schule: Mommsens haben nie Fettflecke in Heften und Büchern. Wir dachten wohl, hätten wir doch! – gaben aber weiter keine Erklärung. Unsere trockene Schrippe, die noch dazu meist auf dem fünf Minuten währenden Schulweg aufgezehrt wurde, konnte freilich keine Fettflecke machen ... Daß allerlei auf den Tisch kam, was nur für die Eltern oder den Vater bestimmt war, erregte nicht einmal das Erstaunen und blieb auch so, als wir die Kinderschuhe ausgetragen hatten.»

Das widerlich Puritanische sogar noch in der Ernährung der Kinder, die Gutes nur auf Vaters Teller zu sehen bekamen – es ist keine Marginalie, sondern weist ins Zentrum der Denkweise dieses Pastorensohnes. «Freitisch für junge Theologen», nannte Heine Mädchen ohne Brust. So hat Mommsen durch seine Brille auch die Frauen um Augustus betrachtet. Auch die – wie er sagte – «ziemlich gemeine» Liebe zwischen Äneas und Dido. So auch den – laut Goethe – größten Lyriker der Antike, Ovid: «Daß die unmoralischsten die besten seiner Sachen sind». So daß auch Mommsen überlieferungsfromm auf den Schwindel um die angebliche «Unsittlichkeit» der zwei Julias hereinfällt: Ein so unmoralischer Dichter wie Ovid kann nur dank dieser Unmoral mit der ebenso unmoralischen Kaiser-Enkelin verbunden gewesen sein: «Charakteristisch ist die Katastrophe des Dichters in Verbindung mit der der Julia ...» Mommsen fügt hochnasig hinzu: «Nur die Hetärenpoesie, die amores und ars amandi sind lesbar. Und das ist doch ein sehr untergeordnetes Genre ... Sonst ist die Poesie Ovids nichts weiter als Reimerei. Er war imstande, über alles fließend zu dichten, aber ohne jeden poetischen Gehalt.» Herausgeber Demandt muß korrigieren, wenn Mommsen verächtlich von Ovids «Reimerei» spricht: «Genauer ‹Versemacherei›, der Reim ist nachantik.»

Die Notwendigkeit, Mommsen hier zu korrigieren, spricht sehr für dessen Desinteresse an Dichtung. Vermutlich deshalb, weil einst Mommsen selber als Lyriker begonnen hat ... Wie bezeichnend, daß er «Ode» statt «Drama» sagt, wenn er von Ovids ‹Medea› spricht: «Sein gefeiertestes Werk, die ‹Medea›, kennen wir nicht. Man kann sich dem Gedanken nicht verschließen, daß diese Ode daraus entstand, daß Ovid nicht mehr in den republikanischen Traditionen lebte. Die Welt wurde leerer.»

Nichts charakterisiert Mommsens Abneigung gegen Künstler – wie gesagt: Die gesamte Architektur, schreibt Demandt, hakte Mommsen unter Staatsfinanzen ab –, nichts anderes charakterisiert sie so sehr wie seine wegwerfend verächtlichen, voller sachlicher Irrtümer steckenden Zeilen über Ovid, den von Goethe höchstgestellten Lyriker der Alten Welt.

Ausgerechnet an der einzigen Stelle, an der Mommsen einen antiken Überlieferer: Plinius, wenigstens einmal anhört, der geschrieben hat, auch politische, nicht nur «unsittliche» Gründe hätten die lebenslängliche Verbannung der Kaisertochter ausgelöst, übergeht Mommsen diese profunde Aussage, die allein das sonst Unerklärliche erklärt, nämlich den wahnsinnigen Haß des Kaisers auf sein Kind, wiederum deshalb, weil Mommsen blind wird, wo er «Untaten» wittert, die gegen sein wilhelminisches Sittlichkeitsgefühl verstoßen. Und nicht nur hängt er Ovid also «Reimerei … ohne jeden poetischen Gehalt» an – dem Dichter der ‹Metamorphosen›!, die ein Gipfelwerk sind wie Dantes ‹Göttliche Komödie› –, sondern verwechselt auch noch, so wie er das *Drama* ‹Medea› als *Ode* ausgibt, die Mutter Julia I. mit deren Tochter Julia: «2. v. Chr. wurde dem Senat angezeigt, daß der Kaiser seine Tochter wegen Verstoßes gegen die guten Sitten auf die Insel Pandateria (Ventotene) verbannt habe. Mehr hat die Welt nie erfahren, aber höchstwahrscheinlich war die Anklage ganz richtig. Julias Benehmen war nicht mehr zu konnivieren. Charakteristisch ist, daß der Livia keine Erwähnung geschieht. Augustus erfuhr den Skandal auf dem Wege des Polizeirapports, es gab nächtliche Gelage mit öffentlicher Prostitution auf dem Forum. Eine große Anzahl von Teilnehmern wurde am Leben gestraft, andere verbannt, so Ovid. Es sollen auch politische Elemente mitgewirkt haben (consilia parricidae), darauf deutet die Teilnahme des Julius Antonius, des Sohnes des Triumvirn.»

Es ist unglaublich und in seiner Fahrlässigkeit so gar nicht bezeichnend für die Gründlichkeit Mommsens sonst – daß er dort, wo erotisch «Anstößiges» zur Sprache kommt, sei es «die Prostitution» der Kaisertochter, sei es der Dichter der «Ars Amandi» –, daß Mommsen nicht nur die unersetzliche Aussage des Plinius fast übergeht, die ja allein auch erklärt, warum der Kaiser seine gar nicht mehr verheiratete Tochter für ewig (wegen Ehebruchs!) verbannte, sondern daß Mommsen auch noch Ovids Verbannung um volle *zehn Jahre* aus Desinteresse vorverlegt: Denn nicht mit der Kaisertochter, sondern mit der Enkelin wurde ja Ovid gleichzeitig verbannt – also nicht zwei *vor*, sondern erst acht *nach* Christus.

Aber «Familienklatsch» oder «häusliche Details» interessierten nun einmal den großen Mann in Berlin nicht – und so hat er sich nie gefragt, ob denn wirklich ein Ehemann der Kaiser-Enkelin Julia II. hingerichtet worden sein könnte, nur weil dessen Frau herumgeschlafen hat. Mommsens ausdrückliche Feststellung, Augustus würde gut daran getan haben, die ‹Äneis› – «ein ziemlich gemeines erotisches Motiv» – zu verbrennen, wie der sterbende Vergil geplant hatte; Mommsens ausdrückliche Versicherung – noch viel absurder –, allein «die Hetärenpoesie, die amores und ars amandi, sind lesbar. Und das ist doch ein sehr untergeordnetes Genre» – die ‹Metamorphosen› offenbar nicht –, sind dermaßen unter seinem Niveau, daß nur der *eine* Schluß zulässig ist: Mommsen, als Jüngling Storms Freund und Lyriker, habe Vergil und Ovid *beneidet*. So sagte Gottfried Benn in seinem Vortrag ‹Probleme der Lyrik›, es sähe so aus, «als möchten auch die Philosophen von heute in ihrem Grunde dichten ... das Bewußtsein erträgt im Augenblick nur etwas, das in Bruchstücken denkt ... dies leise Erdbeben fühlen die Philosophen ... im Grunde möchten sie dichten – alles möchte dichten». Mommsen hat es in seiner Jugend probiert; zurück blieb eine feindselige Abneigung gegen Kunst. Er sagte öffentlich am 22. 3. 1875: «Ja, man wird anerkennen müssen, daß ... das Einfachste und Nächste im ganzen genommen auch immer das Rechte und Beste ist». Was kann er wohl bei diesem Credo ersehnt haben? Einen Schrebergarten? Und fuhr fort: «... Die Kunst ist, wie die Perle, ein Wunderwerk nicht minder wie eine Krankheit; das praktische Leben ist die Gesundheit». Während er dies in Berlin an Kaisers Geburtstag sagte, malten dort der Jüngling Liebermann seine ‹Gänserupferinnen›, der sechzigjährige Menzel sein ‹Eisenwalzwerk›: Deren Kunst eine «Krankheit»? Nein, krank war Mommsen; so ist dem Herausgeber des Briefwechsels Mommsen-Jahn, Lothar Wickert, die Freundschaft der zwei Briefpartner – Mommsen hielt Jahn 1868 sogar die Grabrede – deshalb ein Rätsel, weil «die Musik, die in Jahns ... Arbeit einen so breiten Raum einnimmt» – Jahn schrieb die grundlegenden Mozart- und Beethoven-Biographien –, Mommsen «nicht nur gleichgültig ist, sie ist ihm ein Greuel, er will von ihr nichts hören noch wissen, die Mozartbiographie ... nimmt er nur deshalb zur Hand, weil er ein Stück Zeitgeschichte darin zu finden hofft». Und da das Naturell der Frauen «der Kunst so nah verwandt» ist: Wie soll da der berühmte Gelehrte, der mit so beißender Verachtung zu Jahn über Musik spricht wie zu seinen Studenten über Vergil und Ovid, die beiden römischen Julia – die sehr enge Beziehungen zu den Dichtern pflegten – auch nur entfernt verstanden haben?

Wie Mommsen über Ovid spricht, wie abfällig – man

vergleiche das mit dem, was Jacob Burckhardts Studenten über dessen Haltung zu Ovid berichteten. Burckhardt, ein Mensch mit Phantasie – Phantasie hat, wer vom Leid des Einzelnen in der Geschichte ergreifbar ist –, Mommsen aber ein Hegel-kalter Registrator, der die penetrante Bürgerlich- und Friedlichkeit seines eigenen Säkulums da in Berlin phantasielos verabsolutierte, ohne das geringste Gespür dafür, wie sehr er einfach deshalb privilegiert, weil er ein Mensch des 19. Jahrhunderts war, dessen Kriege nur selten auch den Zivilisten peinigten, wenigstens in Westeuropa. Folglich ist Mommsen – sein menschliches und geistiges Defizit im Vergleich mit Burckhardt – ohne Mitgefühl für das Individuum in solchen Epochen, in denen ein Krieg oder Hungersnot oder ein Einfall barbarischer Horden oder Thronrivalität im alttestamentlichen Sinne «den Menschen wegnimmt von seiner Stätte». Burckhardt jedoch vermochte nicht weiterzusprechen, so vibrierte seine Stimme, erwähnte er Ovid in Tomi: Tränen kamen ihm dann – und so sprach er über ihn, daß auch Hörer sein Gerührtsein ansteckte.

Erstaunlich ist es keineswegs, daß Mommsen auch der Meinung war, Augustus würde gut daran getan haben, den Wunsch des sterbenden Vergil zu erfüllen, die ‹Äneis› zu verbrennen: «Es ist ein trauriges Geschäft, den modernen Epiker Vergil mit Homer zu vergleichen ... Vergil suchte ‹Ilias› und ‹Odyssee› zusammenzuschweißen und fügte ein ziemlich gemeines erotisches Motiv hinzu: die Liebe zwischen Äneas und Dido, in Anlehnung an die Sage von Medea. In der zweiten Hälfte ist es ihm ähnlich gegangen. Da tritt an die Stelle des Haus und Hof besitzenden Hektor der eifersüchtige Liebhaber Turnus. Bei der modernen

Umgestaltung sind die anderen großartigen Motive der republikanischen Sage weggelassen, alles ist auf das Mittelmaß des Zeitalters zurückgedrückt. Nur wenn Vergil das neue Kaisertum feiert, bricht ein wärmerer Ton durch. Seine Selbstkritik in dem Wunsch, das Gedicht zu verbrennen, war vollständig berechtigt. Wenn das Werk gleichwohl Erfolg hatte, beruht das auf mehreren Gründen. Der erste liegt in der Politik. Auf das Ansuchen des Augustus entstanden, drückt es die synkretistische Richtung der Zeit, die Koalition zwischen Römern und Griechen aus. Denn die Karthager werden ja durchweg als Griechen, wie auch in den homerischen Epen behandelt. Ebenso willkommen war die Verherrlichung der Monarchie. Augustus lehnte sich geistig an die sieben römischen Könige an. Drittens die Verherrlichung des iulischen Hauses in dessen Ahnherrn Äneas, das ist vielleicht das wichtigste.»

Was kann Mommsen gemeint haben, wenn er – extrem spießig sogar für das Wilhelminische Zeitalter, als Fontane seine Ehebruch-Romane schrieb, die keinen empörten – dem Vergil ankreidet, «die Liebe zwischen Äneas und Dido» sei ein «ziemlich gemeines erotisches Motiv»? So «gemein», daß Augustus gut daran getan hätte, die ‹Äneis› zu verbrennen? Und wer so denkt – sollte Julia verstanden haben?

Mommsen hat zweifellos, wenn es um Frauen ging, sie auch noch durch die Brille seiner Frau abtaxiert, der von ihm angebeteten sechzehnfachen Mutter, von der Adelheid Mommsen, mehr vertuschend als beschreibend, folgende Groteske überliefert: «Sie war bis in ihr Alter von einer rührenden, mädchenhaften Schüchternheit, die es ihr unmöglich machte, über seelische Erlebnisse zu reden. Das konnte sie ebensowenig wie über gewisse körperliche Dinge. Als die Geburt eines Enkelkindes bevorstand» – das Kind jener Tochter Mommsens, die Wilamowitz geheiratet hatte; die fünf übrigen Töchter blieben als alte Jungfern sitzen, kein Wunder bei dieser seelisch verkrüppelnden Erziehung –, «dem die Jüngste von uns hätte Mutter sein können, haben wir ihr gesagt, sie dürfe nun wirklich davon reden, wir glaubten nicht mehr an den Klapperstorch. Ich möchte diesen für meine Mutter so charakteristischen Zug in ihrem Bilde nicht missen, obwohl die heranwachsenden Töchter durch diese Eigenart in manche peinliche Situation gekommen sind», setzt Tochter Adelheid hinzu. Das Normale totschweigen, wenn es Dinge streifte, die sich «nicht gehören», obgleich sie die erfreuliche Schwangerschaft einer gut verheirateten Tochter betreffen, war dermaßen ausgeprägt in Mommsens Haus, daß er von Sueton zwar Angaben über Steuern und Kriege seiner Geschichte einfügt – aber den Sittenschilderer total übergeht. Die grundmauerfeste Zuversicht aller Epiker des 19. Jahrhunderts, sie brächten das Unmögliche fertig, nämlich: «nur zu sagen, wie es eigentlich gewesen» –, basiert allemal auf des Jünglings Ranke hochfliegender Illusion und Hoffnung, das sei möglich!

Diese Illusion des vierundzwanzigjährigen (!) Ranke, völlig souverän den Stoff zu beherrschen und zu überschauen: Mommsen muß noch mit achtzig von ihr beschwingt, ja beschwipst gewesen sein. Erstaunlich! – keine Minute von Zweifeln an der Allmacht seiner Übersicht ist er angekränkelt gewesen. Bis ins Grab muß Mommsen immun gewesen sein gegen die von Carl Jacob Burckhardt in seinen ‹Gedanken über Karl V.› formulierte Einsicht: «Aus der geschichtlichen Darstellung sind der Darstellende und sein Zeitalter reiner zu erkennen als der Dargestellte.»

Ein Historiker, der *das* nicht ahnt, merkt folglich auch nicht, daß er ans Verhalten der Frauen des augusteischen Hofes die Maßstäbe anlegt, nach denen er seine Töchter «erzogen» hat. Seelisch hingemacht, wäre der exaktere Ausdruck: War doch die Erwähnung von Geld ebenso «unschicklich» wie Zärtlichkeiten: «Zärtlichkeiten waren geradezu verpönt. Gab der Vater bei ganz besonderen Anlässen einer Tochter einen Kuß auf die Stirn, so war das ein Ereignis, das tiefen Eindruck hinterließ. Und bei der Mutter war es nicht anders. Schon erwachsen, entschloß ich mich eines Tages, in das Arbeitszimmer meines Vaters zu gehen. Da hatte man sonst nur mit einem Schulzeugnis in der Hand gestanden, das waren peinliche Erinnerungen. So war mir doch etwas beklommen zumute.» Ja, fragt sich der Leser – was wollte denn Adelheid um Gottes willen von ihrem Vater, daß sie wagte, sein Studio zu betreten? Ach, sie wollte keinen Kuß – nur bitten, Lehrerin werden zu dürfen! «Immerhin klopfte mir das Herz gewaltig, als ich in das Zimmer trat und meine Bitte vortrug.» Und Adelheids Überraschung war groß, als Mommsen sofort zustimmte, denn «er sei nicht imstande, seine fünf unverheirateten Töchter sicherzustellen». Diese Sorge hat ihm erst der Nobelpreis abgenommen, ein Jahr vor seinem Tode.

Nun stelle man sich vor, dieser Mann mit seinem Mädchen- und Frauenbild soll Julia, das strahlend glückliche, vom Volk bejubelte einzige Kind des Kaisers Augustus schildern, das, erst vierzehn, schon verheiratet wird mit ihrem geliebten

Vetter – der dann aber nach nur zwei Jahren mysteriös und pünktlich stirbt, mit neunzehn! So mysteriös und pünktlich wie Agrippa, ihr zweiter Mann und Vater ihrer fünf Kinder, von denen die zwei ersten – bis dahin kerngesunde Prinzen, Reiter, Soldaten – binnen achtzehn Monaten sterben, die drei anderen dann *nachweislich* als Verbannte eines gewaltsamen Todes … Wie Julia selbst. Und wie ihre Mutter.

Allein das Frauenbild Mommsens und seine tickhaft «sitten»-hörigen Verbote an Töchter, Zeitungen zu lesen oder selber ihr bißchen Geld zu verwalten – Zeitunglesen war auch seinen Söhnen verboten –, machen ja annähernd erklärlich, warum er die Damen am Hofe des Augustus 1880 n. Chr. für herumschlafende «Huren» hielt und – in seinen Augen – nichts gerechtfertigter sein konnte als Ovids lebenslängliche Verbannung im Zusammenhang mit der von Julias Tochter Julia. Und folglich kam auch Mommsen gar nicht der Verdacht, dieser blutige Kolportage-Roman: daß dem Kaiser Augustus fünf Thronfolger sterben – seine Tochter, die er als Thronfolgerin ins Auge gefaßt hat, laut Mommsen, noch nicht einmal mitgezählt –, *habe eine andere als die regierungsamtliche Erklärung*. Jeder Erzähler stände unglaubhafter da als Karl May, der das erfände – doch Mommsen und folglich die Herde seiner Mitschreiber drei Generationen lang nehmen als wahr an, was Livia und Tiberius den Thron-Rivalen an «Unsittlichem» anhängen … Julia auf ewig zu verbannen, wie gerechtfertigt! Hatte sie doch als Witwe oder Geschiedene dennoch mit Männern geschlafen! Sogar «ausschweifend»; und zwar nach dem «Zeugnis» ihrer Stiefmutter Livia, der Mörderin von Julia, von Julias Mutter, Männern, Kindern, Enkeln. Livia, die selber im sechsten Monat den Ehemann – offiziell, durch eine Hochzeit! – gewechselt und später – nach dem Vorbild dieser, ihrer eigenen Niederträchtigkeit – auch ihren Sohn Tiberius gezwungen hatte – öffentlich –, seine schwangere Frau sitzenzulassen, um aus Karrieregründen die soeben zum zweitenmal – mit erst siebenundzwanzig – Witwe gewordene Kaisertochter zu ehelichen ... Worüber der im Hinblick auf Frauen ach so sittenstrenge Mommsen kein Wort der Kritik, ja auch nur der Ironie verliert ...

Alexander Demandt hat die schon erwähnte Frage, warum Mommsen darauf verzichtet hat, seine Kaiserzeit-Vorlesung auch als Buch zu schreiben, überzeugend beantwortet durch seinen Fund des Protokolls einer Berliner Schulkonferenz aus dem Jahre 1900: Der Theologe Harnack hatte gefordert, auch der Darstellung der römischen Kaiser im Schulunterricht breiteren Raum zu gewähren. Doch Mommsen widersprach leidenschaftlich, weil er zu viel Unsittliches in den nun einmal nicht außer acht zu lassenden «Sudeleien» der Überlieferung, in ihrem «Hofklatsch» sah, als daß den Schulkindern des wilhelminischen Deutschlands dergleichen vorgesetzt werden dürfe: «Allgemein ist der Unterricht auf diesem Gebiete teils unausführbar, teils gefährlich, weil die Überlieferung zu sehr in Hofklatsch und schlimmeren Dingen besteht ... halte ich einer fruchtbaren Behandlung in der Schule nicht für fähig ... Wenn jeder Lehrer mit dem Ingenium auszustatten wäre, das dazu gehört, um diesen unter der Schale elender Hofgeschichten sich verbergenden Kern herauszuschälen, dann ginge es freilich. Ich beschäftige mich, seit ich denken kann, mit dieser Zeit. Mir ist es nicht gelungen, diesen Kern vorzulegen, und ich würde mir, wenn ich Lehrer wäre, die Aufgabe, Kaisergeschichte im allgemeinen zu lesen, verbitten.» Mommsen hatte also noch am Rande des Grabes Angst, als «Aurora Dreckliese» in die Nachwelt abzugehen, würde er aus den Quellen der Antike über die Kaiserfamilie berichten! Er wies dem Historiographen die Verpflichtung zu, das «Totengericht» abzuhalten als «politische Pädagogik» im «Dienst der nationalliberalen Propaganda … cum ira et studio …» Und so brachte Mommsen es nicht über sich, beraten von seinem noch spießigeren Schwiegersohn Wilamowitz, eine Epoche «freizugeben» für die Jugend, die ohne die «Sudeleien» als ihre Hauptquelle nun einmal nicht darzustellen war …

Bismarcks höhnische Frage, was Mommsen von Rom begriffen haben könne, da er doch die Geschichte seiner eigenen Lebenszeit nicht begreife – erhielt durch Schwiegersohn Wilamowitz bald nach Kriegsbeginn 1914 noch ein ironisches Licht aufgesetzt, als der am 9. Oktober im Wilmersdorfer Bismarck-Gymnasium Kriegserinnerungen an 1870 zum besten gab und erzählte: «… da kamen Offiziere und verkündeten uns, Napoleon sei gefangen. Wir waren nicht so ungläubig wie Theodor Mommsen, der seinem Sohn, als er diese Nachricht brachte, eine gewaltige Ohrfeige gab, weil der Junge sich etwas hatte aufbinden lassen …» Gleich eine «gewaltige Ohrfeige» – weil der Sohn eine Historie berichtet, die man nicht fassen kann? Die aber trotzdem wahr ist?

Wenn also der große Mommsen nach der Devise schrieb, daß nicht sein kann, was nicht sein darf – wundert man sich dann über die kleinen Leute im Lande und im Geiste? Nichts ist doch charakteristischer für die deutsche Gelehrtenrepublik, in der sich niemand mehr lächerlich machen kann, nach den wutschäumenden Verrissen, die sogar Männer wie Wilamowitz gegen die aus dem Nachlaß Burckhardts vom Neffen Oeri publizierte ‹Griechische Kulturgeschichte› geschrieben haben –, nichts ist so typisch für deutsche Gelehrte wir ihre Besserwisserei gegenüber den Aussagen der antiken Historiker über Livia. So im ‹Kleinen Pauly›: «Wenn sie auch Tiberius emporbringen wollte, waren Gerüchte, sie sei am Schicksal des Agrippa Postumus (Tac. ann. I,3,4. 6,3), ja sogar am Tod des Augustus (Tac. ann. I,5,I) schuld, unsinnig. L. setzte die Gebeine des Gatten in seinem Mausoleum bei.» Fabelhaft, dieser Gegenbeweis: Livia kann Augustus nicht ermordet haben, denn sie setzte seine Gebeine im Mausoleum bei. Zu deutsch: Der Führer hat Rommel keinesfalls gezwungen, Gift zu nehmen, denn er schenkte ihm ein Staatsbegräbnis! Muß man hinzufügen, daß der Verfasser des Livia-Kapitels, der Wiener Professor Hanslik – nomen est omen –, nicht eine einzige Quelle nennt, die ihn berechtigen könnte, Tacitus als Verleumder hinzustellen? Nein – «man» hatte sich in der Mommsen-Schule geeinigt, Livia unter Denkmalschutz zu stellen, und deshalb machen die Schülerschülerschüler Mommsens das heute noch: Mit vierzehn konfirmiert, mit dreißig konformiert! Und so wird eben auch dieser Hanslik, als sei er Kornemann, zwar dem Tacitus ehrenrührig am Zeuge flicken, wenn es um Livia geht, keineswegs aber dort, wo Tacitus deren Enkeltochter beschreibt, die als Tochter des ersten Drusus, Schwiegertochter des Tiberius, den zweiten Drusus, ihren Mann, ermordet haben soll, nur um mit Kanzler Seian zu schlafen – einziges «Zeugnis»: Die Aussage ausgerechnet der von Seian zugunsten dieser Enkelin der Livia sitzengelassenen Ehefrau: ohne jede Einschränkung von Hanslik aus Tacitus berichtet; auch aus Cassius Dio, der überliefert, diese Ehebrecherin sei im Jahre 31 Hungers gestorben …

Gelogen ist also, laut Hanslik und sämtlichen anderen Kornemann-Epigonen, alles, was Tacitus, was überhaupt die antiken Chronisten über Livia schreiben; absolut seriös jedoch, was diese gleichen Autoren über deren Enkelin als Ehebrecherin und Giftgeberin erzählen, und sei's auch nach dem «Zeugnis» der von ihr betrogenen und ihretwegen verstoßenen Rivalin …

Deutsche Historiker stellen dergleichen Behauptungen auf, ohne jeden Beleg – als sei es ihr einziges Bestreben, Burckhardts Verdikt, die Geschichte sei keine Wissenschaft, zu untermauern. Nach Gutdünken fällen sie ihre Urteile … und in der Neuzeit hatten sie sich nun einmal darauf geeinigt, Livia als ehrenwert hinzustellen …

« Freigeist » Nietzsche: Mundwerk der Konvention

Wer Familie Mommsens Angst vor Aurora Dreckliese für ganz aus dem Rahmen des damals Üblichen fallende Heuchelei hält, der lese, was der sogar noch eine volle Generation jüngere Nietzsche für « sittliche » Auffassungen hatte! Sitte war identisch mit Wegschweigen alles Sexuellen … Wenn Mommsen seinen zwölf Kindern das Zeitunglesen « streng » verboten hat: Dieser Wahnwitz kann nur seiner Angst entsprungen sein, in Gerichts- oder Duell-Berichten oder in Reportagen aus der Medizin oder Tierwelt komme *Erotisches* zur Sprache!

Sogar Fontane, doch ein wahrhaft Liberaler, hat damals nicht gewagt, eine einzige erotische Szene in seine abertausend Seiten umfassenden Ehebruch-Romane einzuarbeiten, ja riskierte nicht, seine Effi Briest mit einem « nur » bürgerlichen Liebhaber zu zeigen, wie das der Wahrheit entsprochen hätte. Nein, ein Major *von* Crampas mußte es wenigstens sein – nicht der in der Wirklichkeit vom General von Ardenne im Duell erschossene Amtsrichter Hartwig. Und Fontane riskierte in einem *einzigen* seiner 5850 erhaltenen Briefe seine bis 1849 geborenen zwei unehelichen Kinder zu erwähnen, die er vor vier ehelichen hatte: « … vorausgesetzt, daß Du für die Erzeugnisse meines penis nur halb so viel Interesse hast wie für die meiner Feder. ...» Aber Fontane mäkelte, aus verständlichem Poetenneid, Storms Gedichte seien «zu erotisch».

Der Meistgelesene der Epoche, Charles Dickens, kam fast um im Dunstkreis dieser viktorianischen «Anständigkeit», die nicht nur seine entscheidende Liebesgeschichte mit Ellen Ternan – eine absolute «Unmöglichkeit» im damaligen London – tatsächlich unmöglich machte, sondern ihn auch als erzählerisches Genie reduzierte auf die terroristischen «Sitten»-Gesetze des Zeitalters. Sogenannte «Hintergrundgerüchte» über seine gescheiterte Ehe zwangen ihn, in seinen Büchern besonders wohlanständig-harmlos zu bleiben. Frankreichs überzeitlich bedeutender Kritiker Hippolyte Taine rügte zu Recht 1856: «Dickens ist, wie alle englischen Romanschriftsteller, hoffnungslos schicklich (‹respektabel› im englischen Wortsinne). Er und seine Kollegen schreiben nach einem Rezept: ‹Sei anständig. Alle deine Romane müssen so sein, daß sie von jungen Mädchen gelesen werden können.›» Das hat noch zwei Generationen später den Erzähler Galsworthy bis zum Ersticken eingeengt und seine Bücher teilweise so zeitabhängig gemacht. Daß er als Verheirateter noch eine Geliebte hatte, machte den späteren Nobelpreisträger geradezu erpreßbar ...

Nicht Mommsen allein also war «schicklich sittenfest». Und ganz irrig wäre, anzunehmen, Mommsen habe dem Zeitgeist «pariert». Nein – er war viel zu stolz, irgendwem zu parieren. Dieser Zeitgeist war in ihm, war der seine! Mommsen hätte nie gehorcht – er vertrat, was er selber als natürlich empfand ...

Anders die Maler Böcklin und Cézanne, deren schaudervolle – in Bildern zu sehen, wie schaudervoll! – Hausdrachen ihnen «untersagt» haben, eine andere Frau als sie nackt zu malen! «Das ist die Tragik meines Lebens», beklagte wahrhaft kläglich Böcklin seine Gefügigkeit, «ich kann das nicht geben, was ich will ...» Hat man irgendwo eine häßlich verkrüppeltere, auch anatomisch total falsche, ausgerenkte Leda gesehen als jene Cézannes (Philadelphia, Sammlung Barnes)? Wie kommt das? Nun, auf Befehl seiner Gattin mußte sich Cézanne auch in der jahrelangen Mühsal, seine Badenden zu malen, mit einem nackten *männlichen* «Modell», einem invaliden Soldaten begnügen; und tatsächlich ist ihm ja auch auf keine seiner zahllosen Variationen der ‹Badenden› eine Frau geglückt, mit der auch nur der anspruchsloseste Betrachter der Gemälde gern baden ginge. Jene Römerin, die Böcklin heiratete, brachte sogar Meisterwerke wie ‹Odysseus bei Kalypso› um jeden Charme. Er durfte stets nur die durch viele Wochenbetten aus der Form geratene Matrone malen, als die schon eine Figur hatte wie ein Zentner nasse Wellpappe. So hat denn Böcklin auch das Allertraurigste gesagt (zu Floerke, der Böcklins Gespräche publiziert hat), was überhaupt je ein Mann über Unbefriedigtsein aussprach: «Wir leben so wenig ... Wie kleiden uns unsre Vorurteile und Kunstfremdheit, unsere Prüderie ... Menschliche Formen, von Weibern gar, sehen wir höchstens mal bei Verkehrsunfällen. Wenn sie selber auch bei dieser pflichtschuldigen Geheimniskrämerei trocken und sehnsüchtig verblühen ... Die Frau, na, im Grunde hat doch keine ein ernsthaftes, echtes Interesse.» Als er einmal Beine eines Ballettmädchens gemalt hatte – auf ‹Des Hirten Klage› –, teilte Böcklin das einem Gesprächspartner (Fleiner) als «tiefes Geheimnis» mit; der spricht dann als kleinstkarierter Spießer davon, Böcklin habe seiner Gattin «wohl gelegentlich ein Schnippchen geschlagen»: das dumpf-borniert prüde 19. Jahrhundert ist nirgendwo sonst wie in des Meisters Ängstlichkeit vor seiner in ihrem Verklemmtsein sicher nicht abnormen, sondern typischen Frau kenntlich. Logisch, daß dann jedem, der damals schrieb, die Augustus-Tochter nur eine Hure war, der «man» ohne einen Funken Mitgefühl noch einmal ebenso die Würde nahm wie ihr Vater, der sie nicht von Männern, sondern von Eunuchen bewachen ließ ... Daß Böcklin nicht Knaben-, sondern Mädchen-Beine gemalt hatte, durfte seine Frau «nie erfahren»! Traurig zum Totlachen, aber so «fühlte» die Mommsenzeit. Und Mommsen war einer ihrer ausgeprägtesten Repräsentanten, was vermutlich zur Folge hat: auch als *Opfer* der Denkweise dieser Epoche signifikanter als nur ihre gewöhnlichen Mitläufer ... Wie Böcklin, wie Nietzsche, der wenige Monate, bevor er überschnappte, schrieb: «Sie haben nichts davon gemerkt, daß ich, seit zehn Jahren, eine Art Gewissensrat für deutsche Musiker bin, daß ich an allen möglichen Stellen wieder die artistische Rechtschaffenheit, den vornehmen Geschmack, den tiefsten Haß gegen die ekelhafte Sexualität der Wagnerschen Musik angepflanzt habe?» (An Malwida von Meysenbug, 20. 10. 1888.)

Wobei freilich zu datieren bleibt – das könnten allenfalls Psychiater –, *wann* einer den Verstand verloren hat, der bereits fünf Jahre, bevor er erkennbar zum klinischen Fall geworden war, mit vierzig, schriftlich gab: «... werde ich mit dem Bewußtsein sterben, daß künftige Jahrtausende auf meinen Namen ihre höchsten Gelübde tun.» Sogar Benn, für den doch – «nach Nietzsche Spengler» – Nietzsche immer der Faszinierendste nach Goethe blieb, schreibt an Oelze: «Mir wird sehr deutlich, eine wie peinliche u. lächerliche Figur er hätte werden müssen, wenn er auch nur einen einzigen Teilstrich unter dem Niveau geblieben wäre, das er tatsächlich allerdings erreicht hat. Diese unaufhörlichen Hinweise auf sich selbst u. seine einmalige historische Bedeutung sind ja durchaus unerträglich.» Benns: «Was aber bleibt, stiftet der Eros», ahnte zwar auch Nietzsche, doch nie im Hinblick auf *sich* und *seine* Epoche, sondern allein hinsichtlich der Vergangenheit: «Plato sagt mit einer Unschuld, zu der man Grieche sein muß und nicht ‹Christ›, daß es gar keine platonische Philosophie geben würde, wenn es nicht so schöne Jünglinge in Athen gäbe: deren Anblick sei es erst, was die Seele des Philosophen in einen erotischen Taumel versetze und ihr keine Ruhe lasse, bis sie den Samen aller hohen Dinge in ein so schönes Erdreich hinabgesenkt habe. ... Was wuchs zuletzt aus dieser philosophischen Erotik Platos heraus? Eine neue Kunstform des griechischen Agon, die Dialektik. – Ich erinnere noch, gegen Schopenhauer und zu Ehren Platos, daran, daß auch die ganze höhere Kultur und Literatur des klassischen Frankreichs auf dem Boden des geschlechtlichen Interesses aufgewachsen ist. Man darf überall bei ihr die Galanterie, die Sinne, den Geschlechts-Wettbewerb, das ‹Weib› suchen –, man wird nie umsonst suchen ...»

Zurück zu Nietzsches «tiefstem Haß» gegen – ‹Tristan›! An ihm wird so offenkundig, wie alle «dachten», daß wir Dokumente aus Nietzsches Leben heranziehen. Denn die Unterschlagung oder Verzerrung der Frauen-Schicksale an den Höfen von Augustus und Tiberius durch Mommsen und, weil er der «gewaltige», richtungweisende Überchef noch seiner Schüler Schüler blieb, auch durch diese noch, ist nun einmal so interessant, empörend und bedrückend – abermalige Ermordung durch die Nachwelt! – wie nur das traurige Los der augusteischen Frauen und ihrer Kinder selber, die entweder bereits der Tücke Livias zum Opfer fielen. Oder später dann dem Selbsthaß ihres Sohnes Tiberius, der ja keinen Tag während seiner Kaiserzeit – denn hat einer schon kein Gewissen, so doch Gedächtnis – frei gewesen sein *kann* von der Einsicht, nur auf dem Thron zu sitzen, weil er einer Mörderin, seiner Mutter, es verdankte, jene potentiellen Rivalinnen und Rivalen noch ermorden zu können, die nicht schon Livias Gift oder Verbannungs-Urteile ereilt hatten ... Verbannungen, die sie ihrem Leibtrottel Augustus abgepreßt hatte, obgleich an dessen sehr zärtlicher Liebe zum einzigen Kind, zu Tochter Julia, und ihren fünf Kindern nicht zu zweifeln ist ...

Frauen, *weil sie Frauen waren*, derart in der Geschichteschreibung ins Unrecht zu setzen – *das* war allein dem 19. Jahrhundert vorbehalten: Ergebnis des «Sitten»-Miefs der heuchlerischen Victoria-Zeit; die Queen, zwei Jahre jünger als Mommsen, regierte vierundsechzig Jahre. Jedes Jahrhundert hat seinen spezifischen Geist und die ihm entsprechende Geisteskrankheit, gemäß der tiefsten, absolut unentbehrlichen, daher immer zu wiederholenden Einsicht Nietzsches: «Der Irrsinn ist bei einzelnen etwas höchst Seltenes, doch in Völkern und Zeitaltern *ist er die Regel!*» Und ist um so gefährlicher, muß ergänzt werden, als der von diesem Irrsinn Befallene in genau *dem* Ausmaß nichts von ihm ahnt, in dem er von ihm befallen ist – wie ja auch der Dumme, je dümmer er ist, je weniger davon spürt ... Wenn ein Fünfundzwanzigjähriger schriftlich gibt, wie Nietzsche: «Nun vergleiche die scheußlich-gierige Geschlechtsliebe mit der Freundschaft» – dann ist er mindestens in eroticis krank – und damit auch sein Geist, der davon untrennbar ist, sofern er nicht sogar mindestens in der Jugend davon entscheidend gesteuert wird. Und Nietzsche war siedend empört und beleidigt (bei Hofmiller nachzulesen), als er erfuhr, daß Wagner zu einem Arzt so lapidar wie sachlich bemerkt hatte, Nietzsches ewige Wehleidigkeit wegen seiner unerträglichen Kopfschmerzen sei das natürliche Ergebnis seiner Fraulosigkeit, also seines exzessiven Onanierens.

Wie anders als die «sittenbewußten Victorianer» hätte ein großer Dichter wie Benn, der den Frauen natürlich begegnet ist, die Tragödie Julias und ihrer Töchter berichtet! Obgleich dieser 1886 geborene Arzt Kind desselben Jahrhunderts war wie der 1844 geborene Nietzsche und der 1817 geborene Mommsen.

Denn man muß ja befürchten, daß Nietzsche sogar den Pennäler-Witz: «Wenn du zum Weibe gehst, vergiß die Peitsche nicht!», den er doch als Erwachsener in Satz gab, ernst gemeint hat. Wagner schrieb an Nietzsche, der mit neununddreißig – Freud läßt grüßen – sich «hundertmal gesagt hat, daß das wesentliche Genesungsmittel in den letzten drei Jahren die Enthaltsamkeit von *allem* Verkehre war»; Wagner schrieb schon neun Jahre zuvor, dem Dreißigjährigen: «Ihr Brief hat uns wieder viel Bekümmernis über Sie gegeben. Meine Frau wird Ihnen dieser Tage ausführlicher schreiben ... Unter anderem fand ich, daß ich einen solchen männlichen Umgang, wie Sie ihn in Basel für die Abendstunden haben, in meinem Leben nicht hatte: seid Ihr alle Hypochonder, dann ist's allerdings nicht viel wert. Nun scheinen aber den jungen Herren Frauen zu fehlen: da heißt es dann allerdings ... woher nehmen und nicht stehlen? Indes, man könnte ja auch einmal in der Not stehlen? Ich meinte, Sie müßten heiraten oder eine Oper komponieren; eines würde Ihnen so gut und schlimm wie das andere helfen. Das Heiraten halte ich aber für besser ... Ach, Gott! heiraten Sie eine reiche Frau! Warum muß nur Gersdorff gerade eine Mannsperson sein!»

Wagner resignierte angesichts der – wie er das mehrfach nannte – «psychischen Krämpfe» des Freundes: Sie waren unheilbar. Und Wagners Ratschläge schon deshalb – oder deshalb besonders – untauglich, weil sie von *ihm* kamen, dem Nietzsche mit existentiellem Neid gegenüberstand. Was hätten seine Ratschläge auch vermocht? Da doch Nietzsche sogar seinen engsten Freunden, wenn die sich, wie es normal war, einem Mädchen zuwandten, schon überheblich ironisch zusetzte: «Nicht wahr, wir ... bleiben uns treu, mögen nun Hunderte von Meilensteinen oder auch Weiber dazwischentreten ... Du wirst unserer Teeabende in Basel gedenken.» Der noch nicht Fünfunddreißigjährige: «*Verbirg* meinen Aufenthaltsort vor jedermann, namentlich vor jeder Frau!» Und entzieht sich den Heiratsplänen, die Mutter und Schwester für ihn hegen, mit so hochmütig ängstlichen Wendungen – das geht zusammen, wie: «Nein, nichts von Heiraten! – Aber Du denkst auch mehr an einen guten Kameraden ... Meinst Du wirklich, daß eine solche

Emanzipierte mit ihrer flötengegangenen Weiblichkeit ein guter Kamerad oder als Ehegattin überhaupt nur erträglich sein könnte? ... Viel Geist bei einer Frau ist für mich immer noch sehr wenig, und meistens ist dieser ‹Geist›, von dem sich nur oberflächliche Männer düpieren lassen, nichts als die lächerlichste Anmaßung. Nichts ermüdender als solche geistreiche Gans, die nicht einmal weiß, wie langweilig sie ist ... Nein, sicherlich eine Frau fehlt mir nicht, eher schon eine junge lustige Tochter, für die ich ein Gegenstand der Verehrung und Fürsorge wäre. Das beste aber wäre, ich hätte mein altes gutes Lama wieder: Eine Schwester ist für einen Philosophen eine sehr wohltätige Einrichtung ...»

Daß eine solche Lebensform Nietzsches Zeitgenossen nicht einmal verdächtig war und daß selbst normal lebende Väter wie Mommsen überhaupt kein Verständnis, nicht einen Funken Mitgefühl für die auf dem Wege zur Macht barbarisch vernichteten Frauen um Augustus aufbrachten: bedingen einander. Daß aber den Frauen als Persönlichkeiten gar der Politik – und wären sie wie Kaiserkinder abhängig davon gewesen, Politik zu machen, um nicht ermordet zu werden – ein *Eigenleben* zustehe, erst in ihrer Zeit, dann durch die Historiker: dem 19. Jahrhundert fiel das nicht ein – wohl aber dem 18. Jahrhundert. Daß den Frauen die gleiche Ausführlichkeit in der Darstellung ihrer oft so tragischen Lebensläufe zustehe: diese Vorstellung war den Geschichtsschreibern ausgerechnet – was unverständlich ist – der Queen-Victoria-Jahrzehnte wildfremd. Bücher wie das über die römischen Kaiserinnen von Stahr (19. Jahrhundert) waren sehr selten. Wie sehr Frauen im Wortsinne «nicht in Betracht» kamen, wird auch deutlich am Verhalten des österreichischen Kaisers Franz Joseph, der von 1848 bis 1916 regiert hat: obwohl im Bewußtsein, die bedeutendste Herrscherpersönlichkeit seiner Familie sei Maria-Theresia gewesen, kommt ihm, der ein homme à femmes ist, überhaupt nicht der Gedanke, als seine beiden Kronprinzen umgekommen waren, 1889 sein Sohn, 1914 sein – ihm verhaßter – Neffe: den Thron seiner Enkeltochter zu sichern, die bereits dreiunddreißig war, als Franz Joseph starb! Er hätte – bei zwei natürlichen Gelegenheiten – ebenso seine Enkeltochter als Thronfolgerin einsetzen können, wie sein Ahne einst seiner Tochter Maria-Theresia die Herrschaft zuschob. Sie regierte vierzig Jahre und rettete ihren Staat vor Friedrich dem Großen. Auch Rußland war in der Zeit Maria-Theresias durch Frauen – Anna, Elisabeth, Katharina – erfolgreich regiert worden; England zuvor ebenfalls durch eine Frau, die es mit Schottland vereinigte, durch Anna Stuart. Erst mit dem «sittlichen» Mief des wieder christlichen Biedermeiers, das Neo-Gotik baute – die Klassik, das 18. Jahrhundert war so viel freier wie kirchenferner gewesen –, wurden die Frauen so schroff auf die drei K zurückverwiesen: auf Küche, Kindbett und Kirche, daß auch den Historikern nicht einmal mehr der Gedanke kam, eine Kaisertochter wie Julia in Rom und wie ausnahmslos alle ihre Töchter seien nicht – wie das regierungsamtlich verfälscht wurde – wegen «Ehebruch» lebenslänglich verbannt worden, sondern als – höchst legitime – politisch aktive Thronprätendentinnen, die nur selbstverständlich fanden, daß noch kürzlich eine Frau: Kleopatra – ein Reich regiert hatte ...

Und wie viel von Nietzsches «tiefstem Haß» auf Wagners Sexualität mag auch noch kreiert worden sein durch den so verständlichen Neid, mit dem Nietzsche auf den dreißig Jahre Älteren als «Inhaber» der herrlichen Cosima blickte, während ihm zweimal Heiratsanträge abgeschlagen worden waren – woraus er, wie der Fuchs über Trauben redend, aus Selbstschutz den Witz machte: «Ein verheirateter Philosoph gehört in die Komödie.»

Nietzsches Verdammung der «ekelhaften Sexualität» Wagners oder von dessen Musik – dasselbe – ist nicht zu trennen von seiner widernatürlichen Partnerlosigkeit. Und dieses Unbefriedigtsein konnte ihm wiederum keine Gelassenheit bei der Beurteilung der Künste seiner Epoche gewähren ... Gelassenheit, die Grundtugend jeder Kritik: wie sollte ein immer aufgeheizt Unbefriedigter ihrer fähig sein? Kommt noch hinzu, daß Nietzsches Neid – immerhin komponierte auch er! – aus seinem höchst ausgeprägten Sinn für Rangfragen erklärlich wird: Er ahnte, selber eine Jahrhundertgestalt als Lyriker, als Aphoristiker und als Sprachschöpfer der produktivste zwischen Heine und den Brüdern Mann, wie *zweitrangig* alles war, was er über Wagner schrieb. Denn Nietzsche war noch ganz frei von dem erst durch A. Kerr und E. R. Curtius in den Gral der deutschen Philologie gesetzten Spleen, die Kritik eines Werkes, allemal doch nur das Resultat, der Ableger eines Werkes, *könne* auf dessen Höhe sein! Mithin Lessings ‹Hamburgische Dramaturgie› auf der Höhe von ‹Minna› oder ‹Nathan›. Grotesk. ‹Carmen› und ‹Parsifal› *sind,* ob Nietzsche sie wahrnahm oder nicht. Nötig, an diese Banalität zu erinnern in einer Epoche, die Interpreten, ja auch Kritiker eines Werkes meist höher entschädigt als den, der es schuf ... Und die verdrängt, daß der Schöpfer der berühmtesten aller Opern, daß Bizet buchstäblich *gestorben* ist, erst siebenunddreißigjährig, an den Kritiken, die ‹Carmen› liquidiert haben ... Bizet erlag durch die Lektüre der Kritiken dem, was wir heute einen Herzinfarkt nennen. Wagners Robustheit und die seiner Opern ließen ihn Nietzsche ebenso überleben, wie Bruckner den Hanslick überlebt hat. Was zuletzt Nietzsche mit geradezu *mörderischem* Haß gegen Wagner auflud. Von diesem Haß, mehr als von allem anderen, hat er *gezehrt*. Dazu paßt, daß Nietzsche mit zunehmendem Alter, in seinem Verhältnis zu Wagner: mit wachsender Wut – immer häufiger bedauert, daß er nicht einmal mehr mit Wagner verglichen werden könne: «Ich hatte so lange nach dem Menschen gesucht, der höher war als ich und der mich wirklich übersah ... Jetzt darf ich mich nicht einmal mehr mit Wagner vergleichen – ich gehöre einem anderen Rang an», schrieb er am 3. 2. 1882. Ein Jahr später seufzt er erlöst auf, Wagner ist weg: «Ich war einige Tage heftig krank und machte meinen Wirten Besorgnisse. Es geht nun wieder, und ich glaube sogar, daß der Tod Wagners die wesentlichste Erleichterung war, die mir jetzt geschafft werden konnte ... Im letzten Sommer empfand ich, daß er mir alle die Menschen weggenommen hatte, auf welche in Deutschland zu wirken überhaupt Sinn haben kann.»

Wenn schon Wagners «ekelhafte Sexualität» sich nicht «gehörte», so hat Nietzsche erst recht den Bürgerschreck Nummer eins im damaligen Europa mit geiferndem Haß beschrieben: Zola! War dem Fünfundzwanzigjährigen schon die «scheußlich-gierige Geschlechtsliebe» ein Greuel – so versteht sich, daß er *den*, «der nicht Ruhe gibt, bevor er nicht einen vollen Nachttopf beschrieben» hat, mit der

«Moral» einer altjüngferlichen Gouvernante verfolgte, das heißt verleumdete, den todesmutigen Eisbrecher für den Realismus, der so gefährdet lebte wie nur sein Landsmann Courbet. Nietzsche schämte sich nicht, zeitlebens so amoralisch, wie er sich an Strauss vergangen hat, und *gesellschaftlich* so borniert wie normiert – im Geistigen sind das Synonyme –, *den* Franzosen zu attackieren, der mit demselben Mut für Dreyfus stritt, mit dem Voltaire in *seinem* Jahrhundert zur Errettung von «Ketzern» vor dem Scheiterhaufen sein Leben riskiert hatte ... Nietzsche schrieb, weil Zola schrieb, was sich nicht gehörte, über «Gorgon-Zola». Und schrieb: «Zola oder die Lust zu stinken»! Er buhlte mit solchen Denunziationen schamlos um den Beifall aller Spießer, denen Zola *das* Ärgernis schlechthin im damaligen Geistesleben war ... jener Zola, der dann durch vorsätzliche Herbeiführung einer Kohlengas-Vergiftung von Antisemiten im Bunde mit dem Generalstab im Schlaf ermordet wurde.

PS: Daß Queen Victoria einem langen Zeitalter ihren Namen gab, verbietet dennoch die Schlußfolgerung, diese Frau selbst habe so unsouverän prüde und heuchlerfromm gelebt, wie «sich das gehörte». Im Gegenteil: «Eine Königin kritisiert man nicht!», sagte sie schroff, als der Premierminister Palmerston andeutete, alle Welt nehme Anstoß am Zusammenleben der Queen mit ihrem Kammerdiener Brown, der nach dem Tode des Prinzgemahls sein Bett im Vorraum des Schlafzimmers der mit 41 Witwe Gewordenen aufstellte und 34 Jahre lang keinen Tag fern von ihr Urlaub machte; sie stellte Büsten von ihm in den Park, die Sohn Edward VII. demolieren ließ. Als Brown, den jede kontinentale Herrscherfamilie kannte, weil sie natürlich auch mit ihm reiste, gestorben war, nahm sie als Geliebten bis zu ihrem Tode einen Inderjungen, jünger als ihre Enkel. Ihrer nach Berlin verheirateten Tochter, der Mutter Wilhelms des Letzten, schrieb sie, als deren Vater noch lebte: «… heilige Stunden der Nacht, wenn die Welt nur uns gehört und ich fest umschlungen in seinen Armen liege». Bei Festen tanzte sie, was der Hof «unmöglich» fand, auch mit Stallknechten und Köchen. Als ein Frauen-Club ihre Unterzeichnung eines Anti-Alkoholiker-Aufrufs wollte, lehnte sie ab: auch sie selber trinke doch lieber Whisky als Milch … Kleinen Leuten entgehen die Albernheiten einer Epoche, daher sie gar nicht merken, wie sehr sie die mitmachen, ja als Vorschriften befolgen; bedeutende Menschen entgehen ihnen, den Albernheiten.

Wie «golden» war das Augusteische Zeitalter?

Es wird erstaunlich aufgeschönt von Geschichtsschreibern, wie das geistige Leben unter Augustus gewesen sei, weil der Kaiser nachweislich jene Autoren liebte und förderte, die angepaßt oder kaiserpreisend wie Horaz schrieben oder auch unpolitisch wie Ovid – außer in seiner ‹Medea›. Oder die gar Politik wie Vergil in ihren Werken nach so fernen Zeiten wie denen des Äneas ausgesiedelt hatten. Wie aber Augustus, auch Tiberius, mit Autoren umsprangen, die sich erdreisteten, Politik *ihrer* Gegenwart auf die Bühne oder in Geschichtsbücher zu bringen, das erzählt uns jener von Jacob Burckhardt hochgeschätzte Ludwig Friedländer, geboren 1824, der in Königsberg zwischen 1862 und 1871 seine in alle Kultursprachen übersetzte Sittengeschichte Roms› schrieb: «Der allgemeine Friede nach der Schlacht bei Actium und das Absterben des politischen Lebens seit der Alleinherrschaft des Augustus verschlossen die beiden Gebiete fast ganz, auf denen sich die geistige Kraft des römischen Volkes während so vieler Jahrhunderte aufs reichste und kräftigste entfaltet hatte. Ein Masse von Talent, Kraft und Regsamkeit, die durch diese Revolution aus ihrer natürlichen Bahn gedrängt war, warf sich nun auf die Literatur.

Aber selbst hier standen die Felder, die in der Republik am glücklichsten angebaut worden waren, nur teilweise offen: die Redefreiheit war verkümmert, die Geschichtsschreibung bis zu der Zeit Nervas und Trajans, die das ‹seltene Glück› brachte, ‹daß man denken durfte, was man wollte, und sagen, was man dachte›, gefahrvoll, und dies bereits unter der toleranten Regierung des Augustus. Titus Labienus, einer der letzten Republikaner und unversöhnlicher Gegner der neuen Zustände, überschlug, als er seine Geschichte der neuesten Zeit öffentlich vorlas, große Stücke mit den Worten: ‹Dies wird man nach meinem Tode lesen.› Dennoch wurde über sein Werk das bisher unerhörte Urteil der Verbrennung ausgesprochen: Er wollte dessen Untergang nicht überleben; wie einen lebendigen Toten ließ er sich in das Begräbnis seiner Ahnen bringen und dort einschließen. Elf Jahre nach Augustus' Tode wurde Cremutius Cordus angeklagt, weil er in seinen Jahrbüchern Brutus und Cassius die letzten Römer genannt hatte, er kam der sicheren Verurteilung durch freiwilligen Hungertod zuvor; auch seine Bücher wurden verbrannt. In solchen Zeiten bot die Poesie den friedlichen Geistern, die einen idealen Inhalt für ihr Leben suchten und der Wirklichkeit zu entfliehen strebten, ein doppelt willkommenes Asyl. Völlig sicher war freilich auch dieses nicht, die ‹Gemüter der Mächtigen› waren leicht gereizt, zuweilen schon durch die Wahl der Stoffe und durch scheinbare oder wirkliche Beziehungen einzelner Stellen auf die Gegenwart. So brachte unter Tiberius dem Letzten des erlauchten Geschlechts der Scaurer seine Tragödie ‹Atreus› den Tod, in der besonders der Vers: ‹Der Herrscher Torheit muß man tragen mit Geduld› strafwürdig erschien. Doch solche Gefahren drohten natürlich den Dichtern, die wirklich die Absicht hatten, sie zu vermeiden, nur in den allerseltensten Fällen und konnten den poetischen Neigungen dieses Zeitalters keinen Eintrag tun. Ausdrücklich heißt es in dem Dialoge des Tacitus, daß der Beschäftigung mit der Poesie zur Rechtfertigung hauptsächlich diene, daß sie weniger der Gefahr, Anstoß zu geben, ausgesetzt sei als die der Redner. So füllte die Poesie vor allem die große Leere aus, die der Untergang der Republik in dem Leben Roms zurückließ, und es lag in nichts weniger als in der Wandelbarkeit der menschlichen Neigungen, wie es Horaz in seiner Epistel an Augustus darstellt, daß das früher auf so ganz andre Zwecke gerichtete römische Volk nun allein von dem Eifer der Schriftstellerei glühte, daß Söhne und strenge Väter ihre Stirn mit Laub umkränzten und Gelehrte und Ungelehrte überall Gedichte schrieben.»

Zwecklose, unpolitische, nicht gesellschaftskritische «Dichtung» als verächtliche Ersatzhandlung ist nirgendwo eindringlicher beschrieben worden als hier von Friedländer. Reimerei als Blödelei. Sozial verantwortlich wie Kreuzworträtsel.

Friedländer fährt fort: «Die Pflege, die Augustus und die ihm zunächst stehenden Großen, wie Messalla und vor allen Mäcenas, der neu erblühenden Poesie angedeihen ließen und an der sich auch die Frauen des kaiserlichen Hauses beteiligten, ist mit Recht sprichwörtlich geworden. Noch folgenreicher als die Gunst dieser Kreise, denen sich auch der frondierende Asinius Pollio anschloß, wirkte wohl ihr Beispiel. Augustus stand auf der Höhe der damaligen Bildung; sein Interesse an der Literatur war ein aufrichtiges, und er bekundete es nicht bloß durch Beförderung und Unterstützung der Dichter und Schriftsteller, sondern, was mehr war, durch die lebhafte Teilnahme an ihrem Schaffen, die er an den Tag legte; ‹wohlwollend und geduldig› hörte er ihre Vorlesungen an. Ihm verdankte das vierte Buch der Horazischen Oden seine Entstehung, Vergils Äneide ihre Erhaltung, an ihn durfte Horaz die Epistel richten, in der er die alte und neue Poesie gegeneinander hielt. Aber auch an eigenen Versuchen ließ es Augustus nicht fehlen ... Ein größeres Gedicht in Hexametern existierte von ihm über Sizilien und eine kleine Sammlung von Sinngedichten, die er im Bade auszudenken pflegte.»

Also Literaturförderung um den Preis staatlichen Wohlverhaltens, wie noch unter jeder Diktatur. Und daß Tiberius immerhin einen Dramatiker zum Tode verurteilt hat für den doch ungemein harmlosen Satz aus ‹Atreus›: «Der Herrscher Torheit muß man tragen mit Geduld» – paßt wie angegossen zu der Tatsache, daß auch Tiberius sich als Dichter versuchte, indem er alles mied, was zur Gegenwart einen Bezug hatte. Friedländer überliefert: «Tiberius, der die zur allgemeinen Bildung erforderlichen Studien mit dem größten Eifer trieb, war ein Bewunderer der Alexandriner und hatte eine besondere Liebhaberei für die mythologische Gelehrsamkeit, mit der sie ihre Werke zu putzen pflegten; in seinen griechischen Gedichten ahmte er Euphorion, Rhianus und Parthenius nach; er verfaßte ein lyrisches Gedicht in lateinischer Sprache: Klagen über den Tod des Lucius Cäsar – ein Ereignis, das den damals dreiundvierzigjährigen Mann dem Thron um einen großen Schritt näher brachte; auch gab es von ihm Gedichte leichtfertigen Inhalts.

Schwerlich hätte eine so groß angelegte und auf die größten Zwecke gerichtete Natur wie die des Tiberius sich zu poetischem Dilettantismus herbeigelassen, wenn nicht sein Streben, sich die damalige Bildung im weitesten Umfange anzueignen, beinahe mit Notwendigkeit darauf geführt hätte.»

Den Tiberius ausgerechnet dort so zu preisen und zu sprechen über seine «so groß angelegte und auf die größten Zwecke gerichtete Natur», wo man die Ausmerzung eines Dramatikers durch ihn, ja noch dessen *physische* «Liquidierung» zu berichten hat – die geistige würde doch «genügt» haben, die Vernichtung seines Textes –, das zeigt erschreckend, wie unsere Historiker im 19. Jahrhundert Verstöße von Herrschern gegen Kunst als Kavaliersdelikte herunterspielten ... Die Vernichtung gar von Frauen, wie man nicht bei Friedländer, aber doch bei nahezu allen seinen Zeitgenossen liest, scheint sie noch weniger beeindruckt zu haben: überhaupt nicht den genialen Mommsen. Anders ist ja der hohe Stellenwert, den er und das Rudel seiner Nachschreiber diesen ersten zwei römischen Kaisern zuerkennen, gar nicht erklärbar ...

Exemplarisch für das Augusteische Zeitalter sind Leben und Werk des Horaz, den Augustus zu seinem persönlichen Sekretär ernennen wollte. Der Dichter hat sich jedoch dieser – vermutlich – als höchste Ehrung, jedenfalls als obersten Vertrauensbeweis gedachten Wahl durch den Kaiser entzogen, seine Arbeit als Autor nicht nur vorschützend. Doch sein Aufstieg vom Anhänger der Todfeinde des Augustus zu dessen, neben Vergil, berühmtestem und bemühtestem Hofpoeten und Preislied-Schreiber ist der Beleg, daß Wohlverhalten – also der Verzicht, kritisch-politisch zu dichten – die Voraussetzung war, in Rom Karriere zu machen. Schriftsteller hatten den Erwartungen des tonangebenden Günstlings zu entsprechen, denen des Mäcenas.

Zwischen Goethes Verdikt über Horaz: «Sein poetisches Talent ... ohne alle eigentliche Poesie, besonders in den Oden» – und Nietzsches Bewunderung: «Bis heute habe ich an keinem Dichter dasselbe artistische Entzücken gehabt ... In gewissen Sprachen ist das, was hier erreicht ist, nicht einmal zu *wollen*» – schwankt das Bild dieses Kaiser-Günstlings in der deutschen Geistesgeschichte. Schwankt aber nicht in den Augen seines Biographen des Jahres 1993: Eckard Lefèvre, Jahrgang 1935, Professor für klassische Philologie in Freiburg.

So weist zwar der Biograph Enzensbergers verächtliche Wendung: mit Vergil und Horaz beginne die «Geschichte der Poesie als politischer Affirmation in allem Ernst» – als Mißverständnis zurück. Doch was dann Lefèvre – immer zweisprachig, übersetzt von den deutschen Autoren meist des 18. Jahrhunderts – an Belegen zitiert, das *bestätigt* Enzensbergers Urteil. Und weist auch das sarkastische Gedicht, in dem auf ganzen zehn Zeilen Heiner Müller vor 1966 die Wendehals-Existenz des immer angepaßten Horaz charakterisiert hat, als nur zu wahr aus:

«Der Arrivierte mit dem Haß auf sein Startloch.
Unter Brutus ist er Demokrat
Tod dem Tyrannen und mir auch ein Landgut
Pazifist bei Philippi, der skandiert den Boden
Dann lernt er seine Lektion (er auch), wechselt

Die Laufbahn *schwamm drüber Augustus*. Das
Landgut
Schenkt Mäcen ihm für einen Platz in den Oden
Acht Spiegel im Schlafzimmer und kein Wort mehr
von Brutus
Er macht seinen Weg in die Chrestomathien
Aere perennius Liebling der Philologen.»

Viele Plätze kriegte er da, der Mäcenas, der Chef der augusteischen Reichsschrifttumskammer! Es ist dem Direktor des Freiburger Seminars für klassische Philologie hoch anzurechnen, daß er trotz seiner kritiklosen Verehrung des Horaz alle jene zu Worte kommen läßt, die diesen Dichter kennzeichnen als einen, der noch beflissener als die Poeten sogar der Nazis ihrem Führer: «dem Augustus in den Hintern kriecht» (Friedrich Engels an Karl Marx). Als Werk der Philologie ist das Buch Lefèvres nicht zu übertreffen. Doch als Biographie des Horaz ist es nur zu lesen, wenn man – wie hier vorgemacht – auch Ludwig Friedländers ‹Sittengeschichte Roms› aus den siebziger Jahren des vorigen Jahrhunderts dazunimmt. Offensichtlich ist Lefèvre zugestoßen, was gerade den gründlichen Biographen fast regelmäßig passiert: von ihren «Helden» übermannt zu werden, ja sie endlich zu lieben, was so lange nützlich ist, wie Liebe nicht in Kritiklosigkeit ausartet. Warum erfahren wir deshalb nichts über die Aufnahme des – wie Lefèvre das richtig benennt: «am meisten inkriminierten Wortes des gesamten Horaz» bei seiner Mitwelt? Gemeint ist die Zeile «Dulce et decorum est pro patria mori»: Süß und ehrenvoll sei es, für das Vaterland zu sterben. Zwar hören wir, was

Brecht schon in einem seiner Schüleraufsätze über diesen Satz ausgerechnet im Ersten Weltkrieg schrieb, als dieses fürchterliche Schreibtisch-Täter-Wort (Reich-Ranicki) in keiner Aula-Feier fehlte; so wie während des Hitlerkrieges der fast gleichlautende amoralische Schwachsinn Hölderlins: «Dir ist, Liebes, keiner zu viel gefallen» von jedem Reichs-Festredner zitiert wurde. Hölderlin hatte es wie der Kriegsverherrlicher Hegel, sein Freund, fertiggebracht, sich der Zwangsrekrutierung durch Napoleon zu entziehen – während ein großer Dichter, der als freiwilliger Krieger vierzehnmal verwundet worden ist: Ernst Jünger, niemals so Obszönes geschrieben hätte. Gottfried Benn, Oberstarzt in Hitlers Wehrmacht, überliefert, daß «in der gesamten politischen Propaganda der letzten Jahre ‹Dir ist, Liebes, keiner zu viel gefallen› ... das am häufigsten gebrauchte Zitat» gewesen ist.

Doch wir hätten gern gewußt, was die *Zeitgenossen* des Überläufers Horaz von ihm gedacht haben, ob sie nun seinen Ehrenmal-Spruch gekannt haben oder nicht. *Gibt* es kein Zeugnis? Dann hätten wir auch dies gern von Lefèvre erfahren, weil das ganze schlimme Ausmaß der Diktatur des Augustus damit gekennzeichnet wäre. Es ist ja sehr unwahrscheinlich angesichts des Berühmtseins des Horaz schon in seiner Mitwelt, die bereits seine Büste in Schulen aufstellte, daß ihm sein Überlaufen, vom besiegten Brutus zum Sieger Octavian nach der Schlacht von Philippi im Jahre 42, nicht hämisch vorgehalten worden ist – wozu freilich wir heute nicht das geringste Recht haben, da wir selber nie ähnlichen Gewissenskonflikten ausgesetzt waren wie dieser oberste Star aller Schulmeister-Dichtung. Horaz hatte – bevor er so berühmt war, sogar ablehnen zu können, Privatsekretär des Kaisers zu werden – in seiner Jugend keine Wahl, seinen Staatsschreiberjob im Schatzamt anzunehmen oder nicht; hatte auch die Wahl nicht, *was* er dichten wollte. Mit Preisliedern auf die Republik, für die er einst in die Schlacht gezogen war, wäre Horaz nicht « nur » verhungert; er wäre für sie hingerichtet worden.

Ovid, der zuviel wußte …

Dokumentiert ist alles seit zweitausend Jahren, soweit das noch möglich war – doch erst eine Frau mußte kommen, um endlich einer Frau: der Kaiserin Livia, diese von ihr ganz zweifellos gespielte Rolle auch zuzuschreiben! Sozusagen geschlechtsneutralobjektiv. Wir werden Marion Giebels Nachweise, daß politische, nicht: «sittliche» Ursachen zur Verbannung oder / und Tötung führten;. und daß nicht nur *eine* Verschwörung der Tochter, der Enkeltöchter, sondern mehrere gegen den vor Livia willenlosen Augustus riskiert wurden, am Ende noch einmal im Zusammenhang behandeln. So wie wir den Essay dieses total verschollenen Zimmermanns, der nicht einmal in einem Gelehrten-Lexikon steht, über die Ursachen der Verbannung des Ovid um die Belege aus Ovids ‹Briefen aus der Verbannung› und aus seinen ‹Liedern der Trauer› hier erweitern …

Denn Zimmermann hat 1932 im ‹Rheinischen Museum› mit einer Detailkenntnis wie keiner vor ihm – jedenfalls wie keiner, den man noch kennt – die ‹Ursachen von Ovids Verbannung› als eindeutig *politische* offengelegt! Während den Historikern des 19. Jahrhunderts der Blick dafür verstellt war: Sie starrten allemal wie hypnotisiert auf das, was sie in ihrer Epoche, die das Wort «nackt» in keinem einzigen deutschen Gedicht zuließ, mehr als alles andere aufregte: auf «sittliche Verfehlungen» der verbannten Frauen ... Sie sahen nicht, diese Historiker, daß *allein* sogenannte «sittliche Verfehlungen» überhaupt hatten zur Sprache gebracht werden *können* von Kaiser und Hof, um diese Frauen aus Rom, dem Tatort ihrer Verschwörungen, zu verbannen, ja um sie schließlich zu töten durch Verbannung und Hunger ...

Der Vorwurf: «Ehebruch» als Mittel, Hochgestellte aus Rom zu verbannen, war als der politisch nicht relevante, seit den Ehegesetzen des Augustus der beliebteste, weil unauffälligste und am schwersten abzuleugnende. Denn wie beweist man zweien, Ehen gebrochen zu haben? Wer war je Zeuge? Eben deshalb ist dieser Vorwurf auch noch zur Regierungszeit des Augustus-Urenkels Caligula so beliebt gewesen, daß er als Vorwand diente, Agrippina II. und Julia Livilla zu verbannen. (Diese Livilla darf nicht verwechselt werden mit der Tochter des ersten Drusus, die angeblich ein Verhältnis mit dem Tiberius-Kanzler Seianus gehabt und deshalb ihren Gatten, den einzigen Sohn des Tiberius: Drusus II. vergiftet haben soll, wofür sie zum Hungertod verurteilt worden ist.)

Caligulas Nachfolger Claudius holte sofort nach seiner Thronbesteigung die zwei Schwestern Agrippina II. und Julia Livilla aus der Verbannung zurück – sie waren als Töchter des Germanicus seine Nichten – und heiratete später diese Agrippina. Doch zuvor war auf Verlangen seiner Frau: Messalina die Julia Livilla zum zweitenmal verbannt worden; wegen angeblichen Ehebruchs mit Seneca ... Messalina hatte sie bei Claudius des Ehebruchs bezichtigt, weil sie mit deren Gatten M. Vinitius schlafen wollte, was der ihr verweigerte, so daß er unter irgendeinem herbeigesuchten Vorwand hingerichtet wurde …

Senecas dänischer Biograph, der Philosoph Villy Sørensen, kommentiert: « Seneca und Julia Livilla wurden der gemeinsamen Unzucht angeklagt und auf zwei verschiedene Inseln verbannt, Seneca nach Korsika.

Die Sittengesetze des Augustus, die verschiedene Formen des nichtehelichen sexuellen Umgangs kriminalisierten und auf diese Weise eine Hebung der gesellschaftlichen Moral bezweckten, wurden bald zum Werkzeug privater Rachegelüste. Wollte man zwei treffen, dann war es bequem, wenn man dies auf einen Streich erledigen konnte, indem man behauptete, die beiden hätten etwas miteinander. Doch wären ein Mitglied des kaiserlichen Geschlechts und ein führender Mann nicht wegen Unzucht verurteilt worden, wenn sie nicht aus anderen Gründen in Ungnade gefallen wären. Cassius Dio erwähnt, daß noch andere Anklagepunkte vorgelegen hätten, sagt aber nicht, welcher Art sie waren. Die Anklagen waren wahrscheinlich nur Vorwände für Messalina, die es auch schaffte, daß ein anderes Mitglied der kaiserlichen Familie verbannt und getötet wurde. »

Sørensen hätte noch erwähnen sollen, wie leicht Verbannung allein aus angeblich *sexuellen* Gründen zu bewerkstelligen war: Ehemann oder Vater konnten sie Frauen antun, ohne einem Gericht Einzelheiten bekanntgeben zu müssen …

Zurück um zwei Menschenalter, aus der Claudius-Zeit ins Jahr 8 n. Chr.: War Ovid Mitwisser nur *einer* solchen Verschwörung? Wahrscheinlich wußte er als Intimus der Kaiserfamilie von vielen! Haben doch diese beiden ersten Julias, Tochter und Enkelin des Augustus, zuletzt auch ihre

Tochter oder Schwester Agrippina I. noch, *andauernd* und in vielen Verschwörungen mit Hilfe ihrer Männer oder Geliebten versucht, ihre wahrhaft tierisch egoistische Stief- und Schwiegermutter, auch Stiefgroßmutter Livia daran zu hindern: *ihren* Sohn, der nicht mit ihnen blutsverwandt war, zu inthronisieren! Diese Frauen – ausnahmslos – haben das aus *Notwehr* getan und fanden – auch ausnahmslos – ein Ende mit Schrecken ... Wie ihre Söhne oder Brüder oder Ehemänner: alle potentielle Thronprätendenten ...

Doch fast immer haben die männlichen Historiker als Kavaliere Livia idealisiert. Bis zur Lächerlichkeit nicht nur verharmlost, sondern – speziell Kornemann und Ferrero – idealisiert. Sie hätten das derart mitleidlos und unbedenklich fälschend nicht getan – muß man vermuten, denn über männliche Opfer, außer über Caesarion, das unglücklichste, unschuldigste, setzten sie sich nicht so wohlgemut hinweg –, wären nicht die beklagenswertesten Opfer dieser Frau – Frauen gewesen. (Die Ermordung der Urenkel, der von Agrippina geborenen blutjungen Prinzen, Söhne des Germanicus: liegt nicht mehr Livia zur Last, sondern erst ihrem Sohn.) Ja, sie haben, diese biedermeierlich-viktorianisch, kurz: «sittlich» erblindeten Historiker aus Mommsens «Aurora-Dreckliese»-Schule, die antiken Geschichtsschreiber, sogar den Tacitus, als Verleumder ausgeschrien – so Kornemann und Ferrero –, wenn die gewagt hatten, zu insinuieren, Volk und Adel Roms hätten instinktiv das Zutreffende gewittert, als sie flüsterten, das termingerechte Sterben *ausnahmslos aller* potentiellen Thronprätendenten in der Kaiserfamilie sei Livias «Politik»; so wie später Tiberius *nachweislich* – er war eben nie so intelligent wie seine Mutter, der *nichts* nachzuweisen ist – Agrippina samt Kindern und Freunden beseitigt hat. Ebenso sei Ovid keineswegs verbannt worden, weil urplötzlich seine ‹Liebeskunst›, bereits acht Jahre schon das meistgelesene Buch Roms, den Kaiser Augustus vergrämt habe – sondern verstimmt hat Seine Majestät: der «Erhabener» angeredet wurde, Ovids Drama der Kindermörderin (Medea), von dem seltsamerweise keine Zeile mehr existiert. Seltsamerweise? Allerdings: ist doch sonst das Gesamtwerk dieses Lieblings-Dichters der Römer nahezu komplett erhalten! Rom aber tuschelte – und irgendwann muß sogar Augustus das vernommen haben –, in der Kindertöterin Medea habe Ovid die Kaiserin Livia gezeichnet. Ovid, der alles wußte als Intimus der Kaisertochter, auch der beiden Kaiser-Enkelinnen Julia II. und Agrippina I. ... Was hat denn Ovid wohl noch «gesehen», wie dunkel überliefert wird, so daß er vom Kaiser nur gerettet werden konnte, indem der ihn durch Verbannung ans Schwarze Meer der Rachsucht der Livia entzog?

Ovid hat zweifellos gewußt, daß der selig vertrottelte Kaiser von der jüngeren Julia, ebenso wie von ihrer Schwester Agrippina, moralisch und politisch – zuweilen sind das wie hier Synonyme – *bearbeitet* wurde, ihre Mutter und wenn nicht *sie*, dann doch wenigstens ihren dritten Bruder – die beiden anderen sind die termingerecht binnen achtzehn Monaten «Gestorbenen» – aus der Verbannung nach Rom zurückzuholen, damit dieser Agrippa Postumus seines Großvaters Thron, wenn nicht allein, so doch mit dessen (vom Kaiser verabscheuten) Stiefsohn Tiberius gemeinsam erbe ... Wozu sich, unmittelbar vor seinem Tode, endlich

Augustus auch bestimmen ließ: Zwar nicht mehr durch Ovid und Julia, die Jüngere, da beide bereits nun auch schon seit sechs Jahren in der Verbannung schmachteten – vielleicht aber doch durch sein Gewissen. Und ganz gewiß durch jene Enkelin, die allein noch in Rom leben durfte – durch die für ihre Energie und Entschlossenheit berühmte Gattin des Germanicus: Agrippina, die zweifellos den Kaiser unter Druck setzte, endlich ihrer Mutter Julia und ihren Geschwistern Julia und Postumus mit der Rehabilitierung die Heimkehr zu gestatten. Denn Augustus benutzte eine Dienstreise in Abwesenheit seiner wahrhaft mörderischen Frau, um diesen letzten seiner drei männlichen Enkel heimlich zu treffen und ihm die Rückkehr nach Rom und die Mitregentschaft zu versprechen. Endlich, ganz kurz vor seinem – vermutlich *dadurch* selbstverschuldeten – Ende reiste also Augustus zu seinem, seit schon mit neunzehn, vor sieben Jahren, verbannten letzten (von dreien) Enkelsohn: heimlich deshalb, weil er nun Livia doch durchschaute. Denn warum sonst hinter ihrem Rücken? Ein Freund Ovids, der – als einziger (!) – den Monarchen begleiten durfte, vertraute seiner Frau an (was ihn das Leben kostete), der alte Mann habe weinend dem verbannten Enkel Postumus seinen Kummer über die Macht der Livia geklagt. Doch statt den Jungen gleich mitzubringen nach Rom – starb termingemäß auch der Kaiser! So daß dessen Nachfolger Tiberius – das muß man dreimal lesen, um es für möglich zu halten – auch diesen letzten Enkel noch so prompt enthaupten konnte, daß erst, als Postumus tot war, auch dem Volk von Rom Seiner Majestät Augustus' Ableben bekanntgegeben wurde vom neuen Kaiser: Livias Sohn!

Addiert man alle «Zufälle», die des Kaisers Augustus

Leibeserben, Schwiegersöhne und Gatten auch der Enkelinnen und sogar noch Urenkelinnen so beizeiten fortgeräumt haben, daß Livias Sohn Tiberius Alleinherrscher werden konnte: Dann kann man kaum mehr jenem Sallust-Kommentator Rudolf Chr. W. Zimmermann Verfolgungswahn unterstellen, der (mit Tacitus und Cassius Dio) zu dem Resultat kam: « *Wahrscheinlich durch Livias Gift* » sei sogar Kaiser Augustus gestorben! Und zwar so rasch, nachdem er seinem letzten Enkel die Rückkehr und Rehabilitierung heimlich versprochen habe, daß er sein Versprechen nicht mehr wahr machen konnte. Ist dies nur *ein* Indiz, das zweite ist: Daß tatsächlich Nachfolger Tiberius den Enkel – wir sagten das schon – totmachen ließ, früher noch, als die Welt erfuhr, dessen Großvater sei gestorben (Es gibt deutsche Historiker, die diesen dritten Sohn der Julia und des Siegers von Actium: Agrippa Postumus und letzten noch lebenden männlichen Augustus-Enkel als « schwachsinnig » denunzieren. Aber mußte Tiberius einen weitab verbannten « Schwachsinnigen » als Rivalen um den Thron so fürchten, daß er sich genötigt sah, ihn zu enthaupten?). Tacitus ist ja nicht die einzige Quelle für Zimmermanns Vermutung, sogar Augustus noch sei von Livia vergiftet worden ... Zimmermann schreibt über ‹ Die Ursachen von Ovids Verbannung ›: « ... daß Tiberius die von August beabsichtigte Begnadigung Ovids nicht vollzog, ließ erkennen, daß auch Tiber seinen Haß auf den Dichter geworfen haben mußte. Das Verbindungsglied zwischen August und Tiber konnte aber nur die Kaiserin Livia gewesen sein, so daß wir die Schlußfolgerung zu ziehen berechtigt sind, Ovid müsse einen die Livia und dadurch ihren Sohn Tiber sowie den Augustus selbst kompromittierenden Vorgang gesehen haben. Das ist das einzige, was sich nach den Gesetzen der historischen Kritik mit Sicherheit sagen läßt. Über dem Ereignis selbst schwebt ein unaufhellbares Dunkel. Nur wenige Gelehrte haben Livia mit in den Kreis ihrer Betrachtung über Ovids Verbannung gezogen und sind zu dementsprechenden Ergebnissen gelangt. Eine gänzlich verschollene, aber sinnreiche Hypothese (von Lenz, 1794) ist, Ovids Trauerspiel ‹Medea› sei von einem der Livia feindlichen Kreise in Gegenwart des nichtsahnenden Dichters zu einem Angriff auf die Kaiserin mißbraucht worden, die wie Medea ihre nächsten Verwandten verfolgte und ermorden ließ. Nachdem dies August entdeckt, habe er Ovid als Urheber des Stückes relegiert ... Um bei diesem schwierigsten Punkte in Ovids Leben auch nur etwas Wahrscheinliches auszumitteln, muß man zweierlei ins Auge fassen: die Strafe und Ovids zurückhaltende, dunkle Äußerungen. Die Art, wie Augustus von sich aus, ohne Einverständnis mit dem Senat, das Strafurteil fällte, war neu; sonst wurde entweder durch Senatsbeschluß oder gesetzlichen Spruch des ordentlichen Richters die Verbannung zuerkannt. Der Kaiser mußte also seine Gründe haben, eine öffentliche Untersuchung in diesem Falle zu vermeiden, weshalb er die einfache Form der Landesverweisung wählte. Das findet aber nur dann eine Erklärung, wenn dabei Dinge zur Sprache gekommen wären, die Augusts Ansehen beim Volke beeinträchtigt hätten oder ihm sonst irgendwie peinlich gewesen wären. Den Lebenswandel seiner Tochter Julia hatte er vor dem Senat zur Sprache gebracht und auch aus dem Ehebruch seiner Enkelin kein Geheimnis gemacht. Hierbei kann Ovids Vergehen nicht gesucht werden. ... Meines Erachtens ist das, was Ovid gesehen hat, ganz anderer Art gewesen, als man es meist denkt. Ovid scheint nicht Mitwisser eines den August und seine Familie beschimpfenden unzüchtigen Auftritts, sondern zufällig und gegen seinen Willen aus Unvorsichtigkeit Zeuge einer politischen Intrige geworden und in sie hineingezogen worden zu sein.

Mit Zurückweisung jeder positiven Verschuldung erläutert Ovid den *error*, der seine Verweisung veranlaßte, dahin, daß er absichtslos eine verbrecherische Handlung mit angesehen habe» (Trist. III 5, 43):

Schließlich hab' ich auch einigen Grund, auf Rettung zu hoffen:
nicht durch blutige Tat hab' ich die Strafe verwirkt.
Nicht erstrebte ich, alles zugrunde zu richten: des Kaisers
Haupt hab' ich nicht bedroht, das ja das Haupt einer Welt;
nie hab' ich Schlimmes gesagt, noch führt' ich prahlende Reden,
auch nicht im Rausche sind mir gottlose Reden entschlüpft:
ahnungslos hab' ich Frevel gesehn, drum duld' ich die Strafe,
und daß ich Augen gehabt, das ist mein ganzes Vergehn;
freilich vermag ich nicht ganz zu verteidigen meine Verfehlung;
aber der Irrtum hat auch Anteil an meinem Vergehn.

Wann hätte je ein großer Dichter, auch noch dann, wenn er um seine eigene Befreiung aus lebenslänglicher Verbannung kämpfte, sich derart allgemein, im Wortsinne: *nichts*-sagend ausgedrückt wie hier Ovid? Er *mußte* natürlich derart verschlüsselt sprechen, weil es ja *das* Top-secret-Geheimnis der Kaiserfamilie war, das hier nur vertuschend erwähnt werden durfte. Denn selbstverständlich hätte Ovid sich den Rest gegeben, wäre aus seinen Episteln vom Schwarzen Meer herauszulesen gewesen – er konnte ja nicht ahnen, wer alles seine Post zensieren würde, bevor Augustus sie bekam –, *was* zu seiner Verbannung geführt hat. Nämlich: Kenntnis eines Verbrechens von Enkeltochter und ihrem (dann hingerichteten) Ehemann gegen die Majestät; mindestens die Androhung dieses Gewaltaktes, hole er nicht Julias Mutter Julia und deren letzten Sohn Agrippa Postumus endlich zurück aus der Haft der Verbannung, um *sie* – nicht: Tiberius – zum Nachfolger zu bestimmen! Allein dieses oberste aller Staatsgeheimnisse erklärt, warum Ovid nie über vage Andeutungen hinausgeht ... Wäre es *nicht* um diese Tat gegangen, so hätte Ovid weder vom «Haupt des Kaisers» sprechen können – ja, es ging um dessen Kopf! –, noch vom Bestreben anderer, «alles zugrunde zu richten», was offenbar Julia, die Kaiser-Enkelin, und ihre Mitverschworenen in Kauf genommen hätten, um Julier statt Claudier als Nachfolger des Großvaters durchzusetzen in Notwehr.

«Unzüchtiges» kann es gewiß nicht gewesen sein, was Ovid der Verbannung aussetzte, wie von Lessing bis Golo Mann ausnahmslos alle Historiker den antiken Verleumdern der kaiserlichen Damen unüberprüft nachgeredet haben, denn was immer an «Unzucht» menschenmöglich ist:

Es gibt keine, durch die «das Haupt des Kaisers bedroht» worden *sein kann*! Mithin: Allein *Politisches* muß es gewesen sein, wenn Ovid für nötig hält, in seinen Bittgesuchen, nach Rom zurückkehren zu dürfen, *eigens zu versichern,* nicht «das Haupt des Kaisers bedroht» zu haben oder an dessen Bedrohung beteiligt gewesen zu sein! Was also *kann* nur vorgelegen haben? Hochverrat: Bemühungen, den Kaiser zu *zwingen,* seinen noch nicht «gestorbenen» dritten Enkel, den im Vorjahr wegen «Unzucht» aus Rom in die Verbannung beseitigten jüngsten Enkel Postumus – von Julia erst nach dem Tode seines Vaters Agrippa geboren – nach Rom zurückzubringen. Zweifellos nicht nur als Begnadigten, sondern – an Tiberius vorbei – als Mitregenten. Denn hätte nicht massivster politischer Druck gegen den Kaiser dahintergestanden: warum hätte dann Augustus den Ehemann seiner Enkelin Julia anläßlich ihrer und Ovids Verbannung *hinrichten* lassen? Und dieser Aemilius Paullus war (neben Iullus Antonius) der einzige der Kaiserfamilie, den Augustus je hinrichten ließ ... (Auch wäre dies der einzige, seit es Menschen auf der Welt gibt, bekannte Fall, daß ein Ehemann deshalb hingerichtet wurde, weil seine Frau, die Enkelin des Kaisers, ihn als Ehebrecherin betrogen hat: Die unwahrscheinliche Albernheit dieser ganzen Konstruktion: Julia II. sei «wegen Ehebruchs» verbannt worden, liegt hier offen zutage!)

Ovid schreibt selbst, wie schwierig es für ihn ist, in seinen Gnadengesuchen die Tat nicht offen beim Namen nennen zu können, die ihm die Ungnade eintrug; er dichtet (III 6, 27):

Leicht und gefahrlos ist's nicht, von dem traurigen
Zufall zu sprechen,
der mich Schlimmes zu sehn, Schlimmes zu wissen
gelehrt:
schrickt mein Sinn doch zurück wie vor eigenen
Wunden vor jener
Zeit, und gedenkt er daran, spür ich aufs neue den
Schmerz
und was auch immer so tief mich mit Scham vermag
zu erfüllen,
werde in Dunkel gehüllt, werde begraben in Nacht!

Ovid, wie meist jene, die um vorzeitige Entlassung bitten, verfehlt auch nicht, dem Kaiser zu versichern, er werde absolut schweigen – so mußten alle aus Hitlers KZ Entlassene (viele waren das zu keiner Zeit) an Eidesstatt schriftlich geben, niemals zu sprechen über das, was sie in einem KZ gesehen, getan ... Die abstrakte Sprache, mit der hier Ovid verständlich allein zu denen spricht, die ohnehin wußten, was er damit bezeichnete, war notwendig, wollte er Augustus überzeugen, der könne sich darauf verlassen, daß auch der zur Heimkehr Begnadigte niemals sagen werde, warum er verbannt worden war.

Offen sprechen kann Ovid allein über das, was *offiziell* Augustus als Verbannungsgrund angegeben hatte:

Da zwei Frevel, Gedicht und Verirrung zugrunde
mich richten,
sei meines zweiten Vergehns Fehltritt in Schweigen
gehüllt:

denn ich bin es nicht wert, dich erneut zu
verwunden, o Kaiser;
ist es doch mehr als zuviel, wenn man dich einmal
betrübt.
Bleibt das andre: ich werde beschuldigt, durch
schändliche Dichtung
schamlosen Ehebruchs Lehrer geworden zu sein.

Dies der öffentlich vom Kaiser bekanntgemachte *Vorwand* für die Verbannung: Erotisches, heute wie früher, ist allemal harmloser als Politisches ... «Die angebliche, wie stets als Vorwand so nützlich und plausibel erscheinende Ursache seines Sturzes war allgemein bekannt» (IV 10, 99 f.):

Meines Verderbens Grund ist allzu bekannt einem
jeden;
darum brauch' ich ihn nicht selbst zu verkündigen
noch.

Zimmermann fährt fort: «Aber was Ovid *eigentlich* gesehen hatte, war zweifellos ein Geheimnis wie *noch* jetzt. Denn wenn der Dichter in Rücksicht auf den Kaiser es *vor dem Publikum* nicht nennen darf, so liegt darin der Beweis, daß dieses von dem Gesehenen selbst nichts wußte ... Ovid mußte befürchten, Augusts Zorn noch mehr zu erregen, wenn er das Gesehene vor das Publikum brachte.

Auch dieser Umstand widerlegt die Juliahypothese. Ferner dürften Äußerungen wie, daß es nicht sicher sei, die Schuld zu nennen (III 6, 33), im Zusammenhalt mit Ovids Furcht gesehen werden, auf der Reise nach Tomi infolge von geheimen Befehlen Augusts ermordet zu werden» (I 1, 74 ff.):

> Nichts will ich also berichten als dies: daß ich fehlte
> und keine Belohnung erstrebt, als ich den Fehltritt
> beging,
> daß man als Torheit nur bezeichnen darf mein
> Vergehen,
> wenn meine Untat du recht zu benennen gedenkst.
>
> Zwar ich erinnere mich, daß gütige Mächte da
> droben wohnen; ich fürchte jedoch Gottheiten,
> die mich gestraft.

Diese Zeilen deuten an – was über *Andeutungen* hinausging, hätte ihn den Kopf kosten können –, «daß ihm zu verstehen gegeben war, falls er nicht schweige, würde man Mittel wissen, ihn zum Schweigen zu bringen. Deshalb beschränkt er sich darauf, nur zu sagen, er habe etwas gesehen, was, gesehen zu haben, er verwünschen müsse, ohne sich auf eine weitere Schilderung des Vorkommnisses einzulassen. Da er seine Schuld vor dem Publikum nicht nennen darf, kann er sie auch nicht widerlegen. Dagegen verteidigt er seine *Ars*, welche den anderen Anklagepunkt bildete, damit er wenigstens hinsichtlich dieses seines Lieblingswerkes gerechtfertigt erschien». Das war harmlos: Die ‹Liebeskunst› durfte Ovid deshalb verteidigen, weil sie die offizielle Begründung seiner Verbannung gewesen war.

«Als Hypothese, was August Veranlassung bot, gegen den Dichter einzuschreiten, möchte ich folgendes aufstellen: Ovid war ahnungslos in einen Kreis von Personen, die wohl zu seinen Freunden zählten, geraten, der die Befreiung des letzten rechtmäßigen Nachkommen Augusts, Agrippa Postumus, aus der Verbannung betrieb, in die ihn Livias Ränke 7 n. Chr. gebracht hatte. Das war keine Verschwörung gegen August oder auf Umwälzung der bestehenden Regierungsform gerichtet, konnte aber Livias ehrgeizigen Plänen mit Tiberius sehr gefährlich werden und mußte den Kaiser selbst kompromittieren, der Agrippa Postumus hatte verbannen lassen, obwohl er keines Verbrechens überwiesen werden konnte. Ovid wurde zufällig hineingezogen, ohne daß man ihm etwas Näheres mitteilte, und als er später ahnen mochte, daß hier ein gefährliches Spiel getrieben werde, verstanden es die Gefährten, seine Bedenken mit dem Hinweis zu zerstreuen, August, der stets so sehr bemüht war, seinen leiblichen Nachkommen (von der Julia) die Nachfolge zu verschaffen, werde darüber gewiß nicht ungehalten sein. Dies geglaubt zu haben, war Ovids *error*. Als er ihn erkannt hatte, wagte er aus Unentschlossenheit und Furcht nicht, sich zurückzuziehen oder gar eine Anzeige zu machen. Wie konnte er letzteres auch, ohne damit Freundschaft zu verraten! Später klagt er seine Schweigsamkeit an und wirft sich Dummheit vor (IV 4, 35; III 6, 11; I 2, 98):

Aber es war kein Betrug, das glaub mir: bei all meinem Handeln,
außer dem letzten, gebührt Schutz meinem Wandel und Tun.
Auch diese Schuld, mein Verderben, du wirst sie Verbrechen nicht nennen,

wäre die Kette dir erst all meines Unglücks bekannt.
Furcht oder Irrtum hat mir geschadet, und eher noch
Irrtum;
ach – von meinem Geschick sei mir zu schweigen
erlaubt!

... dir nur hab' ich erzählt, was ich je an Geheimnissen hatte,
ausgenommen nur das, was mich ins Unglück
gestürzt ...

... wißt ihr ja doch: meine Schuld war keine frevelnde
Tat.
Vielmehr, wenn ihr es wißt, wenn meine Verirrung
mich fortriß,
wenn nur töricht mein Sinn, nimmer verbrecherisch
war ...

Er mußte sich sagen, daß, wenn die Verbindung von anderwärts her aufgedeckt wurde, auch sein Name in den Augen des Kaisers gebrandmarkt war. Durch seine fortgesetzte Teilnahme an dieser Bewegung, die er eigentlich weder wollte noch förderte, wurde der Dichter Zuschauer bei all den Handlungen, welche seine Gefährten für ihre Pläne unternahmen. Dabei ist vor allem an die Beschaffung wichtiger Papiere zu denken, die einwandfrei Livias Intrigen gegen die Personen bewiesen, die zwischen Tiberius und der Thronnachfolge standen: Gaius und Lucius Caesar, endlich Agrippa, so daß Ovid Mitwisser eines Staatsgeheimnisses wurde, das August ohne Zweifel vor jedem verborgen wissen wollte. Doch die Verbindung ward entdeckt, und der Kaiser, der bereits gegen Ovid wegen seiner *Ars* eingenommen war, sprach seine Relegation ohne nähere Untersuchung aus.»

Nein, nicht vor acht Jahren durch «Ars», sondern jetzt durch «Medea» hatte Ovid Livia tödlich beleidigt! Und daß Zimmermann von Papieren spricht, ist so komisch wie deutsch: nur Deutsche, wenn sie putschen wollen, legen «Papiere» darüber an – was nach dem Attentat vom 20.7.44 auf Hitler viele Mitverschworene an den Galgen gebracht hat; andere Völker schreiben nicht, sondern handeln ...

«... Möglich ist aber auch, daß Ovid von anderen in die Sache verwickelten Personen bei August verleumdet wurde.

Jedenfalls läßt *Pont.* II 7, 54 auf einen Vorgang außerhalb Roms schließen.

Manchen half es im Unheil, wenn sie persönlich
erschienen;
mich, der ich fern war, warf nieder der wütende
Sturm.

Zu beachten sind auch Ovids Klagen über vornehme Freunde, die nur zu schaden wüßten, ferner, daß gerade damals Agrippa (Postumus) von Surrentum nach Planasia gebracht war (III 4, 3):

Wenn du irgend dem Freunde noch glaubst, der so
vieles erfahren,
lebe für dich und weit halte vom Ruhm dich
entfernt!

Lebe für dich, so sehr du nur kannst! Die Mächtigen meide!
Leicht, bei des Mächtigsten Zorn, trifft dich der wütende Blitz.
Denn wenn die Großen uns auch alleine zu nützen vermögen,
nütze nur er lieber nicht: schädigen kann er gar viel.

Jedenfalls hütete sich August, eine öffentliche Untersuchung in diesem Falle anzustellen, welche Dinge zur Sprache hätte bringen müssen, die seiner Familie nicht zur Ehre gereicht hätten. Politisch klug ging er der Sache nicht weiter nach, vielleicht auf Veranlassung der Livia, die eine Untersuchung am meisten fürchten mußte …»

Zimmermann hat über seiner Detektiv-Arbeit, weil die sich legitim ganz aus den Klagen Ovids vom Schwarzen Meer speist, *das* vergessen, was in allen Begnadigungs-Gesuchen deshalb vom Dichter nicht erwähnt werden durfte, weil es als der – geheime, nicht offizielle – Grund seiner Verbannung spurlos bis zum letzten Buchstaben hatte vernichtet werden müssen als einziges aller Werke Ovids: eben das Drama «Medea», womit er «des beleidigten Kaisers Zorn» erregte; der indessen «meint, die Schuld fordere nicht meinen Tod». Was sonst, wenn nicht «Medea» hätte Ovid mit der Zeile umschrieben – denn Mitwisserschaft ist ja nichts den Musen Geweihtes –, mit der Zeile: «Also stürzt das den Musen Geweihte dahin»?

Zimmermann ergänzt: «Ovid selbst spricht offenbar über die Ursache seiner Entfernung je nach seiner augenblicklichen Gemütsstimmung bald so, bald anders. So nennt er (*Trist.* II 122) das, was sein Unglück herbeiführte, ein Verbrechen, und kein geringes, so daß er noch die Milde preisen müsse, mit der gegen ihn verfahren sei (I 2, 61), während er an anderer Stelle seine Strafe viel zu hart findet (IV 4, 44, V 10, 5):

Also stürzt das den Musen Geweihte dahin: durch
ein einz'ges
doch nicht geringes Vergehn ist es gesunken, das
Haus;
aber es sank doch so, daß es, wenn des beleidigten
Kaisers
Zorn vergeht mit der Zeit, aufzuerstehen
vermag;
ist doch bei dem Vollzug einer Strafe so groß seine
Milde,
daß sie gelinder sich stets, als wir befürchteten,
zeigt.

Und dieses Leben, das gnädig der Zorn mir des
Kaisers vergönnt hat,
laßt's ans befohlene Ziel tragen mich heillosen
Mann!
Wollt ihr mich strafen für das, was ich damals
begangen, so meint doch
selbst mein Richter, die Schuld fordere nicht meinen
Tod.

Also, bin ich mit Recht auch bestraft, so lag bei dem Fehltritt
jegliche Untat doch, jegliche Absicht mir fern.
Und das weiß auch der Gott: er hat mir das Leben gelassen,
zog mein Vermögen nicht ein: keinem gehört es als mir.
Diese Verbannung selbst, erlebe ich's nur, wird er einstmals,
falls mit der Zeit sich sein Zorn sänftigt, beenden gewiß.
Heut aber bitt' ich ihn nur, mich anderswohin zu versetzen,
wenn dieser Wunsch ihm nicht allzu vermessen erscheint.
Nur einen Ort der Verbannung, um weniges näher und milder,
wünscht' ich, der nicht so nah liegt dem barbarischen Feind,
und so groß ist Augustus' Milde, daß er mir dieses,
wenn ihn jemand für mich bäte, gewährte vielleicht.

Still steht, glaubt man, die Zeit, so träge nur schreitet sie vorwärts
und mit so langsamem Schritt wandelt das Jahr seinen Weg.
Weder verkürzt mir die Sonne des Sommers die Nächte um etwas,
noch hat der Winter den Tag weniger lang mir gemacht:

wahrlich, es hat sich in mir die Natur der Dinge
verändert,
dehnt mit dem Kummer zugleich jegliches andre mir
aus.
Oder durchmißt die gemeinsame Zeit die gewohnte
Bewegung?
Ward meine eigene Zeit nur um so reicher an
Qual,
da mich das Meer mit dem Lügennamen « das
Gastliche » festhält
und der skythischen See wahrlich verrufener
Strand?
Zahllose Stämme ringsum bedrohn uns mit
wütenden Kriegen,
denen es schimpflich erscheint, sich nicht zu nähren
vom Raub.
Sicher ist draußen nichts: der Hügel sogar wird von
schwachen
Mauern verteidigt und sonst nur durch die Lage des
Orts.
Wenn man's am wenigsten denkt, ist der Feind,
gleich Schwärmen von Vögeln,
da, und noch eh man's gewahrt, treibt er die Beute
hinweg.
Tödliche Pfeile finden wir oft auf den Straßen: sie
fliegen
uns bei geschlossenem Tor über die Mauern herein.
Selten nur wagt drum jemand, das Land zu
bebauen …

« In den Augen der Römer stand August wegen der erteilten Strafe (angeblich, offiziell wegen « Unsittlichkeit » in ‹ Ars amandi ›, die seit acht Jahren auf dem Markt waren, unbehelligt als *der* bestseller!) gerechtfertigt da. Aber über die eigentliche Verwicklung blieb man im unklaren, wie es auch der Kaiser wollte. Als ihn nach Jahren das Verfahren gegen seinen einzigen ihm noch übrigen Enkel Agrippa reute, weshalb er ihn ohne Wissen der Livia besuchte und Hoffnung in ihm erweckte, aus dem Exil zurückgerufen zu werden, trug er sich hinsichtlich Ovids mit demselben Gedanken (*Pont.* IV 6, 9 f.), der ja ohnehin nicht müde geworden war, zu versichern, daß er, was ihm auch zur Last gelegt werde, dennoch absichtslos gefehlt habe ».

Maximus, Zierde des Fabierhauses, du warest
  entschlossen,
zu des Erhabenen Macht flehend, zu sprechen für
  mich.
Vor deinem Bittgang starbst du, und ich bin, glaub'
  ich, der Anlaß
deines Todes, und das, Maximus, bin ich nicht wert.
Schon hab' ich Furcht, meine Rettung noch
  irgendwem zu empfehlen;
untergegangen mit dir ist auch die Hilfe nun selbst.
Eben begann Augustus vergessene Schuld zu
  verzeihen,
als er der Erde zugleich und meiner Hoffnung
  entschwand.

Ovid, so weitab von allem, was in Rom geschah, hat also geglaubt – und sich das vorgeworfen –, sein Freund Fabius Maximus sei umgebracht worden, weil er für ihn die Begnadigung erbeten habe. Nein! Er wurde ermordet, weil er seiner Frau, der Cousine des Augustus, weitergetratscht hatte, daß er als einziger Augustus zu dessen Enkel Postumus begleitet und Zeuge war, Augustus wolle den Legitimen zum Nachfolger. (Von allen Sterblichen sind Zeugen die am schnellsten Sterblichen.)

Zimmermann schließt: «Aber der Tod übereilte den Kaiser, wahrscheinlich durch Livias Gift, und Agrippa wurde, um jede Gefahr für Tibers Nachfolge zu beseitigen, gleich nach dessen Regierungsantritt getötet. Ovid aber, da er dem rechtmäßigen Erben Agrippa angehangen hatte, mußte an dem Orte seiner Verbannung in der Dobrudscha ausharren, nachdem Livia ihre Pläne mit Tiberius erreicht hatte und diesen zum Alleinherrscher erhoben sah, bis auch ihn der Tod ihren und ihres Sohnes Verfolgungen entzog.»

Rätselhaft, daß Zimmermann die eigentlich *schrecklichste* Folge des Besuchs, den der zuletzt die Livia – seine lebenslängliche Bewacherin – zweifellos hassende Augustus seinem verstoßenen Enkel heimlich noch gemacht hat, nur als Fußnote bringt, obgleich doch diese Folge das grellste und entlarvendste Licht auf die Gesamtsituation wirft: «Wie sehr Livia und ihr Sohn Ovid abhold sein mußten, weil er dem rechtmäßigen Erben Agrippa angehangen hatte, läßt sich daraus ermessen, daß es Augusts einzigem Begleiter auf der Reise nach Planasia, Fabius Maximus, das Leben kostete, weil er des Kaisers Klagen über die ihm abgezwungene Verstoßung des Agrippa gehört und darüber zu seiner Gattin nicht geschwiegen hatte, durch die es Livia und Tiber erfuhren.»

Diese Gattin, die den Mund nicht halten konnte (Plinius der Ältere belegt das ebenfalls), war, wie gesagt, die Cousine des Augustus! Zimmermann hat auch das nicht von irgendeinem schreibenden Panikmacher übernommen, sondern von – Tacitus! Der übrigens auch versichert, unmöglich sei, daß Augustus seinen Enkel Postumus ohne Gerichtsverfahren zu ermorden, dem Tiberius noch aufgetragen habe: Tacitus sagt, leibliche Nachkommen habe Augustus nie getötet – ja: sogar die ihm «nach dem Leben trachteten» nicht, wie Julia I. Oder auch wie deren Tochter Julia II. Warum sonst Ovids Zeile: Nie habe *er,* Freund Julias II., «das Haupt des Kaisers bedroht»?

Und damit dies alles bei der Verbannung des Ovid *nicht* zur Sprache komme, hat Augustus sie nicht als seine Forderung vor den Senat gebracht, sondern persönlich durchgeführt, statt das Gerichten und dem Senat zu überlassen, die Fragen gestellt, Rechtfertigungen, ja – unvermeidbar – Öffentlichkeit zugelassen hätten ...

Hätte Ovid in der Verbannung Hoffnung hegen *können,* ein Selbstbildnis würde nicht jede Aussicht auf Begnadigung zur Rückkehr vernichtet haben, er hätte vielleicht gedacht – aber es gewiß anders geschrieben:

Ovid in Tomi

Der Himmel eine Last, dezemberschwer.
Wolken von Weißgold, nur in kargen Streifen,
lichten, was immortellengrau verhängt ist.
« Zu », geschlossen wie das Außen, so mein Innen.

Das Meer – ein Eisen wie ein Phalanx-Schild,
brandungslos, nomen est omen: schwarz.
So abweisend, so undurchdringlich,
als könne nie ein Schiffsbug es zerteilen …

Das höhnt mir jeden Fluchtgedanken weg
– wohin auch, Bürger eines Weltstaats?
Kein Trost, daß auch der Herr der Welt
der Herrin lebenslänglicher Gefangner.

Zum Schutz vor *ihr* verbannte er mich mondweit.
Wie bleibst du auf den Füßen, Erhabener,
ertappst du dich, daß du aus Angst nicht ißt,
bevor die Kaiserin aus gleicher Schüssel aß?

Du *komischer* Monarch, der heute schon
– an welchem Hofe hat's das je gegeben? –
vier Prinzen überlebt hat, die « gestorben »
an ihrem Recht, dein Thronfolger zu sein!

Wer lacht, dem fröstelt's im Genick, daß du
‹ Medea › für die Schaubühne verbietest,
weil dir die Mörderin im Staatstheater spiegelt,
wie Livia zu Hause mit dir umspringt …

«Julia oder der Weg zur Macht»

Nie könnte ich glauben, gar glaubhaft *machen*, Ovid habe am Schwarzen Meer in der Illusion gelebt – hat er gewiß nicht –, seine ehrliche Autobiographie, die untrennbar war von den Mord- und Verbannungs-Geschichten des augusteischen, liviaischen Hofes, erreiche jemals die Nachwelt! Wie hätte das sein können? Die Aussichten waren geringer, als daß eine Flaschenpost, in Tomi ins Wasser geworfen, jemals Rom erreiche ... Ach, nein: wenn seine Briefe vom Schwarzen Meer nach Rom, wo ja Ovids Frau und Kind vergebens auf ihn warteten, ein Jahr brauchten, um anzukommen – wie könnte Ovid dann gehofft haben, seine Lebenschronik überlebe ihn dort – wo er ja bewacht war – auch nur einen Tag? Oder Livia und ihr Sohn, sollte der neue Kaiser angeordnet haben, Papiere des Verstorbenen ihnen nach Rom zu bringen, würden die Lektüre nicht zum Vorwand nehmen, erstens die Angehörigen des Ovid zu ruinieren (denn Augustus hatte immerhin darauf verzichtet, den Dichter auch noch durch Konfiskation seines Vermögens zu bestrafen); zweitens diese Papiere zu vernichten? Schon in seinem Reisebewacher bei seiner Abschiebung zum Schwarzen Meer hatte der Dichter seinen Mörder vermutet ...

Würde ich mir aber vormachen können, Ovid habe dennoch eine Chronik geschrieben, ich versuchte – wie Ranke-Graves die des Claudius, wie Marguerite Yourcenar die des Hadrian, wie Thornton Wilder Briefe Cäsars –, diese Autobiographie des Verbannten zu fingieren. Und finge an, wie folgt:

«*Julia oder der Weg zur Macht*» – würde ich das Drama nennen, das ich schriebe, hätte es auch nur die geringste Chance, je das Licht der Welt zu erblicken – wenigstens als Manuskript. So vermessen, gar seine Inszenierung zu erhoffen, wäre ich ja auch dann nie gewesen, würden nicht sämtliche Exemplare meiner ‹Medea› auf Allerhöchsten Befehl vernichtet worden sein in Rom und folglich auch in allen anderen Ländern, die sich Rom tributpflichtig gemacht hat, sofern noch Tribute aus unterworfenen Provinzen zu erhalten sind, weil die nicht bis zum letzten, der Hände hatte, von uns ausgemordet wurden wie Karthago und wie weite Landstriche Galliens. Und welches Land wäre nicht unterworfen von Rom – außer Germanien, wo noch niemand lesen kann, so daß auch dorthin kein Manuskript ausgelagert werden könnte in der Hoffnung, es erreiche jemals die Nachwelt! Was würden die analphabetischen Blonden des Nordens mit beschriebenem Papier sonst anfangen als Feuer oder sich abwischen, sofern es weicher ist als Laub oder Leinen?

Versteckter als in meiner ‹Medea›, deren letztes Exemplar durch mich selber dem Kaiser ausgehändigt wurde, der es vor meinen Augen verbrannt hat, mit dem Satz, der mich frösteln machte im Genick: «Die vorletzte Gnade, mein

Lieber, die Ich dir erweisen *kann*!» Er betonte *kann* – versteckter konnte ich ihm unmöglich das Treiben der Kaiserin darstellen: Medea sticht immerhin selber die Kinder ab – was ja Livia niemals getan hat. Sie gab (oder ließ geben) – Gift. Auf meine Frage an Seine Majestät: «Erhabener: was ist, wenn dies die vorletzte, die letzte Gnade, auf die ich hoffen darf?», kam das Todesurteil auf Zeit: «Ich verbanne dich ans Schwarze Meer, weil du in Rom keine Chance hättest – keine –, der Rache der Kaiserin zu entgehen: für die Ich übrigens volles Verständnis habe! Du weißt, der du dich im Gegensatz zu Mir unters Volk mischen kannst, daß die ganze Stadt hohnlachend getuschelt hat, mit der Kindesmörderin habest du nicht Medea – sondern die Kaiserin gezeichnet.»

Ich widersprach, wie er wollte, wie er erwartete – obgleich er mir freilich keine Silbe glaubte. Er ging so weit zu sagen: «Ein Glück, daß Ich gebildet genug bin, zu wissen, erstens: die Dauer der Throne ist auf Poesie gegründet; also holte ich Horaz, dich und Vergil an Meinen Hof. Und daß Ich – zweitens – Meinen Namen in der Nachwelt nicht auf ewig beflecken will, indem Ich Mir nachsagen ließe, *den* Liebeslyriker Roms hingerichtet zu haben. Ja, man könnte, würde ich dich töten, sogar absurderweise daraus schließen, Wir hätten, die Kaiserin und Ich, deine idiotischen Anspielungen ernst genommen: Du lebst noch, weil genau diesen Vorwurf die Kaiserin fürchtet!»

Allen Mut zusammennehmend – nein: Mut war das gar nicht, sondern Fatalismus, angesichts des mich ohnehin abtötenden Verbannungs-Urteils sagte ich: «Majestät, laß mich töten. Das geht schneller, das ist die wahre Erlösung, gemessen an Deiner Unbarmherzigkeit, mich ins Donaudelta zu verbannen!» Ich weinte, ohne mich dessen zu schämen. So log ich auch überzeugender, als ich hinzufügte: «Du weißt, wie ich, Erhabener, daß Jahre, bevor mein ‹Medea›-Drama geschrieben war, das unerhörte Mitleid der Nation mit Dir –»

Er wollte donnern, aber das klang komisch bei seiner Kastratenstimme: «Will ein Kaiser – *Mitleid*? Ich lasse dich auspeitschen!»

Ich: «Mitleid, meinte ich, weil Dir außer Agrippa Postumus alle männlichen Nachkommen starben ... sogar zwei Schwiegersöhne, was wäre unedel daran?»

Ich hatte ja sagen wollen – hütete mich dann, aus Angst, er lasse mir auf der Stelle den Kopf abschlagen –, ich hatte natürlich sagen wollen: Dieses Mitleid, das ja echt ist – sei durchwachsen mit der Verachtung aller Römer, weil er nicht wahrhaben *wolle*, daß es nicht «mit rechten Dingen» – neutraler, furchtsamer ist das nicht auszudrücken – zugegangen sein *könne*, wenn einem Monarchen vier (!) Kronprinzen vorwegsterben ... Und nun «starb» inzwischen auch der fünfte: Germanicus! Und damit hat die Kaiserin es ja auch geschafft, daß Tiberius Kaiser wird ... vielleicht sogar schon, bevor Augustus kalt ist; allen Ernstes wurde von «Mitregentschaft» schon gesprochen.

Ich weiß keinen Menschen, dem ich auch nur diese Blätter anvertrauen könnte. Das heißt: Sie werden noch rascher verbrannt sein als meine Leiche – wenn nicht gar meine Leiche das Produkt dieser Blätter wird! Aber ich schiebe sie dennoch hier in eine Buchrolle, weil ich die Schuftigkeit nicht aufbringe, sie Berenike zur Aufbewahrung zu geben; denn sollte mein Diener ein Spitzel sein – daß wir's zuweilen miteinander machen, beim Zeus: wer hielte Ficken noch für eine Garantie, den Freund nicht zu verraten? Und wenn er der Kaiserin diese Blätter nach Rom brächte, schenkte sie diesem Sklaven, was ich nicht darf, *mindestens* die Freiheit. Sollte Mark der Spitzel sein, würde ohnehin auch Berenike, schon jetzt, erst recht nach meinem Tode überwacht; und der Haussuchung unterworfen. Oh, der Hohn in Rom, ahnte man – sicherlich ahnt man's nicht, sondern *weiß*: daß ich meine ehemalige Putzfrau beschlafe, ja *liebe*, während man sich erzählt, ich hätte die Enkelin des Kaisers umgelegt und vegetierte deshalb vierzehn Tage- und Nächte-Reisen weit von Rom, verbannt! Dieses höchst schmeichelhafte Gerücht schafft mir Respekt sogar hier.

Warum aber lebe ich noch – da ich nicht schreiben *darf*, was allein ich schreiben muß? *Müßte*! Ganz einfach: dank Berenike. Was mich hält, ist ihre Schönheit! Die allein auch mich abhält, Trinker zu werden. Zum Beispiel heute mittag – sie kommt ja jeden Mittag, ganz in Weiß, von oben bis unten. Sie ist viel stärker geworden, seit sie mir endlich glaubt – doch wie lange hat's gedauert, sie davon zu überzeugen –, daß ihre Schwere mich erotisiert. Die tritt nur nackt zutage, denn das tief hinabreichende, fast bis in die Kniekehlen lange, sehr weit geschnittene Hemd – weiß wie ihre lange Hose – verschlankt Hüften und Hintern. Daß ihre Oberschenkel so lang sind, macht noch das Kolossale, wenn nicht schlank, so doch fest. Hart, basalten, kalt ihre säulenschweren Oberschenkel, was mich stärker erotisiert als selbst ihr Zentrum, das hadesschwarz ist und üppig groß wie das Akanthus-Blatt eines Obelisken … Ich notierte, obgleich Berenike mehr Slawin ist als Italienerin:

La Méditerranée

Glück? Deine Gegenwart!
Atmender Basalt.
Dein Barock: fettlos, hart,
deine Haut wie kalt

Im Zentrum Lava, erweckt
durch Esprit.
Libido – Intellekt:
deine Symphonie.

Nur in dir, urmusikalisch
sind Stirn und Damm:
Animus – animalisch
vom selben Stamm.

Liebst mich nicht?
Liebe steckt an …
Wille zerbricht
Quarz: kein Mann

Kann dich umarmen,
doch dann von dir los.
Wohin – erbarmen
sich nicht dein Schoß

Dein Geist –, wo schriebe
ich adresselos hin?
Ich bin, weil ich liebe:
dein Sein – mein Sinn.

Mir ist es schon eine armselige Vorstellung, mit einer Frau zu Tisch zu liegen, die nicht oder kaum mitißt. Abgesehen davon, daß mich's abstößt, mit einer ins Bett zu gehen, die angetrunken ist – wie alle sind, die auf leeren Magen trinken. Der Wein, der hier wächst, ist nicht harmlos …

Nicht allein, um Berenike zu huldigen, schreibe ich noch Gedichte wie ‹Wettspiel›. (Viel lieber zeichnete ich sie, schon weil Zeichnen weit weniger Anstoß erregt als Schreiben; aber Akte zeichnen, das kann ich nun einmal nicht.) Sondern ich schreibe auch – kein Tag ohne Schreiben –, weil ich schreiben *muß*. Nur in den Stunden des Schreibens und des Liebens kann ich mein Elend verdrängen – beides hilft mir, nachts einigermaßen noch zu schlafen. Doch so harmlose Gedichte wie dies – schreibe ich tatsächlich nur, weil Politisches, was allein mich noch fasziniert, ich nicht mehr schreiben darf – wie übrigens alle, seit Ende der Republik. Also: Liebe als Surrogat für Unproduktive. Und als eine der Macht nicht verdächtige Fingerübung, so wie meine Musikerfreunde in der Reichshauptstadt täglich stundenlang üben … Artistik und Musik, sofern sie Zeitkritik «aussparen», als das den Tyrannen garantiert Unanstößige! Wo politische Dichtung notwendig ist, da wird sie verboten; wo sie erlaubt wird, in liberalen Epochen, da wird sie harmlos … harmlos wie alle Liebesgedichte.

Wettspiel

Ist *sie's,* die verführt,
sitzt sie meist obenauf.
Ihn reitend nur spürt
sie, wie den Verlauf:
Rhythmus, Tiefe *sie* bestimmt.

Lachend hat sie ihn genommen,
rasch, damit nicht er sie nimmt.
Dem Orgasmus zu entkommen,
bis schon Sperma in ihr schwimmt:
dank dieser List regiert sie ihn.

Spottend, da er hörig ist:
Wolltest *diese* Brüste fliehen?
Er: Deren Wucht deine Macht bemißt.
Sie: Die, lieg' ich unten, unterliegt.
Und nur dann, lockt dich mein Po:

Wenn ich's tierisch will, obsiegt!
Stimmt. Strecken auch Tiere so
den Hintern hin, beugen den Nacken:
kniet sie vor «ihm», Stirn im Laken
– blonder Flaum über ihren Backen

Kann er nicht hinzusehen wagen!
Wegsehn muß er, leckt er den Flaum,
damit er nicht schnell ejakuliert.
So göttlich trat Venus aus dem Schaum
wilder Wogen! Dankbar massiert

Er ihr mit Sperma Stirn, Hals, Flanken.
Ozeans Tochter: Gischt-Ejakulat!
Mannbeherrschend. Männer danken
Frauen: Der Schöpfung stärksten Tat
– in den Ursprung heimzukehren:

Im Grundwasser der Frauen haust
unsre Herkunft aus den Meeren;
Secretum vaginalis: Meerboden-Duft.
Wie in Muscheln das Meer noch saust,
Meer auch im Salzgehalt der Luft.

Harmlos werde aber ich wie jeder, der nicht mehr schreiben darf, was er muß! Ja, schlimmer: Wird man nicht mehr gehört, verliert man sogar die Sprache noch, in der man sich einst mitteilen durfte. Entzug der Öffentlichkeit ist für den Autor wie für die Pflanze der Entzug des Wassers. Der Atem des Publikums, das nur dumme Dichter unterschätzen, ist für den Produktiven ein Pneuma. Selbst ein derart harmloses Gedicht, das ich vorige Woche hier schrieb, als ich auf einer Gartenmauer das fast graue, sehr klein geratene, sehr kümmerliche Efeu erblickte, gilt heute in Rom, da es die Republik preist, als Hochverrat:

Römische Gartenmauer

Efeu im Süden:
seine Blätter auf Mauern
spotten der müden,
die nordöstlich versauern.

Doppelt so groß,
trotz Glut wie betaut.
Kühl ihr Glanz, flecklos
wie deine Haut.

Üppig, nie trocken
auf heißesten Steinen:
naß wie deine Locken
zwischen den Beinen.

Efeu – ganzjährig atmender Pneu:
Nie welkendes Republik-Symbol!
Wäre wie du noch zäh, stark, treu
Roms – ach, entmanntes Kapitol …

Efeu-Ranken:
kein Mensch wird so alt!
Wie deine Flanken:
festester Halt.

Mütterlich umschlingend,
worauf sie blühn,
väterlich durchdringend
– androgyn.

Ein geradezu erotischer Stau – denn woraus man zeugt, daraus man schreibt – bedrängt mich hier täglich, nächtlich, doch niemals abzureagieren: Mein Trieb, die Biographie des Horaz zu schreiben – weiß Zeus, nicht um dieses Hofpoeten willen, sondern um an seinem Leben darzustellen, wie mit der Vernichtung der Republik durch Augustus auch die geistige Freiheit – viel einschneidender als die nur sogenannte bürgerliche – abgedrosselt worden ist. So daß genau so einer wie Horaz obenaufkam! Man kann aber nicht schreiben, ohne eine Spur von Hoffnung, daß es je das Licht der Öffentlichkeit erblickt – und sei's in hundert Jahren. Ich habe diese Spur von Hoffnung nicht. Ja, schriebe ich doch – gefährdete jede Zeile meine Witwe, mein Kind. Und auch Berenike noch, die für die beiden das Manuskript aufbewahrt hätte.

Ich werfe Horaz nicht vor – wer wäre ich, ihn zu richten, der im persönlichen Umgang wohlwollend war und so unintrigant wie nur jene, die an der Spitze sind, obgleich die Popularität meiner Liebesgedichte ihm mehr und mehr zu schaffen machte –, also ich halte ihm nicht vor, daß er als einstiger Mitläufer der Republik-Verteidiger – zum Kaiser übergelaufen ist. Das mußte er – wollte er überleben. Und Überlebenwollen ist im Bürgerkrieg *das* elementare Menschenrecht. Wo das eben notierte Wortgespann: Republik-Verteidiger nicht nur Ungnade nach sich zöge, sondern vermutlich das Todesurteil – wir haben Beispiele, daß Autoren enthauptet oder erwürgt wurden, weil sie Brutus als anständigen Menschen schilderten –, da kann man auch vom Dichter nicht stärkere Bürgertugenden einfordern als von allen anderen. Aber ich verzeihe Horaz nicht, daß er als Geschlagener und deshalb Übergelaufener – die Geschlagenen schmäht. Daß er mit einem der widerlichsten Gedichte, die je geschrieben wurden, die Annexion Ägyptens, die Ausrottung der dortigen Oberschicht, die uns Römern niemals das Geringste zuleide getan hat, preist und jene Untat des

Kaisers verschweigt, die alle anderen – Fluch der bösen Tat – nach sich zog: die Ermordung Caesarions, des einzigen Sohnes *des* Mannes, der Augustus zum Kaiser gemacht hat: Cäsars ... Und das ist gekonnt: Wie Horaz diesem Preislied auf unsere Kriegsverbrechen einen Anschein von Objektivität dadurch gibt, daß er immerhin die Mutter des ermordeten Siebzehnjährigen – den der Senat auf Antrag des Antonius dem Augustus zur Adoption empfohlen hatte, da ja Augustus selber keinen Sohn zustande brachte –, daß er Kleopatra nicht auch noch satanisiert, sondern als bedeutende Frau zeichnet. *Die* Königin, die nichts getan hat, als das Land zu verteidigen, das ihre Familie seit sieben Generationen beherrscht hat; die Königin, die dem Cäsar den Sohn zur Welt brachte, den er sich stets sehnlichst gewünscht hat – wird immerhin von Horaz dafür gelobt (ein Lob ist meist unverschämter als ein Tadel!), daß sie sich nicht zur Lust des Schaupöbels im Triumphzug durch Rom schleifen ließ wie Thusnelda und ihr Söhnchen, die Angehörigen des vom eigenen Volk ermordeten Cheruskers, des Arminius, der uns endlich lehrte, daß selbst Rom nicht risikofrei nach Gutdünken auf Landraub aus sein kann ... Diese Germanen – was für ein verächtliches Gesindel: Denn wie sollten dort in den absolut unzugänglichen Urwäldern des Nordens Witwe und Söhnchen des Arminius durch Römer auffindbar gewesen sein – wären sie nicht von ihren Nächsten unseren Legionären *ausgeliefert* worden?

Macht man sich die Pein, die Kleopatra-Ode abzuschreiben (daß ich hier diesem widerlichen Geschäft mich unterwerfe, beweist, daß noch immer Illusion in mir aufflammt, zuweilen, was ich schriebe, könnten doch in fernen Jahrzehnten auch andere noch lesen), so liefert man den Beweis mit, von der siebenten Zeile bis zur fünfzehnten, daß Horaz hier kein Dichter ist, sondern ein verlogener Propagandist und Geschichtsfälscher. Denn:

«... bereitete Wut der Königin
dem Kapitol Ruin, dem Reiche Untergang.
Mit einem Heere schändlich Verstümmelter
hoffte die Rasende alles,
berauscht vom schmeichelnden Glück.
Aber daß kaum ein Schiff den Flammen entronnen,
beschränkte ihren sinnlosen Stolz:
die Bilder des Schreckens, vom Mareotischen Weine
erzeuget,
wandelte Cäsar bald in wahren Schrecken um.
Von Italien aus verfolgte er schnell rudernd
die Fliehende (so verfolgt der Habicht
die zitternde Taube, so der Jäger den Hasen
in Hämoniens beschneiten Tälern),
daß er in Ketten schmiedete
das furchtbare Ungeheuer!»

Nur, daß Horaz nicht auch noch der wahrhaft Venusgleichen eine Hasenscharte angedichtet hat! Ich habe sie nicht mehr gekannt, ich wurde geboren in jenem Jahr, als mit dem Meuchelmord an Cicero, den er bis dahin «Vater» genannt hat – auch öffentlich! –, Augustus der Zwanzigjährige die Maske fallen ließ. Im Vorjahr war die Königin – niemand in Rom hat sie je anders genannt – fluchtartig nach Ägypten heimgefahren, als Cäsar ermordet worden war. Aber ich habe hundert Bildnisse von ihr gesehen, sicherlich hundert ihrer Briefe gelesen, zweifellos weit mehr als hundert Personen befragt, die sie in der Reichshauptstadt sowohl wie zu Hause in ihrer Residenz gesprochen haben oder Zeugen ihres Wirkens wurden. Ihr Rang war so unvergleichlich, daß sogar alle Römerinnen – wann sonst erkennen Frauen von Rang Frauen von Rang an! – jene *eine* Persönlichkeit in ihr respektierten, der es zukomme, Mutter von Cäsars Sohn zu sein! Wie sie schrieb, sprach und lachte – das hatte schon fast das Niveau auch ihrer weiblichen Reize. Und so wenig dem Horaz je eine Zeile geglückt ist, die einen Hauch von Erotik versprüht, so wenig Verstand und Diplomatenkunst gesteht er ausgerechnet jener Herrscherin zu, die als erster von Rom unterworfener Souverän es dahin brachte, durch den Eroberer *nicht* – und nicht durch irgendeinen, sondern durch Julius Cäsar –, nicht entrechtet zu werden, enteignet, sondern gefestigt auf ihrem Thron! Wenn das nicht Souveränität ist! Aber blöde denunzierend, ignorierend hängt Horaz ihr die Albernheit an, in «Wut» – wer wäre kühler, maßvoller, berechnender gewesen als die Ägypterin! –, in Wut und «rasend» und in «sinnlosem Stolz ... dem Kapitol Ruin, dem Reiche Untergang bereitet» zu haben!

Wie hätte sie können? Warum hätte sie sollen? Verheiratet mit Antonius, dem von Augustus ausgegrenzten, in Ägypten kaltgestellten Mitregenten, den zu fürchten allerdings der Zwanzigjährige allen Grund hatte, dieser höchst unpopuläre Heimtücker und Meuchelmörder, der nie in einer Schlacht gewesen war! Dagegen Antonius: Populär wie kein anderer, geliebt vom römischen Volk, als Kriegs-

und Frauen-Held; geliebt als Prinzgemahl ihrer Königin, der Mutter schon zweier seiner Kinder auch von den Ägyptern: Wie hätte die Königin sich seinem Wunsch, seinem Recht, seiner Pflicht, sich Roms zu erwehren ... erwehren sollen? Sie *mußte* seinen Truppen, die in Ägypten standen, die ihren zuführen, sie *mußte* mit ihm Ägypten verteidigen gegen Augustus. Ihre Tragik: daß Antonius, der Schlachtengott, kein Seemann war. Daß er in Agrippa dem strategischen Genie sogar zur See begegnete und vernichtet wurde ... und diesen Admiral von Actium, nichts ist typischer für Horaz den Schleimer, den Schmeichler, nennt sein Propagandasong nicht einmal! Nein, Augustus – schon ihn Cäsar zu nennen, was für eine Frechheit angesichts des einen, unwiederbringlichen Cäsars! –, nein, Augustus soll die Entscheidungsschlacht gewonnen haben, während er «natürlich» überhaupt nicht mitgekämpft hat, sondern auf dem Land saß, in sicherer Entfernung ... Wie beschreibt dieser verächtlichste aller Hofpoeten den Etappenhelden Augustus? Immerhin, er behauptet nicht, der sei am Tatort gewesen, sondern sagt: «Von Italien aus verfolgte er» ... ja, er setzte, wie tapfer! – einer total Besiegten nach, der Held!, nachdem (der ebenfalls von Livia später ermordete) Agrippa für ihn die Schlacht gewonnen hatte. Doch warum ruderte er den Flüchtenden hinterher? Horaz:

«Daß er in Ketten schmiede
das furchtbare Ungeheuer!»

Eine aller ihrer Schiffe, eine ihres Reiches Beraubte – «ein furchtbares Ungeheuer»? Keine Wahrheit ohne Gerechtigkeit. Und ohne Wahrheit verkommt jede Dichtung zum Werbetext für den, der den Poeten gekauft hat: Horaz – der Inbegriff des Käuflichen! Er hat das gespürt, ja vielleicht wurde er nicht alt, weil er sich geschämt hat. So wollte er einmal halbwegs anständig sein: wenigstens anläßlich dieser Besiegten, der die Götter hoffentlich erspart haben, zuzusehen, wie ihr und Cäsars Sohn schweinisch abgestochen wurde: ein total schuldloser Siebzehnjähriger, dem nichts, aber auch gar nichts vorzuhalten war, als daß ihn Julius Cäsar mit Kleopatra gezeugt hatte! Versteht sich, daß auch Horaz diesen Jungen nicht nennt, da er – ungeschriebenes, doch von allen in Todesfurcht respektiertes Gesetz – von niemandem jemals genannt werden darf in Rom. Das Schweigen, das um diese Untat waltet – wird länger anhalten, als das Mausoleum stehen wird, das Augustus in Stein und Erz sich erbauen ließ … Lassen wir auch dem Mitläufer, dem Hofdichter, dem letztlich doch auch nur *armen Hund* Horaz Gerechtigkeit zuteil werden, indem wir neben seine unentschuldbaren Kleopatra-Verleumdungen die Zeilen noch setzen, mit denen er zuletzt manches wiedergutmachte, was er dieser bedeutendsten Frau unsres Jahrhunderts zugefügt hat:

«Aber die Königin
suchte rühmlichen Tod und erbebte nicht weibisch
dem Schwerte, suchte nicht auf schneller Flotte
Schutz am entlegenen Gestade.

Sie wagte es, mit heiterem Angesicht,
die gesunkene Königsstadt wiederzusehen.
Mutig ergriff sie die wilden Schlangen,
sich zu füllen mit ihrem tötenden Gifte.

Größer noch, weil sie den Tod erwählte,
gönnte sie nicht liburuischen Schiffen die Ehre,
grausam von ihnen, nicht Königin mehr,
zum glänzenden Triumphe getragen zu werden:
kein niederes Weib.»

Überlese ich diese Zeilen – so reicht's mir schon, über Horaz zu schreiben! Mein Vorsatz war ohnehin nur begründet in der Absicht, anhand dieses exemplarischen Mitläufers die Mitläuferei überhaupt im Augusteischen Zeitalter darzustellen. Aber ich bin dessen nicht ganz sicher: Nicht gedacht soll seiner werden, nicht im Buche, nicht im Liede! – wäre *das* nicht angemessen? Hat er doch Zeilen verfaßt – der selber geflohen ist in der Schlacht und nur dank der Niederlage der Republikaner nicht hingerichtet wurde, weil er floh –, hat er dennoch Verse geschrieben, wie: «Dir ist, Liebes, keiner zu viel gefallen!»

Er meinte das Vaterland, das jeden verraten hat, der es als Republikaner und als Republik verteidigte! Irgendwo, ich lerne ja seine Niederträchtigkeiten nicht auswendig, nur das Kleopatra-Gedicht hatte ich zufällig im Gepäck nach Tomi, irgendwo schrieb er auch: «Süß und ehrenvoll» sei es, fürs Vaterland – und so weiter. Schon gibt es allein in Rom mehrere Schulen, in denen eine Horaz-Büste steht. Das geschieht ihm recht ... Nie vergesse ich, wie Julia, die Tochter Julias und des Agrippa, und wie Agrippina, diese wundervolle Römerin – wie die zwei Schwestern Horaz verachtet haben, obgleich sie zuweilen den Großvater ehrten: solange sie bezweifeln konnten, daß die Entsetzliche an seiner Seite nicht nur ihren Vater Agrippa ermordet hatte, sondern schon dessen neunzehnjährigen (!) Vorgänger Marcellus im Ehebett ihrer Mutter. Der verzweifelte Versuch Julias II., dem Kaiser die Wahrheit zu sagen über Livias Machenschaften zugunsten des Tiberius, dieser mutige Versuch zur Auflehnung, für den ihr Mann hingerichtet wurde – immerhin fürchtete der Kaiser die Wahrheit so sehr, daß er den Gatten seiner einst sehr von ihm geliebten Enkeltochter köpfen ließ! –, dieser Versuch hat auch mich hierher in die Verbannung gebracht, zum Todesurteil auf Zeit. Ich komme sicher nach Rom niemals zurück, es sei denn, Agrippa Postumus folge doch noch, als letzter, noch nicht ermordeter, als heute «nur» verbannter Enkelsohn auf den Thron. Wie aber könnte das geschehen, ohne zuvor Livia und Tiberius zu beseitigen? Und wer sollte *das* zuwege bringen!

So – und hiermit habe ich, gegen jede Vernunft, gegen jeden Vorsatz schon wieder hingeschrieben – was ich nur und sofort verbrennen kann. Denn jede Zeile reichte zum Todesurteil, machte man sich noch an mir die Hände schmutzig ... und den Ehrenschild, den das Kaiserhaus in der Nachwelt zu haben hofft: wozu mich töten, da ich am Schwarzen Meer «lebe»?

Verbrenne ich gehorsam dies – mag dieser Gehorsam wenigstens dazu führen, daß nicht mein Gedicht an Agrippina, die heroische, verbrannt werden wird; vorausgesetzt, ich schreibe nicht «Agrippina» darüber! Wie gehorsam, wie berechnend ich doch bin! Hündisch. Woher also nahm ich das Recht, Horaz abzuurteilen? Er hatte immer Angst und suchte die Versorgung, als er dichtete, wie der Hof es verlangte. Ich habe immer Angst, hier sterben zu müssen, wo sich die Wölfe gute Nacht sagen, nie mehr Kind und Frau und Rom zu sehen –, und ich bedichtete, schenkte Augustus mir dafür die Rückkehr, sogar noch seinen Arsch! Also tue ich gut daran, auch deshalb, weil ich nicht besser bin als er, zu verbrennen, was ich über Horaz schrieb. Mein Agrippina-Gedicht bewahre ich auf, was auch nur Zweck hat, wenn ich alles Politische verbrenne, sonst wird es gleichfalls verbrannt:

Römerin

Roma gleich Amor
rückwärts gelesen.
Wie hier der Marmor
herrlich dein Wesen

Festhält, doch freilegt
– Römerin
Stein, doch bewegt:
so im doppelten Sinn

Du Jahrtausende alt,
doch Morgentau-jung!
Deine Gestalt
– Verkörperung

Unendlicher Reihen
verschollener Ahnen.
Du lebst, als seien
die abgetanen

Generationen,
als Staub verweht:
Legionäre, Amazonen
erstanden, konkret!

Musik deines Schritts:
wie sie verheißt
deine Tiefe im Witz
– wohin es uns reißt

In Orgasmen elementar!
Die Gracchen ein Becken
wie deines gebar.
Schweigen. Verdecken

Daß ich … gehst weg?
bald nicht mehr lebe.
Ohne dich – ohne Zweck:
ich nur Stock ohne Rebe.

Deine Umbrahaut leuchtet
Romlicht-umgleißt.
Deine Augen feuchtet,
was du … weißt.

Tiberius vernichtet die Witwe des Germanicus, ihre Söhne und Freunde

Die Ermordung des letzten der drei Kaiserenkel, bevor Tiberius dem Volk bekanntgab, Augustus sei gestorben, war die erste Maßnahme des neuen Herrschers – so berühmt wie die nächsten Sätze des Tacitus: «In Rom aber drängten sich alle in die Sklaverei: Konsuln, Senatoren, Ritter. Je höher der Rang, desto größer Heuchelei und Hast, wohlkomponiert die Mienen, damit sie weder Vergnügen über das Ende des alten noch gar Kummer über den Beginn des neuen Regimes ausdrückten, Tränen also und Freude, Klagen und Schmeicheleien in der rechten Mischung.»

Golo Mann kommentiert und führt auch jenen Senator Asinius Gallus ein, der uns hier beschäftigen wird: «Auf neudeutsch würde man hier von ‹Mehrzweckgesichtern› sprechen; nur daß die tacitäischen Römer die ausgepichteren Schauspieler sind. Auch der neue Princeps spielt vorzügliches Theater. Er tut so, als gäbe es die Republik noch, als wollte er die Nachfolge gar nicht. Das sei zuviel für einen einzelnen Menschen, nur der Geist des göttlichen Augustus sei solcher Last gewachsen gewesen. Später, im Senat, und wie nebenbei: *einen* Zweig der Regierung zu übernehmen sei er bereit. Darauf der Senator Asinius Gallus: ‹Darf ich,

Cäsar, dich fragen, von welchem Teil der Republik du willst, daß er dir übertragen werde?› Der Fürst schweigt einen Moment, er muß sich sammeln, auf die Frage war er nicht vorbereitet: Es zieme ihm nicht, irgendeine Aufgabe entweder auszuwählen oder abzulehnen, da er doch am liebsten von aller Verantwortung befreit wäre ... Kurze Reden sind bei Tacitus meistens indirekt wiedergegeben. Desto frappanter wirken die direkten, wie hier die vorlaute Frage des Gallus, die ihm der noch maskierte Tyrann natürlich nie vergessen wird (Ann. I 12).»

Wie vernichtete Tiberius dann diesen Senator und jene Witwe Agrippina I., die zeitweise sogar seine Stieftochter gewesen ist, als er nämlich mit ihrer Mutter Julia verheiratet gewesen war? Wir lassen das durch den spanischen Arzt Gregorio Marañòn deshalb erzählen, weil er als festverwurzelter Katholik noch in den zwanziger Jahren des 20. Jahrhunderts die geradezu wüsten Beschimpfungen vieler Historiker gegen die Mutter der Agrippina: Kaisertochter Julia – wegen ihres angeblich «sittenwidrigen Lebens» mitmacht, ja *deshalb* ein Kapitel ‹Julia die Wahnsinnige› nennt: was gewiß Wahnsinn ist! Und weil wir folglich durch diesen Spanier wieder einmal die beschämende – doch vielleicht nie zu vermeidende – Bestätigung erhalten, daß er, wie wir allesamt, eher von Geist und Ungeist (einer ist ohne den anderen nie zu haben) *seiner* Epoche infiziert – als fähig ist, historischen Gestalten und Ereignissen aus dem Denken und Fühlen *ihrer* Lebensjahre gerecht zu werden; ein Problem, das den Erzähler nicht weniger verunsichern sollte als das unlösbare, das – wie erörtert – die Zeit ihm auferlegt. Nein, Sittenwidrigkeit konnte der ach so sittenfeste Spanier, so gern er seinen «Helden» Tiberius auch freigesprochen hätte vom Mord an Agrippina I. und ihren Söhnen Nero I. (nicht der berüchtigte) und Drusus III., der ebenfalls so sittenfesten Tochter Julias nicht anhängen. So wenig anhängen – wie Tiberius diese Germanicus-Witwe vor dem jetzt hündisch parierenden Senat als «unsittlich» verleumden konnte. (Ihren Söhnen Nero und Drusus hing freilich Tiberius, um sie dem Hungertod auszusetzen, ebenso «Sittenwidrigkeit» an, wie einst Livia und folglich Augustus Julia I. und Julia II. mit diesem Vorwurf, einer Verleumdung, vernichtet hatten, um nicht die Verschwörungen zugeben zu müssen.)

Der Spanier erzählt 1939 vom Ende der Agrippina: Die Gattin, dann Witwe des Germanicus war ein «überaus interessanter Frauentyp, ein Mensch, der seine Umgebung beständig in Atem hielt, obendrein eine gebärtüchtige Mutter, denn trotz ihres kurzen Ehelebens hatte sie neun Kinder, von denen sechs am Leben blieben: Nero I., Drusus III., Caligula, Agrippina II., Drusilla und Julia Livilla ...

Das Verhalten der Agrippina an der Seite ihres Gatten, mit dem sie im Jahr 15 n.Chr. am Feldzug in Germanien teilnahm, gibt uns ein vollkommenes Bild ihres Charakters. Tacitus führt uns vor Augen, wie sie in die kriegerischen Händel zuweilen tätig eingriff, zum Beispiel, daß sie einmal die Soldaten, die vor einem gemutmaßten Angriff der Barbaren in Panik gerieten, an der Zerstörung einer Rheinbrücke hinderte. ‹An solchen Tagen der Verstörung erfüllte diese wackere Frau die Obliegenheiten eines Generals.› Sie stellte sich am Kopf der Brücke auf und richtete an die vorbeiziehenden Legionen lobende, dankbare und anspornende Worte. ‹Ihre *Macht* beim Heer war *größer* als die seiner Anführer ...›

Die Volkstümlichkeit, die Agrippina auf Grund solchen Verhaltens und solcher Heldentaten erwarb, war ungeheuer; sie hätte Germanicus, ihren Gatten, in eine lächerliche Situation gebracht, wenn dieser nicht die außerordentliche Popularität seines Vaters, Drusus' I., geerbt hätte. Das Volk vergötterte beide Ehegatten mit gleicher Liebe. Sie galten in Rom als Muster der Vollkommenheit und ehelicher Gemeinschaft. ... Agrippinas stürmisches Temperament war ungeheuer aufgereizt durch die feste Überzeugung, Germanicus sei auf Geheiß des Tiberius vergiftet worden. ... Germanicus war in der Überzeugung gestorben (mit erst 34 Jahren!), man habe ihn getötet, und seine Witwe behielt diese Überzeugung bei. ... Von diesem Zeitpunkt an wurde denn auch Agrippina zur ständigen und immer brennenderen Sorge des Tiberius ... durch die theatralischen Treuekundgebungen, die das Volk der Witwe erwies, als sie mit der Asche ihres Gatten italienischen Boden betrat. ...

Außerdem mußte er wohl oder übel mit den Kindern der Agrippina als Erbfolgern rechnen ... Deshalb tat er seine Enkel – Zwillinge – mit den zwei älteren Söhnen des Germanicus, Nero und Drusus, zusammen, führte sie den Senatoren vor und beschwor diese im Namen der Götter und des Vaterlandes, sie zu warten und zu bilden ... Daß er die feindliche Familie zum erstenmal unter seine Fittiche nahm, entsprang gewiß nicht zum kleinsten Teil seiner Furcht, der öffentlichen Meinung schlankweg Trotz zu bieten, zumal bei dieser die Partei der Agrippina in so hoher Gunst stand. Und es ist weiterhin nicht ausgeschlossen, daß in jenen Jahren Agrippina von Livia protegiert wurde. Tacitus sagt allerdings ...: daß die beiden Frauen nie miteinander befreundet waren. ‹Livia› – schreibt er – ‹bewies Agrippina gegenüber ganz die Haltung einer Stiefmutter, und ebensowenig wußte sich Agrippina zu beherrschen. ... Des erbarmungslosen Kampfes müde, verbündete sich Agrippina mit Asinius Gallus, dem verwitweten Gatten der Vipsania, in der Absicht, nach sieben Jahren musterhafter Witwenschaft die Ehe mit ihm einzugehen (26 n. Chr.). ... Eines Tages rief die Witwe des Germanicus, die untröstlich schien, unterm Vorwand echter oder vorgeblicher Krankheit Tiberius zu sich und bat ihn rundheraus um Erlaubnis für ihren neuen Ehebund. ‹Eine noch junge Frau›, sagte sie zu ihm (sie war 39 Jahre alt), ‹die sich nichts vorzuwerfen hat, kann außerhalb der Ehe keinen Trost finden.› Der schlaue Tiberius erriet jedoch die politische Absicht des Plans und schlug der Witwe den Trost, um den sie ihn anging, schlankweg ab. Außerdem mußte ihn natürlich verletzen, daß der angestrebte Gatte sein Nebenbuhler von jeher war ... Agrippina wurde auf die Insel Pandateria verschickt, dieselbe, deren Boden ihre Mutter Jahre zuvor mit den Tränen der Landesverwiesenen benetzt hatte. Ihren Sohn Nero I. setzte man auf der Insel Pontia fest! Beide starben kurze Zeit danach: Nero im Jahr 31 n. Chr. und Agrippina im Jahr 33 n. Chr. Im selben Jahr starb auch der in Rom eingekerkerte Bruder des Nero, Drusus III., nach drei Jahren tödlichen Hinsiechens. Seine Hungerqual stieg endlich auf einen derartigen Grad, daß er in den letzten Tagen die Wolle seiner Decken verschlang. In diesem Meer von Blut trieb als einzig Überlebender Caligula, er, der im Gang der Ereignisse Kaiser werden sollte.

Wahrscheinlich blieb er vor gleichem Untergang bewahrt, weil seine Großmutter Antonia sich für ihn verwendete ...

Von diesen drei männlichen Nachkommen des Germanicus und der Agrippina war Nero der Liebling seiner Mutter wegen seines klugen und bescheidenen Wesens. Deshalb war er auch ihr Mitstreiter im Kampf gegen den Kaiser. Tiberius' Anklage vor dem Senat lautete auf ‹schändliche Liebschaften und Verletzung der sittlichen Scham›, vielleicht Homosexualität; doch muß man die Äußerung des ressentimenterfüllten Kaisers mit Zurückhaltung aufnehmen, denn im Grunde war er eifersüchtig auf die Popularität des jungen Fürsten. Diese Volkstümlichkeit war, wie bereits gesagt, unermeßlich. Als Nero vor dem Senat im Namen der Städte Asiens eine Rede hielt, ‹empfanden alle in ihren Herzen eine gelinde Rührung›, weil alle in dem Redner seinen Vater Germanicus zu sehen glaubten, an den er durch sein edles und würdiges Auftreten gemahnte. Und wie immer in solchen Fällen wuchs mit der Verfolgung die Popularität. Am Tage, als Nero und Agrippina vorm Senat angeklagt wurden, führte die aufgestörte Menge ihre Bilder im Umzug durch die Straßen, ihnen zujubelnd und nach Sühne schreiend. Ohne es zu wissen, stießen sie die Gefeierten damit erst recht in den Tod ... Drusus III., der zweitälteste Bruder, war von sehr leidenschaftlichem Charakter. ... zum Schluß wurde auch er von Tiberius beseitigt und in den Kerker des kaiserlichen Palastes gesperrt; wie es hieß, auf Anstiften seiner eigenen Frau, der Aemilia Lepida, die später, des Ehebruchs mit einem Sklaven angeklagt, den Tod finden sollte. Dort starb er nach drei Jahren Haft den Hungertod.»

Soweit der Spanier. Muß man noch hinzufügen, daß

Aemilia Lepida – Cousine der gemordeten Nero und Drusus, Tochter Julias II., schon ihren Vater verloren hatte, weil er – was man ausnahmsweise sogar zugab – als *Verschwörer* gegen Augustus hingerichtet worden war? Und ebenso vernichtete Tiberius die Freunde Agrippinas und ihrer Söhne, Männer, die schon sehr enge Mitkämpfer ihres Mannes, des Germanicus, gewesen waren, zum Beispiel den hochverdienten General Silius, der dem Henker nur entging, weil er sich tötete; und den Ritter Titius Sabinus, dessen Prozeß – er wurde erwürgt – deshalb so empörend wirkte, weil er in einem Privathaus Kritik an Tiberius geübt und dort einem «Belauscher» zum Opfer gefallen war.

Doch der – hier eingangs erwähnte – Asinius Gallus hatte gewagt, Agrippina heiraten zu wollen: Ein Witwer seit sechs Jahren will eine Frau, die seit sieben Jahren Witwe ist, heiraten, eine Neununddreißigjährige, von der dann noch nach zwei Jahrtausenden der Biograph des Tiberius, eben der spanische Arzt Marañón, glaubt ausdrücklich versichern zu müssen, diese Witwe, dieser Witwer hätten nach seiner Auffassung nicht «schamlos» bereits koitiert, bevor der erhabene Tiberius ihnen die Einwilligung zur Heirat ausgeschlagen habe: Was gar nichts über das alte Rom sagt, sehr viel aber über diesen Spanier und seine – obgleich er Psychiater ist – verklemmte Einstellung zum Leben. Und damit auch zur Geschichte. Und der selber solche «Probleme» erörtert, wagt es, Sueton einen «Topfgucker» zu nennen! Denn warum stellt er nicht *die* Frage, wieso ein Sadist auf dem Kaiserthron der Witwe des berühmtesten Feldherrn seiner Epoche, die seine Stieftochter war, die Heiratserlaubnis verweigert? Sondern stellt die abstruse Frage, ob diese Agrippina und ihr Freund, der sie heiraten will, «es» miteinander schon tun, bevor sie noch gezwungen sind, Tiberius zu fragen, ob sie's «dürfen»? Wieder einmal der Nachweis, wie sehr Carl J. Burckhardt im Recht ist mit seiner Bemerkung, mehr als über ferne Zeiten und entfernte Gestalten sage jeder Historiker – unfreiwillig – über *seine* Zeit und Person aus ... Dieser Spanier, für den Agrippina das «Mannweib» war und ihre Mutter Julia «die Wahnsinnige» – *war* wahnsinnig in den Auffassungen *seines* Katholizismus des Jahres 1939, der nun einmal Geschlechtsverkehr Unverheirateter zu den Todsünden zählt ... Schon vierzig Jahre nach Erscheinen seiner im Sachlichen so ausgezeichneten Tiberius-Biographie stellte derart alberne Erörterungen keiner mehr an; doch diesem Spanier entwerteten sie weitgehend seine Verhaltensforschung über Gestalten des kaiserlichen Roms ...

Auch sollte Marañón diesem Senator, der Agrippina heiraten will – und diesen Wunsch mit dem Henkerstod bezahlt, nach dreijähriger Einzelhaft –, nicht anhängen, er sei «Rivale» des Tiberius bei dessen Frau Vipsania gewesen. Wahr ist: Tiberius hat sich, kaum daß die Kaisertochter Julia zum zweitenmal Witwe geworden war, von Vipsania, die hochschwanger war, scheiden lassen, obgleich sie die einzige gewesen sein soll, die er je geliebt hat, um seine Karriere-Heirat mit Julia zu vollziehen: Zweifellos unter Zwang, den Livia, seine Mutter, auf Augustus, den Vater der Julia, ausgeübt hat, um Tiberius die Thronfolge zu sichern. Aber unmöglich kann ein Biograph daraus «folgern», jener Asinius Gallus, der die verlassene – schmachvoll von Tiberius sitzengelassene – Vipsania dann geheiratet hat und mit ihr lebte bis zu ihrem Tode (20 n. Chr.), also immerhin mehr als dreißig Jahre, habe sie «als Nebenbuhler», «als Rivale» dem Tiberius ausgespannt. Nein: Tiberius war so charakterschwach, sich auf Drängen seiner Mutter, die wiederum den Kaiser in diese Richtung gedrängt hatte, von der geliebten Frau obgleich er ihr nachweinte – scheiden zu lassen: Aus keinem anderen Motiv als der Machtgier! Aber diesem spanischen Biographen sind Worte wie «Sünde» und «Verbrechen» näherliegend, wenn er vom Liebesleben selbst ungebundener Witwen oder Geschiedener schreibt, als wenn er berichtet, wie Jünglinge so schauerlich dem Tode durch Verhungern ausgesetzt werden, daß sie zuletzt ihre Matratze essen – Jungen, die nichts anderes «verschuldet» haben, als potentielle Thronanwärter zu sein, als Urenkel des Augustus! Auch nennt Marañón das Kapitel ‹Das Volk und die Sünderin› – womit er die abgöttisch von den Römern geliebte erste Julia meint, auf die er ahistorisch den von ihm so hochgeschätzten christlichen Sünderinnen-Begriff aus dem Leben der biblischen Magdalena überträgt. «Bestrafung des Liebhabers» nennt er ein anderes Kapitel – weil eben alles *Fleischliche* ihm der Inbegriff des Kriminellen, «Sündhaften» ist: so daß ihm *deshalb* das Nächstliegende so fern liegt, nämlich mit Plinius zuzugeben oder wenigstens anzunehmen, daß Julia mit ihren Liebhabern auch als verschworene Thronprätendentin gesprochen und gelebt hat; wenn auch nicht für sich, so doch für ihre Kinder oder ihre hochpolitischen Schwiegersöhne Germanicus und Aemilius Paullus den Thron des Vaters beanspruchend. Nur natürlich. Die Namen der Freunde der Julia wie später die der zwei Julia-Töchter Julia und Agrippina belegen allein schon, daß diese Männer: Politiker, Generale, Senatoren – im Hinblick auf das *einzige* politische Ziel dieser drei so *entsetzlich entrechteten* Damen ausgewählt waren: Sie zurückzubringen an die Macht, die ihnen Livia und Tiberius geraubt hatten … Die Macht, von der diese eminent gescheiten Frauen wußten, sie bringe sie um samt ihren Kindern – brächten nicht beizeiten Freunde sie zurück an die Macht. Beizeiten, das hieß: solange noch Vater oder Großvater Augustus regierte. Später, für Agrippina, hieß das: solange noch Germanicus lebte, ihr Mann; dann: solange noch der Tiberius-Feind Asinius Gallus lebte, ihr Freund. Tatsächlich kamen sie, Agrippina und ihre Kinder, bis auf eines, alle um, sobald diese Helfer umgekommen waren oder inhaftiert …

Allein schon die *Unverhältnismäßigkeit* dieser Strafen «für Ehebruch» belegt, daß in Wahrheit hier Verschwörer ausgerottet wurden, nicht «Ehebrecher», die sie meist schon deshalb nicht hatten sein können, weil Julias Ehe mit Tiberius und die ihrer Tochter Agrippina mit Germanicus seit Jahren nicht mehr bestand und weil auch die Männer, mit denen sie – vielleicht! – schliefen, nicht oder nicht mehr verheiratet waren zur «Tatzeit» … Doch eben weil im Hinblick aufs Erotische der Biograph aus Spanien in den Vorstellungen einer bigotten Schwiegermutter der Queen-Victoria-Epoche schreibt – schreibt er auch, der Mann, der die schmählich von Tiberius sitzengelassene Vipsania geheiratet hat und dem Kind des Tiberius ein freundlicher Stiefvater geworden war, sei der «Nebenbuhler» des Tiberius gewesen: «Die Haft war furchtbar streng. Im Gefängnis hatte er niemanden zu seiner Bedienung. Nur ein Sklave kam zu ihm, der darauf achten mußte, daß er nicht durch

Verhungern seinem Leben ein Ende machte; und die Kost war wohlweislich so beschaffen, ‹daß sie ihn am Sterben hinderte, ohne im geringsten zu munden›. Erst drei Jahre später erbarmte sich Tiberius seines Opfers, indem er ihm wenigstens freiwillig zu sterben erlaubte. Andere sagen, ein Henker hätte ihn hingerichtet. Auch ein gewisser Sinacus starb um dieselbe Zeit von Henkershand, nur weil er ein Freund des Gallus war.

Das Lebensschicksal des Tiberius wollte es, daß auch die Liebe zu Vipsania, dieses lauterste Gefühl seiner Seele, sich in eine Quelle unversöhnlichen Ressentiments verwandelte. Damals war die Geliebte schon an dreizehn Jahre tot, aber in seiner Erinnerung lebte sie hartnäckig fort; und samt der Erinnerung die Rachsucht dem Manne gegenüber, der seine einzige Liebesmöglichkeit vernichtet hatte.»

So der Spanier noch 1939. Doch die Wahrheit war: Nicht der Mann, der die von Tiberius ehrenrührig Sitzengelassene geheiratet hatte, hatte «die einzige Liebesmöglichkeit» des Tiberius vernichtet – sondern Livia, indem sie den Sohn zwang, sich scheiden zu lassen, um des Kaisers Erbtochter Julia zu heiraten ... Auch wollte Livia dem Tiberius das gleiche Odium anhängen, das ihr selber anhing: War sie als Hochschwangere aus ihrem Ehebett in das des Augustus entlaufen – zwang sie jetzt den Sohn, aus dem Bett seiner hochschwangeren Frau in das der noch stillenden Julia I. umzusteigen, die soeben Agrippa Postumus geboren hatte, schon als Witwe Agrippas ... Jenes ihrer Kinder, das dann Tiberius enthaupten ließ, als dessen Großvater Augustus «gestorben» war, das heißt: vermutlich von Livia vergiftet.

Wenn Tacitus über das Ende der Agrippina und die

Ermordung ihrer Söhne – nur Caligula kommt davon – resümiert: « Von Revolten und Verschwörungen war keine Rede » – so ist das der einzige Satz, den ich dem verehrten Klassiker *nicht* glaube. (Es sei denn, dieser Satz sei ironisch-wörtlich gemeint: denn « keine Rede » war allerdings von Verschwörungen; da hingerichtet worden wäre, wer über sie geredet hätte.)

Wir wissen ja von einer ganzen Reihe von Männern – einer hat ausdrücklich zugunsten des Lieblingssohnes der Agrippina, Neros, einen Putsch vorbereitet –, daß sie barbarisch inhaftiert und getötet wurden! Wieso, wenn nicht mindestens Opposition vorlag? Zugegeben, eine Opposition ist in den Augen normaler Herrscher noch keine Revolte. Aber normal war nun Tiberius gewiß nicht: was belegt wird durch die raffinierten Freuden, mit denen er sich ausgesucht qualvolle Todesarten für seine politischen Widersacher ausgedacht hatte. So wie Hitler die Verschwörer des 20. 7. 44 ja nicht hängen ließ, sondern in Klaviersaiten *erdrosseln* …

«Große» überwältigen noch ihre Chronisten: der Löwe-Effekt

Hier ist eine Minute des Innehaltens nötig, um der Frage nachzusinnen: Woran liegt es, daß Biographen, Historiker – sogar einer ersten Ranges: Mommsen –, übrigens auch Romanciers und Dramatiker immer wieder überwältigt werden durch jene, die sie darstellen? Auch durch monströs Mordbesessene. Menschlich von ihnen angerührt werden, sogar dann, wenn sie über Tiberius oder Hitler oder Robespierre schreiben? Warum? Es ist nachweislich so.

Daß Löwen als Rudelführer alle Artgenossen töten, die «ihre» Löwin vom Vorgänger empfing; vorsichtshalber sogar den ersten Wurf noch totbeißen, ja auffressen, den die Löwin zur Welt brachte, als sie schon *diesem*, ihrem neuen Gebieter folgsam war – dieser Abstammungsterror und groteske Gendünkel hat niemals Menschen veranlaßt, auf den Löwen als ihr Vorbild, ja Ideal zu verzichten. Im Gegenteil: Wie der Löwe das tut, imitieren ihn «Herrenmenschen»! Und das stolzeste Volk der Neuzeit, das britische, das einzige auch, das niemals einen Krieg verloren hat, preist den Löwen als sein nationales Symbol. So löwe-«artig» vertilgte Augustus den Caesarion. So Tiberius jene leiblichen Nachkommen des Vorgängers, die Livia aus Zeitgründen – gut Ding will Weile haben, Serienmord auch – ihm noch übriggelassen hatte … Stärke, Macht, ja äußerste Brutalität machen keineswegs nur Angst, sondern erotisieren, ja überwältigen auch geistig bis zur völligen Kritiklosigkeit. Warum? Weil doch wir Menschen dem Tier näherstehen als allen unseren Idealen von Humanität? Zu lesen, zu wissen, daß Tiberius mit einer Niedrigkeit, für die dann tatsächlich erst zu Robespierres und Hitlers Zeiten wieder Parallelen da sind, völlig unschuldige Kinder kaltblütig ermordet, nämlich im Hungerturm, Twens, deren ganzes Vergehen es ist: Prinzen zu sein, also Thronanwärter. Oder eine Dreizehn- oder Vierzehnjährige «darf» nicht hingerichtet werden, weil das Gesetz verbietet, Nichtdeflorierte zu töten. Doch ist dieses Kind die Tochter des bereits hingerichteten Kanzlers des Tiberius – jenes Seianus, der vermutlich Hochverratsabsichten gehegt hatte. So muß der Henker die Ahnungslose, die überhaupt nicht weiß, warum sie in Haft ist, erst schänden, ehe er sie – wie schon ihren Bruder – erwürgen «darf». Dazu paßt, daß der Bluthund Tiberius sofort nach dem Tode des Augustus die Haft für dessen Tochter Julia, mit der er doch immerhin einst ein Kind gezeugt hat, so verschärfte, vermutlich auch für deren Mutter Scribonia, daß sie ganz schnell starben. Und dann sofort nach dem Tode des Augustus auch noch Männer köpfen ließ, deren einziges «Verschulden» es gewesen war – angeblich, also offiziell, regierungsamtlich –, sechzehn Jahre zuvor die Witwe und von Tiberius geschiedene Julia beschlafen zu haben – was sie inzwischen seit sechzehn Jahren in schärfster Haft schon gebüßt hatten! Nein: ohne den Hinweis auf die ekelhafte Mordlust Hitlers ist das nicht zu verdeutlichen. Mir selber – ich muß es gestehen – geht der Blick für die Wahrheit zuweilen dort verloren, wo das Schauerliche an einer Figur derart überwiegt, daß die Frage nicht zu verdrängen ist: Warum schreibe ich über sie? Wir suchen dann Positives auch dort, wo nichts aufzufinden ist, weil wir anders vor uns selber nicht rechtfertigen können, über solche Menschen zu schreiben, anstatt Heinrich Heines Verordnung zu befolgen:

> «Nicht gedacht soll ihrer werden,
> nicht im Buche, nicht im Liede ...»

Zugegeben: nur wegen ihrer Opfer schreibt man ja notgedrungen – sonst würden die Opfer noch rascher vergessen – auch über ihre Mörder ...

Um Agrippina zu entmachten, anhanglos zu machen, hat «natürlich» Tiberius auch noch zwei höchst bewährte Feldherren, die mit Germanicus im Felde gestanden und nach dessen Tod dessen Witwe Agrippina weiterhin verehrt hatten: Silius und Sabinus – hinrichten lassen oder zum Selbstmord gezwungen. Und unklar ist, ob der Mann, der gewagt hatte, Agrippina nach sieben Witwen-Jahren heiraten zu wollen, erdrosselt wurde oder Tiberius ihm die «Gnade» gewährte, sich nach dreijähriger Haft das Leben zu nehmen. Sogar noch Syriacus wurde geköpft, weil er ein Freund dieses Asinius Gallus gewesen war ... Das heißt: Er *kann* nur ein Mitverschworener gewesen sein; nicht aber der Freund eines «Liebhabers» ... Absurd. Auch die zwei

Feldherren an der Seite des Germanicus *können* schlechterdings nicht deshalb hingerichtet worden sein, weil sie dessen Witwe «freundschaftlich» verbunden geblieben waren – wäre nicht diese Freundschaft eine Verschwörung gewesen, wenn auch vielleicht nur eine in der Einbildung des mit stalinschem Mißtrauen «gesegneten» Tiberius: Wer seinen Thron allein der pathologischen Mordsucht seiner Mutter verdankt, *muß* ja in jedem Legitimen, ja noch in den Urenkeln des Kaisers Verschwörer wittern – unter anderem auch deshalb, weil die vermutlich tatsächlich mindestens potentielle nicht nur sind, sondern *sein müssen*!

Wenn der Biograph Marañón dort vom Volk spricht, wo es sich leidenschaftlich an Augustus wendet, um ihn zu bitten, die enthusiastisch geliebte – vom Volke geliebte – Kaisertochter Julia nach Rom zurückkehren zu lassen aus der Inselhaft; wenn der Spanier *das* erzählt, schimpft er das Volk Plebs oder Pöbel. Immerhin sagt er, des Kaisers Antwort auf diese Bitten – wiederholt vorgebrachten Bitten, so beliebt war Julia – habe gelautet, eher käme Feuer mit Wasser zusammen als Julia wieder nach Rom. Worauf die Menschen Fackeln in den Tiber warfen, das Wunder erhoffend, Feuer und Wasser «kämen zueinander»! Auch weiß man (Sueton), daß Augustus sein einziges Kind: diese fünffache Mutter, zuerst *töten* wollte, als Livia ihm hinterbracht hatte, die von ihrem Mann seit vier Jahren verlassene Julia schlafe herum. Nimmt man dann die verbürgte Äußerung des Plinius: «vatermörderisch» sei Julia gesinnt gewesen; liest man damit im Zusammenhang die Namen ihrer Freunde und Liebhaber: Hocharistokraten, Politiker, dann bezweifelt man nicht, daß diese bedeutende, kluge Frau eine politische Verschwörerin war, beseelt von dem *einen* – vollkommen legitimen – Trieb, ihre Kinder, die Kaiserenkel oder deren Männer, zur Macht zu bringen, notfalls mit Gewalt gegen Livia und Tiberius. Das war 2 v. Chr. 7 und 8 n. Chr. werden dann ihr jüngster Sohn und ihre Tochter Julia verbannt – lebenslänglich. 21 Jahre später wird Agrippina verbannt. Wie sehr diese drei Frauen im Recht waren, nicht nur mit den Thronansprüchen, die sie für ihre Kinder durchzusetzen versuchten, sondern ebenso mit ihrer Gewißheit, *ermordet* zu werden samt ihren Kindern – Verbannung ist auch Mord, wo sie zum Verhungern führt oder «wegen Ehebruch» lebenslänglich ausgedehnt wird – ; ermordet zu werden, sobald ihr Vater oder Großvater Augustus – ermordet worden sei: lehren die Tatsachen! Schauderhaft wie diese Geschichten selber sind später auch die Ergebenheits-Adressen an Augustus oder Tiberius, die noch nach zweitausend Jahren Historiker auf Kosten der geopferten Familienmitglieder dieser zwei Männer an sie beide richten; obgleich doch die Geschichtsschreiber der Alten Welt keine Illusion über das Mörderische der zwei Monarchen zulassen ... Und wie wird das alles aufgeschönt zugunsten gerade der schauerlichsten Figur um Agrippina, zugunsten des Tiberius, von einem hervorragend berühmten Althistoriker: Geheimrat Professor Dr. Kornemann, 1868–1946, Ordinarius in Breslau und München? Wie hat der das an seine Studenten weitergegeben? *Ein* Beispiel, was jedoch wiederum fast nichts über das von Kornemann Dargestellte aussagt, über die Agrippina-Tragödie. Von der ihrer Kinder kann deshalb hier nicht die Rede sein, weil *solche* Opfer: die bemitleidenswertesten seines «tragischen» Helden Tiberius – von Kornemann einfach unterschlagen werden in seinem Essay über die «Tragik» des Mannes, dessen langes Wartenmüssen auf den Thron er im Ernst mit den Wartejahren Edwards VII. vergleicht, dieses *liberalsten* aller Herrscher ... ein solches Beispiel, weil es nichts Wahres – *nichts!* – über Agrippina und Tiberius aussagt, aber höchst Fragwürdiges über Kornemann als Repräsentanten einer auf Männertaten fixierten Historiographie, ist eine Warnung an jeden einzelnen, der schreibt: So können selbst parteilos-integre Historiker, die sich aufrichtig in keines Mächtigen Dienst wissen – Kornemann war integer –, sondern ganz allein in dem der Wahrheit, noch nach Jahrtausenden von jenen Gewaltmenschen übermannt, korrumpiert, zum Lügen gebracht werden, die schon zu ihren Lebzeiten die Chronisten *ihrer* Epoche gezwungen haben, Propaganda zugunsten derer an der Macht zu schreiben. Ein ewig verunsicherndes Mysterium ... Macht verblendet keineswegs nur den, der sie hat – sondern (vielleicht sogar mehr!) auch den, der sie anschaut; nicht nur ihren Inhaber, sondern auch ihren Chronisten. Ja, sogar die von ihr Unterworfenen, Versklavten; unter ihr Leidenden: so schändlich wie – leider menschlich!

So Kornemann in seinem Tiberius-Essay über die lähmend traurig entrechtete Witwe des Germanicus, die Tochter der Julia und Agrippas, des Siegers von Actium, die Enkelin des Augustus: «Schlimm, schließlich unerträglich war das Verhältnis (des neuen Kaisers Tiberius) zu Agrippina, Germanicus' Witwe – die sich der Herkunft aus dem himmlischen Blute des Divus Augustus rühmte und den

Claudier in ihrer Verbitterung über die angebliche Ermordung ihres Mannes tief verachtete. Dabei war sie ein hysterisches Weib. Obwohl sie schon Ende der Dreißiger war, bat sie eines Tages Tiberius um einen neuen Gemahl, worüber dieser sprachlos war. Nach Verweigerung ihrer Bitte behauptete sie, Tiberius trachte ihr nach dem Leben, was sie bei einem Diner dadurch zum Ausdruck brachte, daß sie keine Speisen anrührte, gleichsam als ob sie vergiftet seien …»

Über die Ermordung durch Hungertod ihrer Söhne Nero I. und Drusus III. durch Tiberius – wie gesagt: keine Zeile … Wer oben las, wie man diese Frau aus Rom, dann aus dem Leben beseitigt hat – das ihr ausgeschlagene Auge, als sie weggeführt wurde, sagt alles, wenn auch bei weitem noch nicht genug über die Grausamkeit der Ermordung ihrer Söhne, der Söhne des Germanicus –, der kann diese armselig herzlosen, weil phantasielosen, jede Gerechtigkeit verhöhnenden Zeilen des Herrn Geheimrats aus Breslau und München nur mit Ekel lesen. Es ist derselbe Professor, der Kinder «Mischlinge» schimpft – er schrieb das in der Nazi-Zeit –, wenn sie gezeugt worden sind von den Römern Julius Cäsar oder Mark Antonius mit der ägyptischen Königin Kleopatra. Angesteckt von Hitlers Rasse-Paranoia. Und Kornemann bringt dann sogar fertig, die ruchloseste Untat überhaupt des Augustus: die Ermordung des siebzehnjährigen Sohnes des Cäsars und der Kleopatra und die total zwecklose Vernichtung des ägyptischen Reiches dieser Königin – als «reinen Tisch machen» zu beschreiben: «Eine für eine Frau außergewöhnliche Energie, verbunden mit großer Klugheit, unersättlicher Herrschsucht und unerbittlicher Härte» – bei Männern findet Kornemann dergleichen Unarten nicht erwähnenswert –, «daneben eine im Dienste der Politik benutzte Sinnlichkeit hatte Kleopatra dem Traum ihres Lebens, mit Hilfe des Ostherrschers Antonius noch einmal im Stil der ersten großen Ptolemäer ein hellenistisches Großreich als Königin zu regieren, sehr nahe gebracht. An Octavian (dem späteren Augustus) fand sie einen Gegenspieler, dem sie nicht mehr gewachsen war. Dieser machte reinen Tisch. Caesarion wurde getötet, Ägypten auf Grund einer selbstherrlich gegebenen Ordnung» – Kornemann nennt wie jeder Nazi das «Ordnung», was Unterwerfung mit Ausrottung war – «des nun allein herrschenden Siegers unter völliger Ausschaltung des Senates römische Provinz. Der Senator Q. Ovinius, der die Stelle eines Intendanten bei Kleopatras Woll- und Teppichwebereien bekleidet hatte, wurde hingerichtet» ... ja, wieso auch nicht, hatte doch der Mann Webereien geleitet! Also: hinrichten. Selbstverständlich. Was sonst! «Reinen Tisch machen»: So nennt Kornemann den widerlichen Meuchelmord an Caesarion, dem einzigen Sohn dessen, der den Mörder durch sein Testament an die Macht gebracht hatte. Es ist unerträglich!

Was soll man überhaupt noch einem Historiker *glauben,* der es wie Kornemann fertigbringt, Cäsar schriftlich einen «sohnlos gebliebenen Mann» zu nennen? Statt festzuhalten – oder hat Geschichteschreibung Humanität nicht als Maßstab; und wenn nicht: welchen sonst? –, daß Augustus als der Meuchelmörder Ciceros und Caesarions in höherem Sinne: sofern es einen religiösen noch gibt – schon selber auf sich herabzog, was das Schicksal ihm noch bereiten sollte durch Beseitigung aller *seiner* Leibeserben (außer Caligula und Nero) aus der Thronfolge durch Livia und Tiberius.

Die Übermacht des Zeitgeistes ist erschreckend – wenn der Geist einer Zeit erschreckend ist; sie kann auch, diese Macht, beglückend sein, wie ein Vergleich zwischen Wilamowitz und Kornemann erhellt. Nur zwanzig Jahre früher als Kornemann geboren, ist Wilamowitz noch von der Humanität der Goethezeit geprägt. Zwar keineswegs dort, wo er über sein Wilhelminisches Zeitalter, dort aber, wo er über die Antike schreibt, ist er noch immun gegen den erst mit der Renaissance-Verhimmelung, «dank» Autoren wie Gobineau, epidemisch aufgekommenen Kniefall vor der Gewalt, aus dem das faschistische «Denken» hervorging, das sogar einen alten Herrn wie Kornemann entstellt. Kornemanns Vokabular 1943, auf dem Höhepunkt der Nazi-Zeit, als er seinen Essayband mit bereits fünfundsiebzig Jahren veröffentlicht, seine Formulierungen wie «reinen Tisch machen» für die Ermordung des Sohnes Cäsars mit der Kleopatra, obschon er die Königin doch im gleichen Buch die «geistvollste Frau ihrer Zeit» nennt; Wendungen wie «Ordnung», um die so brutale wie zwecklose Vernichtung des ägyptischen Reiches zu kennzeichnen, das niemals den Römern Böses anzutun fähig war: dokumentieren, wie wehrlos in Geist und Herz der von Natur ursprünglich völlig harmlos gewesene Zeitgenosse Kornemann gegen die Ideologie der Hitlerjahre schon geworden ist, nur ein Jahrzehnt nach dem Einzug des Österreichers in Bismarcks Reichskanzlei. Dagegen entwarf noch zwanzig Jahre zuvor, im Kriegsjahr 1915, der von Hitler nicht mehr infizierte

Wilamowitz ein Bild des Staates der Kleopatra und seiner Behandlung durch einen vergleichsweise (verglichen mit Augustus) humanen Römer wie Julius Cäsar, das dieser bedeutenden Herrscherin – in der siebten Generation – und ihrem gegen Rom immer ohnmächtigen Staat völlig gerecht wurde. So erfreulich zu lesen, daß wir diesen verschollenen Text schon seiner Schönheit wegen hier ausgraben. Ästhetische Schönheit ist übrigens nicht zu erzielen – ein Trost – ohne Sinn für historische Gerechtigkeit. Wilamowitz: «Als Cäsar den Pompejus bei Pharsalos besiegt hatte, ist er nach Ägypten gegangen und hat dort so lange verweilt, daß sich seine Gegner in Afrika zu bedrohlicher Stärke wieder sammeln konnten. Er ging nicht einmal direkt nach Rom zurück, sondern sicherte erst Kleinasien gegen den Versuch, das Reich des Mithradates wiederaufzurichten. Ägypten war, wenn auch tatsächlich von Rom abhängig, doch das einzige souveräne Königtum, das noch bestand, unter einer legitimen Dynastie, die seit mehr als dritthalb Jahrhunderten auf dem Throne saß. Alexandrien war die erste Stadt der Welt, die Hilfsmittel des Reiches trotz aller Mißwirtschaft unerschöpflich. Cäsar hat in Alexandrien schwere Kämpfe zu bestehen gehabt; er hat der Königin Kleopatra ihren Thron nur befestigt; sie hat ihm einen Sohn geboren und hat diesen nach dem Vater Caesarion nennen dürfen. Sie war in Rom anwesend, als Cäsar drei Jahre später ermordet ward; Cicero redet von ihr einfach als von der Königin. Sie verließ Rom erst, als die Verhältnisse sich ganz verwirrten, schuf eine Flotte und hielt sich klug zurück, bis Antonius als Herr des Ostens sicher dastand. Da wußte sie ihn an sich zu ziehen und hat ihn später geheiratet. So liegt es. Seine

Stellung war die eines Prinzgemahls. Denn Königin blieb sie und ernannte Caesarion zum Mitregenten, das heißt Nachfolger. Den Kindern, die sie dem Antonius gebar, ließ sie von ihm Provinzen schenken. Zur Sicherung des Ostens führte er den von Cäsar geplanten Partherkrieg. Kleopatra hatte gar keine Neigung, Italien anzugreifen; aber das römische Heer des Antonius drängte doch immer dahin. Erzwungen ward die unvermeidliche Entscheidung durch den jungen Cäsar, den späteren Augustus. Ob der große Cäsar vorgehabt hat, durch eine Heirat mit Kleopatra seiner Königsherrschaft über den Osten Legitimität zu verschaffen, stehe dahin, Weltherrscher, König, Nachfolger Alexanders, hat er sicher werden wollen. Die Konsequenz wäre die Gräzisierung, Orientalisierung des Westens gewesen. Den Senat, den Augustus zum Mitregenten machte, hatte Cäsar herabgewürdigt und mit offener Mißachtung behandelt. Ob er Rom als Hauptstadt aufgeben wollte? Sehr möglich, denn der Gedanke ist noch nach Actium erwogen worden. Antonius versuchte Cäsars Wege zu gehn; aber ihm war Kleopatra geistig überlegen, die Sie nicht nach Shakespeare beurteilen dürfen, sondern nach Horaz, der sie widerwillig bewundert, und nach Augustus, der seinen Triumph über sie gefeiert hat, und nicht den Monat seiner Geburt und seines Sieges bei Actium, sondern den der Eroberung von Alexandrien auf seinen Namen August genannt hat.»

Da Wilamowitz dies in einem Festvortrag zu Ehren des Augustus gesagt hat – verliert auch er kein Wort über dessen Urverbrechen: Die Ermordung des Caesarion. Und keines über das Problem – für einen Historiker oder Philologen des imperialistischen Zeitalters *war* das überhaupt kein Problem: Was Rom berechtigt haben sollte, das ihm geistig und kulturell unendlich überlegene ägyptische Reich sich einzuverleiben, allein deshalb, weil Ägypten sich dessen nicht hatte erwehren können …

Projektionen: Werturteile entnimmt jeder *seiner* Zeit

Mommsen, der den lähmenden und alle einschüchternden, da tödlichen geistigen Terror der Augustus- und Tiberius-Jahre nahezu unterschlägt, obgleich doch belegt ist, daß zuweilen Historiker und Dramatiker *hingerichtet* (!) wurden, nach Vernichtung ihrer Texte: Mommsen sagt mit dümmlicher Ironie, der «bösartige Klatsch», der Livia «für alle Unglücke und Todesfälle des kaiserlichen Hauses verantwortlich ... machte, steigerte sich von Jahrhundert zu Jahrhundert». Allerdings. Denn erstens wurden ja über die schon bekannten Historiker hinaus keine weiteren entdeckt, die über Livia geschrieben hätten; und die bekannten hatten nun einmal ausnahmslos vernichtend über sie geschrieben. Und zweitens wurde ja noch stets zu Zeiten einer Tyrannei nichts über sie veröffentlicht, sondern erst später. Ihr Kopf stand eben auch antiken Autoren höher als die Wahrheit ... Eine Vorstellung, die in gradezu *sagenhaft* liberalen Zeitläuften wie der Bismarckepoche einem Historiker offenbar unfaßbar war, wenn er sich, artig wie Mommsen, auf über zweitausend Jahre zurückliegende Ereignisse beschränkte. Ob aber ein ehemaliger achtundvierziger Revolutionär, der «den Ludergeruch» an sich hatte, den die Damen und

Herren im Berliner Schloß an diesen Revolutionären noch «rochen», als die alt und harmlos und karrierebeflissen geworden waren, ob ein alter Revolutionär in wilhelminischer Zeit je Professor wie Mommsen geworden wäre, würde er über die *eigene* Epoche geschrieben haben? Sicher nicht! Ludwig Feuerbach, der «als Linker natürlich» nie einen Lehrstuhl bekam, wäre verhungert, hätte er nicht in eine Porzellanfabrik eingeheiratet; Kinkel bekam seinen Lehrstuhl nur im freien Zürich. Und der Brandstifter Richard Wagner hätte vermutlich nie eine Oper zur Uraufführung gebracht, würde die ein Sujet aus seinem eigenen 19. Jahrhundert behandelt haben ... gar aus seiner Jugend, als er steckbrieflich verfolgt wurde.

Listig und karrierebesessen, wie er war, stellte Wagner *sein* Vorhaben: die Oper – ganz frei von der eigenen Epoche, deren Darstellung er egoistisch mit allen unsagbaren Risiken – allein dem Drama aufhalste: «Wenn es die heutige Aufgabe des dramatischen Dichters ist, die materiellen Interessen unserer Zeit vom moralischen Standpunkte aus zu läutern und zu vergeistigen», schrieb Wagner mit einunddreißig, und exakter und programmatisch-notwendiger ist tatsächlich die Verantwortung des Dramatikers gegenüber seinen Mitmenschen seit Schillers Definition der ‹Schaubühne als moralischer Anstalt› nie mehr gekennzeichnet worden –, «so ist es dem Opern-‹Dichter› und -Komponisten überlassen, die ganze heilige Poesie, wie sie uns aus den Sagen und Geschichten der Vorzeit anweht, in dem ganzen ihr eigenen Dufte hervorzuzaubern ... Zu meiner nächsten Oper habe ich die schöne und so eigentümliche Sage von Tannhäuser gewählt!»

Ja, *so* kann man leben, koexistieren mit den Mächtigen: Indem man sie verschont mit jeder Darstellung *ihrer* Epoche! Indem man – konsequent die Beamtenlaufbahn, den Lehrstuhl anzielend oder das eigene Festspielhaus – strikt nur die Geschichte vergangener Jahrtausende, nur Sagen des Mythos oder versunkener Jahrhunderte als Thema anfaßt. Die beflissensten, intolerantesten aller Staatsbüttel sind stets die kulturellen: Intendanten, Pressemächtige und jene Ministeriums-Gelehrten, die über Annahme oder Ablehnung eines Dramas oder die Berufung auf Lehrstühle entscheiden.

Warum sollte ein Theater-Intendant, der ebenso wie früher den Fürsten, heute den Parteien aus der Hand fraß oder frißt, da die nicht nur über die Höhe seiner Subventionen, sondern auch über die Verlängerung seines Vertrags entscheiden: sich mißliebig machen durch Förderung eines gesellschaftskritischen Autors? Warum sollte ein Ministeriums-Gelehrter einem Professor einen Lehrstuhl geben, wenn dessen Berufung an höherer Stelle Unwillen erregt? So wie man doch auch von Maecenas schon weiß, daß er als kultureller Berater dem Kaiser Augustus ausschließlich solche Poeten zur Förderung empfohlen hat, die garantiert nichts Gegenwärtiges gestalteten, sondern Mythisch-Sagenhaftes oder das «zeitlose» Landleben: Vergil, Horaz, Properz. Weiß man, wie Augustus, wie dann erst recht Tiberius mit Autoren umsprang, die *ihre* Zeit geschildert haben: so kann man schwerlich dem Gajus Maecenas verübeln, daß er nicht *die* zu begönnern wagte … Es sei denn, sie hätten artig wie Horaz Zeitgeschichte ausschließlich als Preislieder auf den Herrscher verstanden …

1942 notierte Hans Carossa als Präsident von Hitlers Reichsschrifttumskammer in Weimar – also im Schatten des KZ Buchenwald, was er freilich nicht erwähnte: «Die Hölle kann einer nicht schildern, solange er noch in ihr wohnt.» Die Zeit des Augustus war die Hölle zwar für nur wenige – immerhin aber doch für die Gegner des Kaisers. Die Epoche des Tiberius war durchaus die Hölle für die noch nicht getöteten Nachkommen des Augustus. Und – wir lasen das bei Friedländer – für Künstler, die nicht Gefälliges reimten wie der Kaiser selber, sondern Zeitkritik in auch nur der zaghaftesten Form versuchten: Mommsen erwähnt das nicht einmal!

Doch klar, unbestechlich beschrieb das in seinem 19. Jahrhundert Ludwig Friedländer. Für andere deutsche Historiker aber war das Erlebnis der Hitlerjahre nötig, um ihnen wieder die Augen zu öffnen für das, was Diktatoren mit solchen Künstlern anstellen, die ihnen nicht nach dem Munde reimen, nicht ihnen Gefälliges malen. Erst jene Historiker-Generation, die etwa neunzig Jahre später als Mommsen zur Welt kam, demnach jung war, aber schon erwachsen, als Hitler in die Reichskanzlei einzog –, wird die deprimierende Naivität der Mommsen-Jahre: aus den Erfahrungen der Bismarckschen Rechtsstaatlichkeit den Schluß zu ziehen, Recht und Staat seien nahezu identisch – überwunden haben, durch schmerzliche persönliche Erfahrungen mit dem Staat als Bestie. So Golo Mann, der 1976 in einem nie zu vergessenden Tacitus-Essay auch *den* Opfern – Frauen und Künstlern – der Tiberius-Jahre jene Ehrfurcht erweist, von der bei Mommsen und der Mommsen-frommen Herde seiner Schüler, Geheimräte allesamt auf Deutschlands Lehrstühlen, keine Spur zu finden ist: «Der Historiker Cremutius Cordus hat, unter Tiberius, ein Werk veröffentlicht, in dem die Mörder Cäsars, Brutus und Cassius, als die letzten Römer gepriesen werden. Aus dem bloßen Geist eines Buches, aus Interpretationen längst versunkener Zusammenhänge ein Verbrechen zu machen, ist immer noch etwas Neues, Unerhörtes. Es geschieht, der Prozeß findet vor dem Senat statt; und die finsteren Blicke, die Tiberius auf den Verteidiger wirft, lassen schon das Ende erraten. Die Rede des Angeklagten ist frei und stolz. Das Gesetz der beleidigten Majestät treffe ihn nicht, er habe weder über den lebenden Fürsten noch über dessen Vater geschrieben. So schrieb der große Titus Livius über Pompejus, den Feind Cäsars, und pries ihn, derart, daß Augustus ihn scherzend einen Pompejaner nannte, und blieb doch sein Freund. So schrieb Cicero seine Apologie des toten Cato, und Cäsar der Diktator strafte ihn nur dadurch, daß er ihn mit einer Gegenschrift beehrte. Die Dichter, Bibaculus, Catullus, durften ihren Spott treiben, ohne daß Cäsar und Augustus sich darum gekümmert hätten. Und er nun? ‹Jedem gibt die Nachwelt das Seine; ist mein Urteil besiegelt, so werden jene nicht fehlen, die nicht nur Brutus und Cassius im Gedächtnis behalten werden, sondern auch mich.› Worauf er den Senat verläßt und seinem Leben durch Nahrungsverweigerung ein Ende setzt, *vitam abstinentia finivit* (Ann. IV 34 f.).»

Wie fern – gemessen an Golo Mann – Mommsen der Tragik von Künstlern sogar dann gestanden hat, wenn ausschließlich politische Ursachen sie herbeigeführt haben, so bei Petronius, den Mommsen sogar den begabtesten aller Dichter Roms nennt, ja mit Cervantes vergleicht – es wird deutlich, wenn man den halben Satz, den Mommsen für den Untergang des Petronius erübrigt: «... der in der pisonischen Verschwörung mit unterging» – wenn man diese nur sieben Wörter vergleicht mit der Schilderung des Endes des genialen Satirikers bei Golo Mann, der eben, selber ein Dichter, auch besser als Mommsen wußte, *was* aus dem Tacitus herauszuholen ist! Und Mann gesteht endlich Tacitus das Höchste zu: daß er schon vor neunzehnhundert Jahren vermocht hat, aus dem menschlichen Gewimmel Urtypen herauszufinden und sie erstmals für allemal darzustellen: «*Archetypen:*

Wie treu Petronius sich blieb, erfahren wir aus dem Porträt, welches Tacitus dem Sterbebericht voranstellt: das Porträt des ewigen Dandys. Das mußte einmal und zum ersten Mal gemacht werden. Denn ihm verging der Tag im Schlaf, die Nacht in gesellschaftlichen Verpflichtungen und Freuden des Lebens; wenn andere ihre Arbeit, ihn aber seine Faulheit zum Ruhm trug, so unterschied er sich doch von den gewöhnlichen Verschwendern und ihren Ausschweifungen durch die hohe Kunst seines Luxus. So sei er in Neros Tafelrunde zum Herrn der Mode, *elegantiae arbiter,* geworden und habe der Kaiser nur, was Petronius billigte, für wahre Feinheit und Wollust gehalten. Dem widerspricht nicht eigentlich, daß Petronius, wenn er sich schon einem hohen Staatsamt anbequemte, überaus arbeitsam und energisch sein konnte, um bald ins Reich der Laster oder ihres Scheines, *vitiorum imitatio,* zurückzukehren. Noch ein anderes war diesem merkwürdigen Manne eigen. Tacitus ringt nach dem rechten Ausdruck, um es zu beschreiben. ‹Seine Worte und Taten hatten etwas Freies und gleichsam sich selber Verachtendes, was als Zeichen der Bescheidenheit gerne akzeptiert wurde.› … *quandam sui neglegentiam* – diese noch etwas ungeschickte, neue Formel prägte der Schriftsteller, weil er das Wort, das wir hier gebrauchen würden, nämlich ‹Zynismus›, nicht hatte. Die Zyniker waren eine Philosophenschule, als solche bekannt, der Name für Weiteres nicht brauchbar. Das Porträt des Petronius ist ein Akt der Geburt, schwierig als solcher; es wird ein Archetyp geschaffen, später ohne viel Mühe nachzubilden.

Solche Archetypen gibt es mehrere und muß sie geben. Wenn Tacitus spät war und spät sich fühlte, verglichen mit den Griechen, auch noch mit Sallust, mit Livius, so war er doch früh als der Schilderer einer modernen Gesellschaft; so daß er in Worte fassen mußte, was es vorher, seines Wissens, nie gegeben hatte.»

Für Mommsen dagegen scheint der römische Bahnbrecher der psychologisch fundierten Geschichtsschreibung nichts gewesen zu sein als der Verwalter eines Steinbruchs, als Mommsens Daten- und Fußnotenlieferant, ein Vorsammler! (Noch dazu von derart ruchlosen Geschichten, daß man die nicht einmal, wie das zur Mommsenzeit genannt wurde, «für die reifere Jugend bearbeiten» könne.)

Während Golo Mann erhellt, daß der – so sagt er – «Dramatiker», der die ‹Annalen› und die ‹Historie› schrieb, so absolut seriös gearbeitet hat: «Er erfindet nichts» – daß es unerlaubt ist, seine Texte mit Fragezeichen zu ironisieren. Erstens deshalb, wir sagten das schon, weil ja Tacitus noch der Kontrolle der Mitbetroffenen unterstand, wenn er Zeitgeschichte schrieb; zweitens der Kontrolle heute verschollener, damals aber doch von seinen Lesern zum Vergleich herangezogener Historiker der Antike, die Golo Mann auch erwähnt.

Aber Mommsen treibt seine Verachtung des Tacitus so weit, daß er – ohne jeden Beleg aus der Antike für diesen *absurden* Vergleich – den Mörder der Enkel und Urenkel seines Vorgängers mit Friedrich dem Großen vergleicht: «Er hat viel Ähnlichkeit mit Friedrich dem Großen», so resümiert Mommsen, wenn er seine Schlußsätze über Tiberius spricht – was Erschreckendes über Mommsen aussagt, aber fast nichts über den Tyrannen auf Capri. Es sagt aus, daß Mommsen keinen Sinn für Dichtung, kaum für Kultur, ja keinen für Freiheit hatte. *Den* Monarchen, der Voltaire nach Potsdam holte und den «Hohenfriedberger» komponierte – mit jenem vergleichen, der einen Dramatiker wegen des überaus harmlosen Satzes köpft: «Der Herrscher Torheit muß man tragen mit Geduld»? Beschämend! Denn ganz unmöglich ist es auch, daß Mommsen, wenn er die Literatur unter Tiberius aburteilt, nicht aus der Sucht nach Selbstverteidigung schrieb. *Er* hatte ja seinen Frieden gemacht mit dem deutschen Kaiserreich. Er wurde zu Hofbällen eingeladen. Der Respekt vor Mommsens Genie verbietet es ganz einfach, zu unterstellen, er habe *nicht* durchschaut, daß die deprimierende Harmlosigkeit der Literatur der Tiberius-Epoche nur der Tatsache zu danken ist, daß jedermann – allesamt Epigonen des Höflings Horaz – «dichten» mußte wie der Tyrann auf Capri selber, wie Tiberius: friedliche Reimereien, fern von jeglichem Bezug auf die Zeit, während Ovid verbannt blieb. Mommsen urteilt: «Was die Literatur angeht ... es war eine trübe Zeit. Die Singvögel schweigen, wenn ein Gewitter am Himmel steht. Es gibt die Gedichte des alternden Ovid, sonst ist die Produktion unbedeutend. Velleius Paterculus war allerdings ein geistreicher Mann, Valerius Maximus ist ganz untergeordnet, beide zeichnen sich durch elende Adulation und jämmerlichsten Servilismus aus, das ist charakteristisch für die ganze Zeit. Die bleierne Angst, die auf der Welt lag.» – Zwischenfrage: *Wer* macht angst, wenn nicht der Herrscher? Der, den Mommsen mit Friedrich vergleicht, obwohl der geschrieben hatte: «Jeder soll nach *seiner* Façon selig werden»? – die «bleierne Angst tritt uns überall entgegen. Charakteristisch ist dafür der ältere Seneca in seinem rhetorischen Werk … Ohne wahre Anmut, ohne jeden juristischen Blick wurden über ein Nichts, ein Leeres, Redeblumen gemacht. ‹Sand ohne Kalk›, sagte Kaiser Gaius (Caligula) zu der elenden Interesselosigkeit dieser Zeit».

Liest man dann, was Golo Mann, keineswegs aber Mommsen empört: daß zu Neros Zeiten Literaten umgebracht wurden auf kaiserlichen Befehl, wie kann dann Mommsen schreiben: «An poetischen Schriftstellern fehlt es nicht, aber es ist mit einer einzigen Ausnahme kein annehmbares Werk darunter. Das Trauerspiel ist durch Seneca (den Jüngeren, den Kanzler Neros) vertreten. Nero selbst liebte es ja; aber die Tragödien entbehren jedes neuen Momentes, es sind die alten griechischen Stoffe in sehr geschickten Versen, aber ohne Empfindung … Von der Komödie ist nicht die Rede; das Lachen verging Neros Zeitgenossen … Die eigentliche Signatur dieser Zeit ist die Langweiligkeit …» Petronius allein wird von Mommsen als großer Dichter anerkannt, doch auch er wird wie Seneca vom Kaiser zum Selbstmord gezwungen. Wie kann dann Mommsen den

Seneca dafür verurteilen, daß er sich – wie Mommsen selber, wie Wagner, diese beiden Achtundvierziger – allein solchen Stoffen zuwandte, die keinen Herrscher mehr erzürnten, weil sie entlegenste Epochen oder Mythen traktierten? Ist es denkbar, daß Mommsen so völlig unangekränkelt, wie er sich im Werk gab, von der Ahnung war, er selber sei (mit Bismarck) nur an die Spitze aller nichtmilitärischen Ruhmträger Berlins gelangt, weil er jede Kritik an Preußen-Deutschland für sich behielt? Daß Mommsen dies nicht durchschaut hat: der international angesehenste deutsche Schriftsteller und Wissenschaftler der Bismarckjahre nur geworden zu sein um den Preis seines strikten Verzichtes, die eigene Epoche darzustellen oder auch nur einen ihrer Teilaspekte – diese Vorstellung verbietet leider der Respekt vor Mommsens Genie und die Kenntnis seines – erst 1948 publizierten – Testaments. («Ich wünschte ein Bürger zu sein», doch die Bismarckzeit habe ihm verwehrt, als «animal politicus» zu wirken!)

Eine Biographin sieht tiefer als Biographen

Kein Zufall, daß es eine Frau ist, kein Biograph, sondern eine Biographin, die *nicht* auf die Propaganda des Hofes hereinfällt, Tochter, Enkelinnen, Urenkelinnen von Augustus – allesamt Verschwörerinnen – seien aus «sittlichen» statt aus politischen «Gründen» verbannt oder (und) getötet worden.

Und da eine Frau die Urheberin dieser Verbrechen gewesen ist; da Frauen mehr als Männer diesen Verbrechen erlegen sind – kommt auch einer Frau als Chronistin das letzte Wort zu: Monika Giebel, die in ihren Augustus- und Ovid-Biographien eindeutig zu dem Schluß kommt: Grund für die lebenslängliche Verbannung des Ovid war seine (ihm vielleicht unerwünscht gewesene) Kenntnis der politischen Verschwörung, die Julia die Jüngere, nicht anders als einst ihre Mutter, nicht anders als dann ihre Schwester, mit ihrem (dafür hingerichteten) Ehemann zur Rückgewinnung ihrer angestammten Erbansprüche angestrengt hat. Lebenslänglich für Kenntnis einer Vorbereitung zum Hochverrat? Allerdings. Und nur deshalb die Todesstrafe nicht, weil Ovid Roms berühmtester Poet und Augustus, der noch dazu den wahren Grund dem Senat nicht nennen *konnte,* kein

Hitler war – dessen Gerichtshöfe schon die Kenntnis eines «Verbrechens» bei «Nichtanzeige» mit Enthauptung oder Strangulierung bestraft haben ... Glückverdummte Zeiten, die in relativ bürgerlichen Bahnen ablaufen, so in Mitteleuropa das 19. Jahrhundert oder die Jahrzehnte seit Hitlers Tod, lassen sogar Geschichtskenner rasch glückverdummt die Abgründe historisch aufgewühlter Zeitläufte vergessen.

Marion Giebel erzählt: «Man hörte von Trinkgelagen auf dem Forum, die einen catilinarischen Charakter hatten, und es wurden mehrere junge Patrizier als Julias Liebhaber namhaft gemacht. Augustus konnte nicht länger die Augen verschließen. Julia mußte nach dem Gesetz ihres Vaters, der lex Julia gegen Ehebruch, angeklagt werden. Dieses Gesetz sah vor, daß der Gatte oder, wenn dieser – wie Tiberius – nicht da war, der Vater die Anklage erhob. Augustus war maßlos in seinem Zorn und seiner Verbitterung. Er drang darauf, daß die ganze Härte des Gesetzes angewendet wurde. Julias Liebhaber wurden mit Tod oder Verbannung bestraft, sie selbst im Jahre 2 v. Chr. auf eine einsame Insel verbannt und dort – sechzehn Jahre – in strenger Haft gehalten. Obwohl sogar das Volk mehrmals für sie bat, blieb Augustus unerbittlich. Schon Seneca hat hinter dem Skandalprozeß die Umrisse einer Verschwörung gesehen, an deren Spitze Julius Antonius stand, der Sohn des Triumvirn. Als Pflegesohn der Livia gehörte er zum julischen Hause und war von Augustus bis zum Konsulat erhoben worden. Jetzt wurde er zum Tode verurteilt. Julia aber war nicht nur eine schöne, lebenslustige Frau, sie war als Gemahlin Agrippas ‹Vizekönigin› des Ostens gewesen und möglicherweise nicht damit zufrieden, keine Rolle mehr auf der politischen Bühne zu spielen, seit ihr Gatte Tiberius sich im selbstgewählten Exil befand. Augustus hatte die Erziehung ihrer Söhne ganz in die eigene Hand genommen und sie dem Einfluß ihrer Mutter entzogen. Man wird Julia nicht unterstellen, daß sie ihren Vater zu töten gedachte, sie wollte vielleicht Druck auf ihn ausüben, um einen ‹Regentschaftsrat› (Syme) für ihre Söhne einzurichten und sich ein Mitspracherecht zu verschaffen ...»

Daß in dem sonst so ausgezeichnet dokumentierten Zeitalter ausgerechnet jener genaue – das heißt: unbestreitbare Hinweis *fehlt* auf die Verschwörung der einzigen Kaisertochter und ihres Liebhabers, der ja nicht nur der Sohn des berühmten Marc Anton war, sondern ihr Stiefbruder, weil Augustus den Jungen nach dem Tode seines Gegners Marc Anton als Pflegesohn ins Haus genommen hatte: *ist der Beweis ex silentio!* Der Beweis, daß es eine *politische* Verschwörung war. (Geradezu absurd der Gedanke, der pausenlos im Ehebruch lebende Augustus habe «wegen Ehebruch» seinen Pflegesohn hingerichtet – der entzog sich dem Erwürgtwerden durch Selbstmord; und habe wegen Ehebruchs seine mit Tiberius gar nicht mehr verheiratete einzige Tochter lebenslänglich verbannt! Man weiß, wie sehr er Julia geliebt hat – bis sie sich, wie Plinius überliefert, «vatermörderisch» betätigte!) Sonst wäre dieser weltgeschichtlich immerhin einmalige Skandal *dokumentiert* ... Er *durfte* nicht dokumentiert werden, weil Augustus dem Senat die Wahrheit nicht sagen *konnte*. Denn der Senat hätte wie das Volk Julia und ihren Söhnen recht gegeben.

Wie Livia gewütet hat unter den Juliern – allein ihr Mann war ahnungslos! Als Ehemann neben der frigiden Livia eine

Katastrophe, war er bis zuletzt, als er sich endlich aufgemacht hat, seinen letzten Enkel aus der Verbannung zurückzuholen nach Rom, ahnungslos ... wie bekanntlich *in der Regel* Ehepartner die einzigen in ihrer Umgebung sind, die auch von den jahrelangen Ehebrüchen der mit ihnen Verheirateten nichts wissen.

Soweit Julia I.

Nun Marion Giebels Zusammenfassung der Verbannungsgründe für Julia II. und ihren Freund Ovid: «Julia die Jüngere ließ sich vom Schicksal ihrer Mutter nicht abschrecken. Auch sie wurde wegen lasterhaften Lebenswandels und Ehebruchs verurteilt und lebenslänglich auf eine einsame Insel verbannt. Vermutlich war, wie bei der Mutter Julia, eine Verschwörung der eigentliche Grund für diese harte Strafe. Die Hintergründe sind dunkel, aber der Führer der Verschwörung scheint der adelsstolze Lucius Aemilius Paullus, Julias Gatte, gewesen zu sein», da er hingerichtet wurde: wegen «Ehebruch» seiner Frau? Absurd ... «Es handelt sich bei den Verschwörern wieder um Männer altadliger Familien, die verlockt wurden, das Amt des Ersten Bürgers anzustreben. ‹Glaubst du, daß nur ich zwischen dir und dem Prinzipat stehe? Dann wäre Rom wahrhaftig arm dran. Ich bin das Haupt, gegen das die adlige Jugend ihre Dolche schärft.› So soll Augustus zu Lucius Cinna gesagt haben, der wegen eines Mordanschlags auf ihn verhaftet worden war.

Im gleichen Jahr wie Julia traf auch den Dichter Ovid der Bannstrahl. Sein Exilort war das unwirtliche Tomi (heute Constanza) an der Schwarzmeerküste. In erschütternden Worten fleht der Verbannte um wenigstens ein Grab in der

Heimat. Immer wieder vergegenwärtigte er sich die letzte Stunde daheim in Rom:

> ‹ Tritt mir von jener Nacht das traurige Bild vor die
> Augen,
> Welche als letzte mir schien in der römischen Stadt,
> Ruf ich die Nacht mir zurück, da ich vieles mir Liebe
> verlassen,
> Gleitet noch jetzt eine Trän' aus dem Auge herab. ›
> (Übers. von J. W. v. Goethe) »

Ovid war dermaßen verzweifelt, daß er seine ‹ Metamorphosen › verbrannte, ein Werk, so bedeutend wie ‹ Faust › ! Nur weil bereits Abschriften existierten – existiert es noch ... Marion Giebel zitiert auch, wie zärtlich der Kaiser seinen Enkeln schrieb, was allein schon beweist, daß nicht *er*, wie einige deutsche « Historiker » ihm anhängen, die Hinrichtung des jüngsten und letzten Bruders dieser Prinzen angeordnet haben kann: « Zu dem Kummer des Augustus über die Kinderlosigkeit seiner Ehe kam die Scham und Verzweiflung über das Schicksal der beiden Julien. Längere Zeit mied Augustus jede Gesellschaft ... Bei den Enkeln deutet manches darauf hin, daß Julias Kinder eher verwöhnte Prinzen waren als die römischen Jünglinge von altem Schrot und Korn, wie sie dem Ideal des Großvaters entsprachen. Er überwachte ihre Erziehung bis ins kleinste, er, der Alternde, wartete ungeduldig darauf, daß sie heranwuchsen. Zwar ließ er sie vorzeitig Ämter und Ehrenstellen bekleiden, setzte aber jeweils hinzu: *Aber nur, wenn sie es verdienen!* Einen Brief des Augustus an Gaius, den älteren der Adoptivsöhne, vom 23. September 1 n. Chr., hat uns der Literarhistoriker Gellius überliefert: ‹Sei gegrüßt, mein lieber Gaius, mein Augenstern, nach dem ich weiß Gott immer Sehnsucht habe, wenn er nicht da ist. An solch besonderen Tagen wie heute halten meine Augen allenthalben Ausschau nach meinem Gaius, und ich hoffe, Du hast, wo Du auch gewesen bist, munter und wohlauf meinen 64. Geburtstag gefeiert. Wie Du siehst, bin ich glücklich über das kritische Jahr aller älteren Leute, das 63., hinübergekommen. Ich bitte aber die Götter, den Rest meiner Tage, soviel mir noch bleibt, im glücklichsten Zustand des Staates verleben zu dürfen, während Ihr *(Gaius und Lucius)* wohlauf seid und tüchtige Männer werdet, die einst meinen Posten übernehmen können.›»

Nein, sie starben hintereinander weg, binnen achtzehn Monaten ... Wie sehr *nötig* der Kaiser es gehabt hat, seiner Tochter und seiner Enkelin Julia als Grund, für ihre Beseitigung aus dem Zentrum der Politik, aus Rom: «Ehebruch» anzuhängen – wird nirgendwo so deutlich wie in dem Schweigen, das um den Verbannungsgrund Ovids waltet: *Carmen* – der *eine* der beiden *offiziellen* Gründe – ist so herbeigeholt und abstrus, daß man «error» als zweiten hinzuerfinden mußte. Eben nur deshalb, weil man von der politischen Verschwörung, dem einzigen wahren Grund, nicht sprechen durfte ...

Carmen: Ovids populärstes Buch, die Liebeskunst, war Bestseller bereits seit acht Jahren. Grotesk, daß auch Historiker Liebeslieder, die seit acht Jahren auf dem Buchmarkt waren, als Verbannungsgrund annahmen.

Error: Zeuge der Verschwörungspläne gewesen zu sein ...

wird immer wieder vom verbannten Dichter so getarnt umschrieben, weil eben eine Verschwörung das *einzige* war, was nicht bekanntwerden durfte. Über jeden anderen «Grund» – warum hätte Ovid *nicht* über ihn sprechen sollen in seinen trostlosen Episteln, in denen er vergebens die Begnadigung zur Heimkehr erfleht hat? Doch Augustus konnte ihn ebensowenig begnadigen wie seine Enkeltochter, wie zuvor seine Tochter: Hochverräter, die *legitime* Erbansprüche haben – blutmäßige –, diese Thronprätendenten und ihre Mitwisser: sind die einzigen, die nicht begnadigt werden können, weil ihrerseits *sie* diese Erbansprüche nicht fallenlassen können ... So wie Friedrich der Große, als sein Vater ihn zwingen wollte, auf seinen Thronanspruch zugunsten des Bruders Heinrich zu verzichten, den Alten fast zu Purzelbäumen der Wut brachte durch die Antwort: «Nur wenn Eure Majestät mich für unehelich geboren erklären ...»

Marion Giebel hat aus den Episteln Ovids ebenso wie Zimmermann belegt, daß der Dichter keine Möglichkeit hatte, gegenüber Seiner Majestät in seinen Begnadigungs-Gesuchen die Wahrheit über das dunkle, nichtssagende Wort «error» zu schreiben. Auch ist die Verbannung erfolgt «kraft kaiserlichen Edikts»: Angeblich wählte der Kaiser die mildere Form, um dem Dichter, der ja seine geliebte Frau in Rom zurücklassen mußte, nicht das Vermögen einziehen zu müssen – in Wahrheit hatte nur so Augustus die Möglichkeit, den Mitwisser abzuschieben aus Rom, ohne daß er vor dem Senat über die Gründe der Abschiebung Rechenschaft ablegen mußte, auch vor keinem Gericht. So blieb geheim, daß Ovid in eine Verschwörung der

Enkelin Julia verwickelt war – vermutlich nicht als Mitrebell, sondern als Mitwisser.

Aber genau über dies – und *allein* über dies: durfte Ovid nicht sprechen. Marion Giebel: «Es war etwas geschehen, das für Augustus so schmerzlich und peinlich war, daß man nicht darüber reden darf.»

Der Ehebruch der Kaiser-Enkelin Julia kann deshalb nicht gemeint sein – ganz unabhängig von der Frage: hat er stattgefunden, oder war er eine Erfindung des Augustus, um die Enkelin verbannen zu können –, denn dieser Ehebruch war ja öffentlich sogar diskutiert worden beim Verbannungsurteil gegen Julia. Hätte folglich auch statt des dunklen, im Wortsinne nichtssagenden «error» in Ovids Gnadengesuchen erwähnt werden dürfen, wäre er einer der zwei Gründe für die Verbannung gewesen ... Marion Giebel überzeugt, wenn sie folgert und schließt: «Von der jüngeren Julia hören wir, daß sie ein überaus prächtiges Haus besaß, das ihr Großvater nach ihrem Sturz bis auf die Grundmauern niederreißen ließ. Zwangsläufig hegte sie Ressentiments gegen Augustus ... Man hat vermutet, daß Julia im Jahre 8 n. Chr. – nachdem ihre Brüder Gaius und Lucius in jugendlichem Alter gestorben waren – die Position der Julier stärken wollte, indem sie ihren verbannten, im Vorjahr zu verschärfter Haft verurteilten Bruder Agrippa Postumus zurückzuführen suchte. Sie hatte neben ihrem Mann, L. Aemilius Paullus, dem Angehörigen einer vornehmen Familie, viele Freunde und Sympathisanten. Einer von diesen war D. Silanus: Er wurde als ihr Liebhaber angeklagt, nicht als ihr Verschwörer, denn sonst hätte Augustus den Fall vor ein Senatsgericht bringen müssen, was in jener unruhigen Zeit nicht opportun schien. Eine Ehebruchsaffäre in der eigenen Familie konnte Augustus selbst aburteilen, und Julias Rolle mußte dabei nicht näher beleuchtet werden.

In diesen Fall war Ovid wohl verstrickt: Es war mehr als ein Liebesbacchanal, das ihm die Verbannung eintrug. Freilich betonte er, daß er nie die Waffen gegen das Haupt des Princeps zückte – es war also kein gewaltsamer Umsturz oder ein Angriff auf das Leben des Princeps geplant. Vermutlich wollte Julia ihrem Großvater nur beweisen, daß er sich in seinem Urteil über ihren Bruder irrte, daß dessen feindselige Gefühle gegen ihn und Livia nur die Folge seiner Zurücksetzung waren. Der Plan, den Verbannten, der unter strenger militärischer Bewachung lebte, zu befreien und nach Rom zu bringen, war freilich, nach den Buchstaben des Gesetzes und in den Augen des Princeps, eine hochverräterische Tat.

Welchen Anhaltspunkt gibt es nun, daß Julia den Herrscher durch mehr als ein sittenloses Verhalten verletzte, und gibt es einen Hinweis auf eine Verbindung Ovids mit dem Geschick des Agrippa Postumus? Für das erstere spricht eine Bemerkung bei Sueton, der spätere Kaiser Claudius habe seine Verlobung mit der Tochter Julias gelöst … weil ihre Eltern Augustus beleidigt oder gekränkt hatten bzw. ihm zu nahe getreten waren: ihre Eltern, also auch der Gatte, dem man bei dem Ehebruch seiner Frau nur stillschweigende Duldung hätte vorwerfen können (was man aber z. B. Tiberius, dem Gemahl der älteren Julia, niemals zum Vorwurf gemacht hatte, geschweige, daß man darin eine offensio gegenüber Augustus gesehen hätte). Zu beachten ist auch, daß nicht nur die Augustus-Tochter und die Enkelin unter dem Vorwurf des Ehebruchs verbannt wurden, sondern auch die beiden Nichten der jüngeren Julia – unter Caligula und Claudius –, eine davon gleich zweimal. Beim zweitenmal beschuldigte man den Philosophen Seneca ehebrecherischer Beziehungen zu ihr und sandte ihn gleichfalls ins Exil, während es bei der ersten Verbannung jener Julia Livilla zu einer regelrechten Säuberungsaktion kam. Soviel Laszivität, verbunden mit soviel Unvorsichtigkeit, wirkt unglaubwürdig ...

War Ovid also damals Mitwisser bei einer Verschwörung (die von den Anstiftern freilich eher als Familienangelegenheit angesehen wurde), und geriet er wie Actaeon nur zufällig in ein verhängnisvolles Geschehen hinein und mußte dafür büßen? ... Es bleibt zu fragen, warum Ovid immer wieder seiner Muse Schuld gibt an seinem Schicksal. Sein Talent sei es, das ihn ins Verderben gestürzt habe, so sagt er des öfteren und meint damit offenbar nicht den Inhalt der *Liebeskunst*, sondern seine eigene Geisteshaltung.»

Nein, hier ist der einzige Punkt, an dem ich Frau Giebel widersprechen möchte: Nicht seine «Geisteshaltung» meinte Ovid, wenn er klagt, neben dem «error» habe sein Talent ihm die Verbannung eingebrockt. Sondern er meinte – ‹Medea›, das Drama der Kindesmörderin, von dem keine Zeile erhalten blieb, weil ganz Rom raunte, der Dichter habe Livia gemeint.

Wir haben bereits berichtet, daß Fabius Maximus mit seinem Leben dafür büßte, daß er – gegen den Befehl des Kaisers: unbedingt zu schweigen – seiner Gattin *doch* erzählt hat, wie der alte Mann sich mit seinem letzten Enkel versöhnte. Was ich erst von Frau Giebel gelernt habe: Daß die Gattin des Mannes, der mit seinem Leben bezahlte, seiner Frau ein Geheimnis des kaiserlichen Hauses anvertraut zu haben – die Cousine des Augustus gewesen ist. Unbegreiflich, daß sie Livia noch getraut hat: Da sie doch wissen mußte, daß endlich nicht einmal mehr Augustus seiner Frau traute – denn es gibt keinen anderen Grund, warum er diese Reise zum letzten noch nicht beseitigten, sondern «nur» verbannten Enkel *hinter Livias Rücken machte* (!), was schwierig genug für den Kaiser zu arrangieren gewesen sein dürfte, da ja Livia ihn fünfzig Jahre lang nicht einmal nachts aus den Augen ließ, sondern sein Schlafzimmer teilte.

Geben wir Marion Giebel das Schlußwort: «Jahr auf Jahr vergeht, Ovids Haar wird weiß, es kommt keine Botschaft. Zweifel quälen ihn, ob sich seine Frau, seine Freunde genügend für ihn einsetzen. Wie er sich im Bilde des Odysseus sieht, so verpflichtet er seine Frau auf die Rolle der unerschütterlich treuen Penelope, die ihrem Gatten Haus und Hof wahrt. Er spricht sie niemals mit ihrem Namen an: wir wissen, daß sie eine Tochter aus früherer Ehe hatte und daß sie mit Marcia, einer Cousine des Augustus, eng vertraut war, der Gattin von Ovids Freund Fabius Maximus. Marcia war befreundet mit Livia.»

Golo Mann rehabilitiert Tacitus und dessen Frauenbildnisse

Einen «Verleumder der Menschennatur» nannte Voltaire den Tacitus – die Aufklärung dachte zu optimistisch vom Menschen, um den Raubtier-Dschungel ertragen zu können, als den Tacitus die römischen Kaiserhöfe darstellt. Voltaire diskutierte das auch mit Friedrich dem Großen in Sanssouci: Tiberius schien ihnen von Tacitus zu schuftig gezeichnet. Doch ist Tiberius, der den letzten Enkel seines Vorgängers ermordet und dessen beide Neffen Nero I. und Drusus III. – also zwei Urenkel des Augustus – dem Hungertod auslieferte, als sie noch Knaben waren – sogar von Tacitus noch schonend porträtiert worden. Und spätestens seit Hitler und Stalin ist in Europa auch die scharfe Verurteilung des Tacitus durch Napoleon – in seinem Erfurter Gespräch mit Goethe – als illusorisch erwiesen. Tacitus hat einige Römer als Inhaber der Macht – natürlich *nur* solche, nicht etwa alle – so gezeichnet, wie sie tatsächlich gewesen sein dürften: ausnahmsweise anständige Menschen, doch in der Regel Bestien.

(Auch Friedrich der Große verabscheute Tacitus, weil er mit Voltaire übereinstimmte, der Römer habe Tiberius verzeichnet – so böse Herrscher könne es nicht gegeben haben:

Was es besonders lächerlich macht, daß Mommsen «seinen» Tiberius mit Friedrich II. verglich!)

Wer sich wundert, daß von Tacitus, einem der meistgerühmten Autoren der Antike, kein Porträt überliefert ist – der unterschätzt noch immer die Bilderstürmer-Wut, ja den ausschweifenden, noch heute ekelerregenden Haß des frühen Christentums gegenüber allem Kulturellen der «Heiden». Macchiavelli kommentiert: Fast nichts entging ihrer Vernichtungslust! Allein deshalb, sagt er, und Wilamowitz bestätigt das, weil die Christen keine andere Sprache hatten als Latein – ließen sie einige kümmerliche Sprachdokumente der Antike unverbrannt! Und wenn Nietzsche mit sich überschlagender Stimme das Christentum «den einzigen unauslöschlichen Schandfleck der Menschheit» genannt hat: hier sah er die Begründung. Tatsächlich hat nur «eine einzige Handschrift aus der Karolingerzeit – Fragment auch sie – die Geschichtswerke des Tacitus der Nachwelt erhalten» (Stackelberg).

Da Tacitus seit der Aufklärung – wie aufgeklärt war sie, wenn sie ihrem nur ausgedachten, durch keine historischen Tiefenforschungen belegten, allein vom Mode-Optimismus ihrer Epoche bestimmten Menschenbild die Überlieferung, die Fakten des Tacitus opferte? –, da Tacitus bis zur Spenglerbemerkung bei Beginn der Hitlermorde 1934 zweihundert Jahre lang als «voreingenommen» verdächtigt wurde, ist es geradezu *nötig*, seine völlige Rehabilitierung 1976 durch Golo Mann hier zu überliefern.

Golo Mann, zwei Generationen jünger als Nietzsche und Wilamowitz, drei jünger als Mommsen, würde sich erstens nie erlaubt haben, den Tacitus respektlos als Lügner immer dann abzutun, wenn dessen Erzählung, speziell im Hinblick auf Frauen, Tun und Lassen berührt, was sich heute «nicht gehört». Der 1909 geborene Mitbetroffene der Hitlerzeit schreibt über Tacitus in der Einsicht, daß ein Mann der Antike, der den Ereignissen fast noch als Zeitgenosse nahestand, jedenfalls von Zeitgenossen kontrolliert wurde, die diese Ereignisse auch noch *aus vielen anderen* – uns heute nicht mehr zugänglichen Quellen kannten, sogar noch Mitwirkende an diesen Ereignissen oder Angehörige solcher Mitwirkenden gekannt haben; daß also ein Autor, der zwei Jahrtausende vor uns lebte: eher als Heutige gewußt haben wird, was im Rom des Tiberius möglich war. Golo Mann überzeugt, wenn er überzeugt ist: «Gelegentlich des Agrippina-Nero-Romans geschieht es, daß der Historiker uns für einmal seine Methode auseinandersetzt. Wo seine Quellen übereinstimmen, folgt er ihnen. Wo sie nicht übereinstimmen, stellt er, was sie aussagen, nebeneinander, ohne sich willkürlich zu entscheiden (Ann. XIII 20). Seine Quellen, das sind Schriftsteller, die vor ihm von dem Gegenstand gehandelt haben und deren Texte wir nicht haben: Fabius Rusticus, Cluvius Rufus und wie sie hießen. Es sind die römischen Archive, vor allem das Senats-Archiv, die *Acta Diurna*. Es sind überlebende Zeugen, von denen er sich erzählen ließ, zumal es sich ja um Zeitgeschichte handelt. Freilich, auf diesem wie auf so vielen anderen Gebieten können wir heute mehr und sind stolz darauf; ein ‹die meisten sagen› oder ‹einige behaupten› gilt uns nicht als Quelle. Indessen gibt es wenigstens *ein* Beispiel für die Genauigkeit des Tacitus, dort, wo Augenzeugen ihm zur Verfügung stehen. Es sind die beiden unsterblichen Briefe des jüngeren

Plinius über den Untergang von Pompeji. Da war Plinius dabei; sein berühmter Onkel kam um in seiner Nähe. Dem Freunde beschreibt er, auf dessen Bitte, was er erlebte: den Tag, der dunkel wurde, nicht wie die Nacht, sondern wie ein geschlossenes Zimmer in der Nacht, die Menschenmassen inmitten des Weltuntergangs. Tacitus, in seinen Historien beim Jahre 79 angelangt, brauchte die Anschauung. Wie er nun benutzte, auskostete, steigerte, was der authentische Zeuge ihm bot, das können wir, nach seinen Schilderungen von Stadtbränden, Zirkuskatastrophen, Greueln des Krieges einigermaßen uns vorstellen; das Pompeji-Buch ist verloren.

Er erfindet nichts. Gerüchte, die ihm implausibel erscheinen, übrigens durch keinen ernsten Autor belegt seien, verwirft er energisch.»

Wahrheit also, nicht zu bezweifelnde Authentizität, die sich nicht nur sehr wohl verträgt damit, sondern sogar die Voraussetzung dafür ist, daß Golo Mann von «den Personen seiner Dramen» spricht, wenn er die Chroniken des Tacitus charakterisiert. Auch bezeichnet Golo Mann einzelne Tragödien innerhalb der Annalen mehrmals als «Romane», ohne im geringsten die sogenannte «dichterische Freiheit» – die es in Wahrheit *auch gar nicht gibt,* wo Wahrheit der Geschichte auf dem Spiel steht und überliefert und gestaltet werden soll – für Tacitus in Anspruch zu nehmen.

Golo Mann wird endlich genau dort dem Tacitus als bedeutendem Gesellschaftschronisten gerecht, wo der sittenfixierte Mommsen samt seinen Ablegern nur dessen «Sudeleien» und «Klatsch» verächtlich übergangen, ignoriert hatten: «Die Emanzipation der Frau ist, nicht rechtlich, aber moralisch, nahezu vollendet. Schon in Sallusts ‹Catilina › spielen römische Damen gesellschaftliche, politische Schlüsselrollen; weitere Fortschritte noch geschahen unter den Claudiern. Die römische Kommunität, ehedem durchaus eine von Männern, hat sich verdoppelt. Dem trägt Tacitus Rechnung, ohne eigens darüber zu expektorieren; es versteht sich von selbst. Die *faits divers*, mit denen er seine Jahresberichte bestreitet, wenn Besseres, Schlimmeres nicht vorgefallen ist, die Intrigen und Skandale der Hauptstadt schließen unvermeidlich beide Geschlechter ein ...

Mit im Zentrum stehen jederzeit die Frauen, Geliebten, Witwen, Mütter der Cäsaren; Archetypen insgesamt. Livia, die ewige Stiefmutter, den Blick auf ihren großen Hätschelhans, den Tiberius, gerichtet, ohne Liebe und Gnade für ihre Stiefkinder, die wahren Julier; nach des Sohnes Machtergreifung diskret aus dem Hintergrunde wirkend, majestätisch-sittenstreng zugleich und erzpolitisch und von unergründlicher Tücke. Messalina, des Claudius erste Frau, ist, was uns ihr mythisch gewordener Name sagt, die dem Fleisch ganz Untertane, die ewige Nymphomanin, woran sie zugrunde geht.»

Golo Mann schrieb dies zwar anderthalb Jahrzehnte, bevor die Mitschriften von Mommsens nun fast einhundert Jahre alter Kaisergeschichte-Vorlesung ans Licht kamen. Doch da ja längst erschienen war, was die Schüler Mommsens und deren Schüler dem Meister aus der Kaisergeschichte in ihren zahllosen Büchern immer wieder nacherzählt hatten, Mommsen-fromm, das heißt: strikte ebenso wegsehend wie ihr Ziehvater von allem, woran nur Aurora Dreckliese Gefallen gefunden hätte, aber kein sittenfester Ordinarius des Wilhelminischen Zeitalters und noch der Hitlerjahre: So kann Golo Mann nur aus übergroßer Höflichkeit vermieden haben, denen ironische Wischer zu verpassen für ihre amoralische Unterschlagung der römischen Frauen!

Während des Jahrhunderts von Hegels Berliner Antritts-Vorlesung 1818 bis Hitlers Tod 1945 ist niemals den repräsentativen Historikern klargeworden: Im deutschen Raum allemal Nacharbeiter Mommsens und Vorarbeiter jener neuen Historiker-Generation, die nicht mehr länger Bachofen verachtete (auch Burckhardts Exemplar des ‹Mutterrechts› fand Kaegi unaufgeschnitten im Nachlaß), sondern die auch Freud schon gelesen hatte – ist ihnen allen nie klargeworden, daß schließlich doch die Geschichte auch des Mannes zur guten oder schlimmeren Hälfte *zu Hause* gemacht wird; nämlich von den Gebieterinnen fast *aller* Männer: ihrer Frau, Mutter, ihren Töchtern!

Wie konnte man, ein Beispiel: des Tiberius Geschichte schreiben – ohne ihn in erster Linie als Kreatur Livias zu sehen? Ihn auch nicht zu sehen als Produkt seiner von ihm verabscheuten, geschiedenen und schließlich – durch ihn – dem Hungertode, der schlimmsten aller Sterbearten, überantworteten Gattin Julia? Und was könnte sich geändert haben seit der Frage jenes Atheners, vor bald dreitausend Jahren, warum man den Frauen das Wahlrecht geben solle, da die ja doch die Politik schon bestimmt hätten, wenn ihr Männlein die Wohnung verlasse, um aufs Amt zu gehen? Eine Feststellung, die allzu frauenfreundlich übersieht, wie oft – leider – eine Frau die Meinung eines Mannes übernimmt, nur weil er ihr als Mann imponiert. Aber da mit sehr wenigen Ausnahmen – Burckhardt – die Historiker verheiratet waren, so ist es schlechterdings nicht möglich, daß sie alle nicht gewußt haben sollen, was sie am eigenen Leibe, am eigenen Geiste täglich nächtlich erneut erfuhren: Wie sehr die Frauen, aktiv wie passiv, die gute (oder verhängnisreiche) Hälfte auch des politischen Lebens regierten!

Erst Golo Mann und Christian Meier (‹Cäsar›) und Manfred Fuhrmann (‹Cicero›) sind da wieder ganz unvoreingenommen. Ja, Mann scheut sich nicht, zuzugeben, was die Generationen Mommsens und seines Schwiegersohnes Wilamowitz zwar auch gewußt, aber mit Ekel von sich geschüttelt haben: «Ich zweifle nicht, daß alles so war, denn nur die Wirklichkeit konnte es erfinden, nicht der Volksmund, nicht die Poeten, die hier keinesfalls im Spiel waren.» Und vor allem: Golo Mann käme wie die Machos, die das Jahrhundert 1830 bis 1930 in der Geschichtsschreibung allein bestimmten – Deutschland hatte damals nur eine einzige Frau, die Geschichte schrieb, aber keine römische: Ricarda Huch –, gar nicht auf die abstruse Idee, sich wie Mommsen «entschuldigen» zu müssen, wenn er die Dramen, die Tragödien auch der Frauen ebenso selbstverständlich *um ihrer selbst willen* beschrieb wie die der Männer! Nicht nur – so Mommsen – «weil sie politische Folgen» hatten …

Die Rächerinnen Livia und Agrippina

Darf man annehmen, daß dort, wo der Weg zur Macht über Leichen geht – nur selten Machtlust allein schon ausreicht, diesen Weg zu beschreiten? Daß dann zur Lust an der Macht noch ein weiteres Gefühl als Motor hinzutreten muß, Menschen anzuheizen, daß sie morden, um zu herrschen? Sollte Rachsucht ein spezifisch *weibliches* Gefühl und Kampfmotiv sein – Weltgeschichte wie Familiengeschichten sprechen dafür –, so haben doch die Frauen, steckt Kriemhilde auch in jeder, immerhin den Männern meist vorzuhalten: Ihr schlagt zu – wir nur zurück!

Nietzsche sagte, jedermann schätze « den gering, der zur Rache weder das Vermögen noch den guten Willen hat –, gleichgültig, ob Mann oder Weib. Würde uns ein Weib festhalten (oder wie man sagt ‹ fesseln ›) können, dem wir nicht zutrauten, daß es unter Umständen den Dolch (irgend eine Art von Dolch) gegen uns gut zu handhaben wüßte? – oder gegen sich: was in einem bestimmten Falle die empfindlichere Rache wäre (die chinesische Rache). » In so gearteten Frauen verehrte Nietzsche die, wie er schrieb: « *Herrinnen der Herren.* – Eine tiefe mächtige Altstimme, wie man sie bisweilen im Theater hört, zieht uns plötzlich den Vorhang vor Möglichkeiten auf, an die wir für gewöhnlich nicht glauben: wir glauben mit einem Male daran, daß es irgendwo in der Welt Frauen mit hohen, heldenhaften, königlichen Seelen geben könne, fähig und bereit zu grandiosen Entgegnungen, Entschließungen und Aufopferungen, fähig und bereit zur Herrschaft über Männer, weil in ihnen das Beste vom Manne, über das Geschlecht hinaus, zum leibhaften Ideal geworden ist. Zwar sollen solche Stimmen nach der Absicht des Theaters gerade nicht diesen Begriff vom Weibe geben: gewöhnlich sollen sie den idealen männlichen Liebhaber, zum Beispiel einen Romeo, darstellen; aber, nach meiner Erfahrung zu urteilen, verrechnet sich dabei das Theater und der Musiker, der von einer solchen Stimme solche Wirkungen erwartet, ganz regelmäßig. Man glaubt nicht an diese Liebhaber: diese Stimmen enthalten immer noch die Farbe des Mütterlichen und Hausfrauenhaften, und gerade dann am meisten, wenn Liebe in ihrem Klange ist.»

Welcher Historiker hat gefragt oder sich auch nur gewundert, warum offenbar Kaiser Augustus der einzige Erwachsene war in Rom, der erst in den letzten *Tagen* seines langen Lebens endlich das Mißtrauen aller gegen Kaiserin Livia geteilt hat, was das immer termingerechte Sterben der Augustus-Erben betrifft? Schließlich starb ja keiner, dessen Tod nicht direkt Livias «großem Hätschelhans, dem Tiberius», den Weg zum Thron erleichtert, ja überhaupt erst ermöglicht hat! So viele Autoren – so viele Projektionen auch. Erstaunlich aber doch, daß unseres Wissens kein einziger bisher auch nur festgestellt hat, wie absonderlich, ja krankhaft Augustus gewesen sein müßte – das war er gewiß nicht –, wenn er ohne Grund seine einzige Reise zum letzten seiner Enkelsöhne, dem verbannten Postumus, die der bis dahin kerngesunde Kaiser typischerweise nur um Tage, höchstens eine Woche überlebt hat, hinter dem Rücken der Kaiserin und mit nur *einem* Begleiter glaubte machen zu müssen? Einem Begleiter, der daran starb, daß er seiner Frau, der Cousine des Augustus und Freundin der Livia, davon berichtete! Und daß Augustus, der Herr der Welt, seiner Herrin nicht *sagen* durfte, er besuche seinen letzten lebenden Enkel: sagt doch alles! Er wußte, der Enkel werde sterben an Großvaters Besuch, was ja tatsächlich sofort nach des Kaisers Tod durch Enthauptung des Enkels geschehen ist.

Zurück zur Ausgangsfrage: Daß Rachetrieb zur Machtsucht hinzukam, war das «nötig», um dem fünfzigjährigen Kampf der Livia zur Ausrottung der Julier durch sie und ihren Sohn Tiberius den Sprit zu geben? Ja! Livia rächte an den Erben des Augustus ihren Vater, auch ihren ersten Ehemann, den Vater des Tiberius. Und sie rächte die vernichtete Republik, zu deren stolzesten, unbeugsamsten Repräsentanten diese beiden Männer, ja ihre Familien, ihre Ahnen gehört hatten ... Ihr Mann war ihr Vetter.

Dazu muß man wissen, was Kornemann, was auch Ferrero als Erklärung beitragen: Livia wie später ihre Urenkelin Agrippina II. hatten nicht allein sich selber im Blick, als sie der Befriedigung ihrer Rachsucht lebten, sondern sie rächten die Morde, die Schmach, die man ihren Sippen zugefügt hatte. Sie zu rächen konnte – nach der uns heute nicht mehr nachvollziehbaren Auffassung von der Würde, ja «Größe» ihrer Familien – allein ihrem Leben noch Sinn geben. Hören wir zunächst Kornemann, wenn der erläutert, wieso Livia und ihr Sohn Tiberius im maßlosen Aristokraten- und

Republikaner-Stolz aller Claudier auf die «plebejischen» Octavier-Julier – die Familie des Augustus – herabblickten, auf jene Familie, die durch Vernichtung der Republik sich zur Kaiser-Sippschaft emporkömmlingshaft aufgeschwungen hatte: «Die römische Geschichte ist die Geschichte einzelner großer Geschlechter. Es gibt kein zweites Volk auf Erden, dessen Geschichte familienmäßig so gebunden ist wie das römische. Der Octavier Augustus und der Claudier Tiberius, die Erben des Juliers Cäsar, repräsentieren zwei Welten. Die Octavier waren ein obskures plebejisches Geschlecht von außerhalb Roms stammend, nämlich aus Velitrae (Velletri) ... Italische Provinzluft weht uns von C. Octavius entgegen. Im Gegensatz dazu stammt Tiberius aus einem der alten Fürstengeschlechter der Republik ... Der Octavier ist freier, skrupelloser, schneller zupackend, gegenüber Neuem aufgeschlossener und, wo er Altes bewahrt, mehr ländlich-italisch gebunden. Der stadtrömische Claudier dagegen ist traditionsbeschwert ... Sein Vater war strammer Republikaner und als Feind Octavians in die Kämpfe des Konsuls L. Antonius im Jahre 41 verwickelt, die sich schließlich im festen Perusia (Perugia) konzentrierten (bellum Perusinum). Bei dem Fall der unglücklichen Stadt war er im Anfang des Jahres 40 entkommen und eilte mit Frau und Kind über Sizilien, den Herrschaftsbereich des Sextus Pompeius, in das Machtgebiet des Marcus Antonius nach Osten, wo die Familie in Sparta eine erste Zuflucht fand ... Nach Beseitigung der vorübergehenden Spannung zwischen den Triumvirn Octavian und M. Antonius und nach dem Einzug beider in Rom am Ende des Jahres 40 konnte auch Tiberius Claudius Nero, der Vater des späteren Kaisers Tiberius, dorthin zurückkehren. Hier lernte Octavian Livia kennen und lieben. Die Verbindung beider wurde sofort vollzogen, obwohl die bisherige Frau seines ehemaligen Gegners im sechsten Monat schwanger war und erst im Hause des neuen Gemahls ihren zweiten Sohn, Drusus, gebar.»

Dazu muß man wissen, daß der künftige Augustus, als er noch Octavian hieß, nicht *irgendein* Eroberer war, der ausnahmsweise – wie so viele – zum Kriegsverbrecher wird, sondern ein moralisch impotenter Killer. Soeben hat er Cicero, den er bis dahin «Vater» nannte und der ihm den entscheidenden Rat gegeben hatte, auf Rom zu marschieren, gerichtslos abstechen lassen wie ein Schwein, hat Ciceros Kopf und Hände auf Stangen spießen und am Kapitol ausstellen lassen. Und in das Ehebett *dieses* Augustus soll die eingefleischte Republikanerin Livia auf Rat ihres von Augustus – wie sie und ihr Söhnchen Tiberius – zur Flucht ausgerechnet aus Perugia gezwungenen Ehemannes als Schwangere im sechsten Monat, umgestiegen sein – aus Liebe? Nein, selbstverständlich als Rächerin! Denn gerade in Perugia, das er sich von Agrippa hatte erobern lassen – Augustus selber war ja kein Soldat –, hatte er gewütet wie Hitler in Lidice und Oradour, wie britische Bomber in Dresden. Hören wir den Mommsen-Schüler Birt: «Wir stehen im Jahre 43. Sobald die Umstände es ermöglichen, bricht Octavian mit Cicero und dem Senat, zieht mit seinem Heer rasch nach Rom und erzwingt dort, zwanzigjährig, seine Wahl zum Konsul. Dann macht er seinen Ausgleich mit Antonius und Lepidus, und es entsteht das Triumvirat des Jahres 43, das den Senat unterjocht und entmündigt und sich selbst offiziell und amtlich als Reichsregierung auftut.

Und sogleich beginnen auch die Proskriptionen in Rom, die große Abschlachtung der reichen Leute, auf die man die Soldaten losließ. Trotz gegenteiliger Zeugnisse glaube ich, daß der kaltsinnige Octavian dies politische Raubmordsystem zuerst ersann. Jedenfalls war er der konsequenteste Henker. Antonius war durch Bitten leicht zu rühren; Octavian duldete keine Ausnahme. Er ließ sogar den Vormund seiner Kindheit, Toranius, unbegnadigt. Es schien ihn nicht zu rühren, wenn täglich bei ihm in Säcken die Köpfe der Geflüchteten eintrafen. Als alles vorbei war, sprach Lepidus im Senat sein Bedauern über das Geschehene aus; Octavian sagte dagegen kühl: ‹Jetzt wird ein Ende gemacht, aber ich behalte mir das Weitere vor.› Es ist wenig erfreulich, an einzelne Szenen zu erinnern. Octavian hält eine Ansprache in einer Militärversammlung; ein Ritter mit Namen Pinarius ist anwesend und schreibt seine Worte nach; sogleich läßt er ihn als Spion niederstoßen. Ein Prätor Gallius (Prätor, also der zeitweilige Obergerichtspräsident) macht bei ihm Besuch und hat eine Schreibtafel unter dem Gewand. Octavian wartet, bis er wieder gegangen, dann läßt er ihm nachsetzen und unter der Anklage, er habe ein Messer unter dem Gewand getragen, durch Soldaten von seinem Richterstuhl herunterreißen und foltern; Gallius gesteht nicht und blendet sich selbst vor Verzweiflung. Danach wird er hingerichtet oder kommt sonst irgendwie um ...»

Und so hatte der Junge Livias Vater und jene Mitkämpfer von Livias Mann behandelt, die nicht entkommen waren: «Herzlos war sein Verfahren auch jetzt. Den vornehmen Leuten, die bei Philippi für Brutus und Cassius gekämpft hatten, ging er ans Leben. Einer flehte: ‹Gönne mir nach dem Tode wenigstens ein ehrliches Begräbnis!› Octavian erwidert: ‹Dafür laß nur die Raubvögel sorgen.› Von zwei Männern, die Vater und Sohn waren, will er einen schonen, aber so, daß sie darüber unter sich losen sollen, wer am Leben bleibt. Der Vater wird darauf hingerichtet, der Sohn tötet sich selber.

Jetzt fiel ihm nun das Land Italien und die undankbare Aufgabe zu, die vielen entlassenen Soldaten in Italien zu versorgen. Selbst von den Veteranen des gemordeten Julius Cäsar waren noch Tausende unversorgt. Den gegebenen Versprechungen gemäß mußte Octavian daselbst über 300 000 Hektar Land durch Enteignung für sie frei machen. Und das geschah im Jahre 41 wirklich auf das rücksichtsloseste. Für das Militär geschah alles, die übrige Bevölkerung mußte dafür sich opfern. Bei Venusia in Süditalien so gut wie bei Cremona und an der Etsch geschahen die Landvermessungen, und Dichter wie Horaz, Vergil und Properz sagen uns, daß sie dabei kurzerhand ihre väterliche Landstelle ohne allen Schadenersatz verloren haben; auch das Vieh, auch die Ackerknechte gingen mit an den neuen Besitzer über. Alle Deputationen der Landleute, die um Schonung flehten, nützten nichts ...

Augustus selber wäre dieser Verhältnisse nie Herr geworden. Aber er fand einen Helfer, der hier zum erstenmal in die Geschichte eintritt: das ist Agrippa, Vipsanius Agrippa, ein Mann geringer Abkunft, aber sein Jugendfreund. In dem gleichaltrigen Agrippa fand der unschlagfertige Stubenmensch Octavian die eiserne Faust und das kraftvolle sichere Feldherrngenie, das ihn von jetzt an von Sieg zu Sieg führte. Lucius Antonius hatte sich in der herrlichen umbrischen Bergfeste Perugia festgesetzt, Perugia, das von seinem hohen Berge nach Florenz zu in die wundervolle toskanische Ebene blickt. Agrippa schloß den Gegner dort ein, verhinderte jeden Entsatz. Der Hunger kam. Die Stadt fiel.

Octavian war mit einemmal Herr in Italien geworden. Es war das Jahr 40. Aber er wollte ein Beispiel statuieren, daran man noch in Jahrhunderten zurückdenken sollte: die Stadt Perugia wurde nicht nur eingeäschert und vollständig zerstört, sondern alle Zivilpersonen besseren Standes mußten über die Klinge springen: ein abscheuliches Blutbad. Man erzählt: Dreihundert von ihnen ließ Octavian nach Rom schleppen und dort am Altar des Julius Cäsar, den man inzwischen zum Gott erhoben, hinschlachten, und zwar an dem verhängnisvollen Gedenktag, den Iden des März. Aus diesen Tagen stammt des Octavian unerbittliches, eiskaltes Wort *moriendum est:* ‹ sterben sollt ihr ›.

Wut, Haß und Ingrimm zucken durch ganz Italien. Was wollte dieser junge Tyrann, der noch nichts für das Land getan und seiner Zwingherrschaft ein Blutopfer nach dem anderen brachte ? »

Und *den* habe, *unmittelbar nach diesen Verbrechen gegen die Ihren,* Livia geheiratet – ohne *natürlich* – « natürlich » im Wortsinn, denn von Natur sind Frauen die Stärkeren; die Männer sind, wo sie es sind, nur von Amtes wegen stärker – ohne diese zwei Ziele anzupeilen: Rache für die besiegten Ihren, die Republikaner, am Mordbrenner von Perugia. Zweitens Vernichtung der Erben des Siegers Augustus, damit *ihr* Sohn Tiberius den Thron erhalte ! Livia hat diesem ihrem Twentraum – schon mit neunzehn stieg sie im sechsten Monat (!) aus ihrem ersten Ehebett ins zweite, in das des

Mörders ihres Vaters und aller freien Republikaner – von 38 v. bis 29 n. Chr. gedient, also achtundsechzig Jahre! Und als sie starb – war sie am Ziel. Die letzte lebende Enkelin des Augustus: Agrippina I., deren Schwester Julia II. im Vorjahr nach zwanzigjähriger Verbannung («wegen Ehebruch» lebenslänglich verbannt) verendet war in Haft – wurde nun *auch noch* lebenslänglich von Livias Sohn aus Rom verbannt, mit ihrem Ältesten: Nero I., der zwei Jahre später den Hungertod starb. So wie abermals zwei Jahre später sein ebenfalls verbannter Bruder Drusus III. Hungers sterben sollte. Und wie beider Mutter im selben Jahr 33 n. Chr. «freiwillig» verhungerte ... Deren Tochter war dann Agrippina II., die ebenso handeln wird wie hier ihre Urgroßmutter Livia ...

Übrigens ist die Herzlosigkeit Livias gegenüber den Nachkommen ihres zweiten Sohnes Drusus – wenn man sie mißt an Livias unermüdlichem Gefühlseinsatz für ihren, allen so unsympathischen Ältesten Tiberius – der überzeugendste Beleg, daß Drusus nicht mehr von Livias erstem Mann, dem Republikaner, stammte, sondern schon vom verhaßten zweiten, von Augustus. Den zu vernichten ihr nicht einmal unmoralisches, sondern im Gegenteil: sehr begreifliches Ziel gewesen war, seit sie mit sechzehn den durch Augustus erzwungenen Selbstmord ihres Vaters miterleben mußte. Unmoralisch war, daß sie – doch so ist das fast immer – ihre Rache nicht am Mörder vollstreckte, sondern an dessen einzigem Kind Julia und an deren fünf Kindern und noch an fünf – von sechs – Kindeskindeskindern, gemäß jenem schauerlichen Gesetz der Geschichte, das Goethe zu seinem ergreifendsten Gedicht, dem ‹Lied der Parzen›, inspiriert hat:

Es fürchte die Götter
das Menschengeschlecht,
sie halten die Herrschaft
in ewigen Händen
und können sie brauchen,
wie's ihnen gefällt.

Der fürchte sie doppelt,
den je sie erheben!
Auf Klippen und Wolken
sind Stühle bereitet
um goldene Tische.
Erhebet ein Zwist sich,
so stürzen die Gäste
geschmäht und geschändet
in nächtliche Tiefen
und harren vergebens,
im Finstern gebunden,
gerechten Gerichts.
…
Es wenden die Herrscher
ihr segnendes Auge
von ganzen Geschlechtern
und meiden, im Enkel
die ehmals geliebten
still redenden Züge
des Ahnherrn zu sehn.

Welchen Enkeln, Urenkeln, Ururenkeln des Augustus – abgesehen von *einem*, von Kaiser Caligula – ist dies *nicht* widerfahren? Und zwar – da so viele Hungers sterben mußten – auf die ausgesucht grausamste Weise? Schon Drusus I., drei Monate nach Livias Scheidung von ihrem ersten und der Hochzeit mit ihrem zweiten Mann geboren – Scheidung und Hochzeit lösten *sofort* einander ab, Rom witzelte, Octavians neue Frau bekomme «ein Dreimonatskind» –, war vermutlich kein Claudier mehr, also vom Vater her kein Aristokrat in Livias adelsstolzem Blick, sondern «nur» ein Julier, nur der Abkömmling von Bankiers, ja von Geldwechslern, Seilern ... Woher man das wissen will? Dank der Bereitschaft von Livias Ehemann, dem besiegten stolzen Römer – Besiegte sind bekanntlich noch stolzer als Sieger –, diese unmögliche Hochzeit mitzufeiern: So sarkastisch *kann* ein Mann nicht zuschauen, wie seine Frau im sechsten Monat ins Bett eines «Nebenbuhlers» umsteigt – es sei denn, er weiß, sie hat sich vorsätzlich und weil dem ein Plan, eine List zugrunde liegen, während ihrer Ehe von diesem Twen schwängern lassen!

Doch sollte nicht die fünfzigjährige Ehe – sofern sie miteinander schliefen, was Ranke-Graves, Plinius folgend, bestreitet – allmählich doch Livias Rachedurst durch Sinneslust in Zuneigung verwandelt haben? Das wäre normal gewesen, ja. Normal aber war diese Ehe nicht. Selbst Kornemann, für den Livia eine keusche Heilige ist, arglos wie ein Säugling, schuldlos wie ein Rehkitz, so wie Tiberius, dieser «so feine Mensch», «tragisch» – selbst Kornemann räumt die bei Plinius erwähnte (*«dissociatio corporum»*) körperliche Antipathie zwischen Livia und Augustus ein. Man ist aber gar nicht nur auf Vermutungen angewiesen, denn nicht bestritten wird, daß Augustus seine erste Frau nach kurzer

«Verheiratung» ihrem Vater mit dem Eid (!) zurückgab, sie sei noch Jungfrau. Er habe sie als Ehemann niemals angerührt. Was sicher sehr viel fragwürdiger ist als die Tatsache, daß Augustus – damals total abnorm – aus drei Ehen nur *ein* Kind hatte: Julia … und vermutlich – den ersten Drusus.

Livia, die laut Tacitus vermutlich auch Augustus vergiftet hat – durch noch am Baum mit Gift bestrichene Feigen, vermutet Cassius Dio –, hat zweifellos die Macht im gleichen Maß geliebt, in dem sie ihre Kaiserinnenrolle neben Augustus nur benutzte, seine Erben zu beseitigen und *ihren* Sohn Tiberius zu inthronisieren; was ohne die Ehe mit Augustus nie möglich gewesen wäre. So nahm sie in Kauf, daß Augustus, der offenbar in mittleren und späteren Jahren Angst vor reifen Frauen hatte – warum sonst mutete er Livia zu, ihm junge Mädchen zuzukuppeln –, sie nicht mehr als Frau genommen hat. Birt schreibt, Sueton folgend: «Er war Ehebrecher von Beruf. Seine ersten beiden Ehen löste er früh wieder auf. Übrigens erhalten wir eine regelrechte Leporelloliste von außerehelichen Beziehungen: Tertulla, Terentilla, Rufilla, Salvia und wie sie heißen. Zu seiner Rechtfertigung wurde vorgebracht, er habe bei diesen Damen nur die politischen Ansichten ihrer Gatten auskundschaften wollen. Aber auch die Ehe seines nützlichsten Freundes, des Mäcenas, hat er durch Liebeleien unglücklich gemacht, und als Octavian längst mit seiner Livia intim verheiratet war, mußte Livia selbst ihm junge Personen zuführen, um sein Abwechslungsbedürfnis zu befriedigen. Ein wirkliches seelisches Interesse, ein Herzenserlebnis lag nirgends vor.

Livia selbst war anerkanntermaßen ein Stern ersten Grades in der Frauenwelt, bei der Hochzeit zwanzigjährig, dazu überlegen geschäftsklug wie wenige ihres Geschlechts, so daß Octavian sie sich zur Mitherrscherin, Beraterin und gleichsam zum Geschäftsteilhaber heranzog. Großen Anstoß aber gab die Hochzeit selbst ...» Freud läßt grüßen, wenn Birt schreibt, daß Augustus «mit seiner Livia intim verheiratet» war. Eigens erwähnen, daß Verheiratete «intim» waren? Waren sie es denn *nicht*? Wie Plinius und Ranke-Graves vermuten?

Sueton hat überliefert: «Seine Liebschaften mit verheirateten Frauen stellen selbst seine Freunde nicht in Abrede; allerdings fügen sie zur Entschuldigung hinzu, hier sei nicht Wollust, sondern kluge Politik als Motiv im Spiele gewesen, um so leichter die Anschläge seiner Gegner durch ihre Frauen auszukundschaften. Marcus Antonius wirft ihm außer der überhasteten Verheiratung mit Livia auch noch die Geschichte mit der Frau eines ehemaligen Konsuls vor; diese habe er in Gegenwart ihres Gatten aus dem Speisesaal ins Schlafzimmer geführt und darauf mit geröteten Ohrläppchen und in Unordnung gebrachter Frisur wieder zur Tafel zurückgebracht. Scribonia aber sei deshalb verstoßen worden, weil sie ihren Unwillen über den maßlosen Einfluß der ‹Mätresse› zu heftig geäußert hätte. Seine Freunde hätte er, so wird ihm weiter vorgeworfen, als Kuppler benutzt. Sie mußten in seinem Auftrage verheiratete Frauen und erwachsene Jungfrauen zu diesem Zwecke nackt in Augenschein nehmen, gleich als kauften sie diese beim Sklavenhändler Toranius. Auch schreibt ihm Antonius einmal in einem vertraulichen Brief, als er ihm noch nicht völlig entfremdet oder gar sein erklärter Feind war: ‹Was hat zu deiner Sinnesänderung geführt? Etwa, weil ich bei der Königin schlafe? Sie ist meine Frau. Habe ich denn erst jetzt damit angefangen, vielmehr nicht schon vor neun Jahren? Und du selbst, schläfst du nur bei der Drusilla? Ich wette auf dein Leben, daß du, wenn du diesen Brief liest, bereits Tertulla oder Terentilla oder Rufilla oder Salvia Titisenia oder alle zusammen gehabt hast. Kommt es den überhaupt darauf an, wo und bei welcher man seine Lust befriedigt?›

In den Netzen der Frauenliebe blieb Augustus sein Leben lang verstrickt; er war – auch noch in späteren Jahren, wie die Rede geht – auf junge Mädchen ganz versessen, die er von überall her, sogar durch Vermittlung seiner eigenen Frau, sich zu verschaffen wußte.»

Wenn wahr ist, daß Augustus ihr zugemutet hat, ihm frische Twens und Teenager zuzukuppeln, muß Livia sich mit wutmildernder Verachtung gesagt haben: «Erigiere! – ich regiere.» Wie viele Frauen in mittleren Jahren, die um ihrer Macht willen so tun, als wüßten sie nicht, daß ihre Männlein eine Freundin haben, denken so!

Wir würden diesen Augustus-Affären keine Zeile widmen, fänden wir es nicht so unbeschreiblich lächerlich – ebenso lächerlich, wie der Senat die Ehe-Schutzgesetze ausgerechnet des Augustus gefunden hat –, daß ausgerechnet die Kupplerin Livia, die in aller Öffentlichkeit spektakulärer als jede Frau mit Augustus die Ehe gebrochen hat, als sie – im sechsten Monat! – den Mörder ihres Vaters und zahlloser seiner republikanischen Gesinnungsfreunde und Mitkämpfer heiratete: daß ausgerechnet *sie* die ihr verhaßte Kaisertochter und potentielle Rivalin (als Kaiserin) des «Ehebruchs» bezichtigte! Sogar Felix Staehelin (1872–1951), ebenso im Banne des Augustus wie fast alle seiner Generation, sagt, Julia habe Hochverrat gegen ihren Vater begangen. Selbstverständlich! Da der permanent im Ehebruch lebende Kaiser sie nicht «nur» töten wollte, sondern sogar Julias Palast, berühmt wegen seiner Kunstsammlungen, bis auf die Grundmauern hat abreißen lassen ... wegen «Ehebruch»? Er, der Berufs-Ehebrecher? Absurd.

Von allen mir bekannten Biographen im 20. Jahrhundert hat allein der Spanier Gregorio Marañón – vermutlich, weil er Psychiater war – die *Rache* als Lebens-Antrieb und Lebens-Ziel der Republikanerin Livia und auch ihres Sohnes Tiberius instinktsicher ins Zentrum seiner Psychogramme dieser zwei Personen gestellt. Doch, wir sagten das schon, festgelegt auf den Kleinbürgerkatholizismus und den artigen Ministranten-Horizont seiner Herkunft und Jugend, vermochte auch dieser Spanier in Julia nicht die um ihr und ihrer Kinder Leben zitternde Verschwörerin zu erkennen, die voraussah – kein Kunststück! –, sie werde samt ihren Kindern und Enkeln umgebracht, sobald ihr Vater gestorben sei. Sondern der Spanier sah in der Schönen und so beispiellos Populären «die Sünderin»: Dies im Ernst eine seiner Kapitelüberschriften, wenn er von Julia handelt ... Über die Rächerin Livia aber sagte er hellsichtig wie über ihren Sohn, den Rächer Tiberius: «Am Grunde liegen Kindheitskomplexe, die wirre und getrübte Empfindungen hervorbrachten; sie sind es, die das eigentliche Gewebe dieses Verhältnisses bilden; mit ihnen verschlingen sich unbezähmbarer Haß und Ehrgeiz politischen und sippenhaften Charakters. Livia war für Tiberius stets die Mutter, die im moralischen Sinne die Ehe gebrochen hatte, die vom eigenen Herd geflohen war und das ehrwürdige Alter des Vaters umdüstert hatte. Augustus war der Stiefvater, doppelt hassenswert, weil er den edlen Greis gekränkt und erniedrigt hatte, bevor er ihm die Frau weggenommen. Tiberius vergaß es nie. Sein puritanisches und selbstbeherrschtes Wesen erweckt den Anschein, als habe er sich dem kaiserlichen Ansehen und der Autorität der Eltern unterworfen. Aber unter der zur Schau getragenen Ehrfurcht schwärt seine Leidenschaft.

Die Geschichte dieser Leidenschaft – in Wahrheit die psychologische Achse der Prinzipate des Augustus und des Tiberius – ist recht eigentlich die Geschichte des Kampfes der Claudier gegen die Julier …

Die Mutter, Livia, dem Augustus ehelich angetraut, hegte ihr Leben hindurch die Rachsucht ihrer Sippe gegen das Haus des Gatten, der die Claudier bis kurz vor seiner Hochzeit verfolgt hatte. Wie die Weibchen gewisser Insekten eroberte sie Augustus und machte ihn zu ihrem Gatten, um ihn zu besiegen. Vielleicht achtete sie in ihrer Gefühlskälte Augustus als Mensch, weil solche Achtung sich mit Sippenhaß vertragen kann. Aber offensichtlich war ihr ganzes Dasein eine titanische Aufbietung ihres weiblichen Willens, das Schicksal der Ihren, der Claudier, an den fabelhaften Siegeswagen der kaiserlichen Macht zu knüpfen. In diesem Spiel war sie Verbündete ihres Sohnes Tiberius, obwohl ein Abgrund von Triebleidenschaft zwischen ihnen lag. Der Familienehrgeiz, der sie mit ihrem Sohn verband, schied sie jedenfalls von Augustus …

Der große Kampf zwischen Claudiern und Juliern entspann sich dumpf und unversöhnlich im Dämmer der puritanischen Heimstatt. Als Augustus starb, hatten die Claudier mit der Machterhebung des Tiberius gesiegt. Aber der

Kampf zwischen Tiberius, der stets seiner ehrgeizigen Mutter als Werkzeug diente, und dem letzten Zweig der Julier, verkörpert in Germanicus und seiner Frau Agrippina I., dauerte fort. Als Livia und Tiberius gestorben waren, stieg der letzte und kümmerliche Sproß der Julier zur Herrschaft auf: Caligula.»

Gewiß ist uns klar, daß die seitenlange Einbeziehung früherer Autoren, gerade auch der fragwürdigen, auch der vorurteilsverblendeten, die Form der Erzählung sprengt. Auch gefährdet. Andererseits: Man kann – versucht man ehrlich zu schreiben – heute nicht mehr so tun, als wolle man seinen Lesern wie Frühere noch weismachen, man *selber* habe recherchiert, was an Interessantem von uns aber doch nur *überliefert* wird. «Weitergeben mag zuletzt der Sinn des Lebens sein», schrieb mein Lehrer Otto Flake mit achtzig.

Nachzutragen bleibt: Wir haben das unlösbare Problem der nie zu erzielenden Objektivität nur zur Sprache gebracht in der resignierten Einsicht, selbstverständlich ebenso vorurteilsbelastet zu sein, dank der «Ideen» *unserer* Zeit, wie alle Vorgänger es durch die Spleens *ihrer* Epochen gewesen sind. Objektivität ist bei Gott allein. Schreiben heißt zuerst: sich vergewissern wollen – was ja niemand nötig hätte, der seines Gegenstandes gewiß wäre ...

Gewiß ist nur – und ist das erst heute, da immerhin unsere Epoche erstmals Frauen nicht mehr aus «sittlichen» oder religiösen Gründen anders abtaxiert als Männer: gewiß ist, daß die Geschichte kaum ein so deprimierendes Beispiel kennt, daß eine *Frau* den Frauen und ihren Gatten derart fürchterlich mitgespielt hat wie Kaiserin Livia den weiblichen Nachkommen des Augustus, ja dann auch deren Enkelsöhnen und Enkelinnen noch. Und ihr Werkzeug Tiberius wütete *mehrfach* so «männlich», das heißt: bestialisch wie *einmal* Theoderich, der nicht nur den ihm heldenhaft unterlegenen Odoaker zu einem Gastmahl einlud, um ihn dort von eigener Hand abzustechen, sondern auch noch dessen Witwe und siebenjährigen Sohn in einem Turmverlies dem Hungertode überantwortet hat ...

Livia dürfte eine jener Frauen gewesen sein, die im 20. Jahrhundert Ministerpräsidentinnen geworden wären. Oder im achtzehnten eine Katharina. Oder im Orient *ihrer* Zeit eine Kleopatra. (Womit ich nicht etwa diese zwei vergleichsweise tadelsfreien Herrscherinnen mit der vielfachen Giftgeberin Livia vergleichen will.) Was sie dem verachteten Augustus durch Beseitigung seiner Erben antat, jahrzehntelang, kann sie moralisch deshalb nicht tiefergehend irritiert haben, weil ihre Untaten nur Reaktionen waren: *Er* zuerst hatte *sie* und ihresgleichen: freie Römer, staatsgetreue Republikaner, verfolgt mit einer Mordlust, für die es in der Geschichte Roms viele Nachahmer, jedoch kein einziges Vorbild gab. Kein Römer vor Augustus hat so viele Römer ermordet, die nicht nur total schuldlos waren, sondern im Gegenteil: patriotisch die Republik verteidigt hatten, die Augustus dann liquidierte. Ohne Gerichtsverfahren ermordet! *Dessen* Nachkommen vom Thron auszuschließen – welche Skrupel hätte Livia verspüren sollen bei der Einlösung ihres Gelübdes? Denn allein mit einem solchen Versprechen kann sie ihren ersten Ehemann dazu bewogen haben, die Dreimonatskind-Komödie heimlich einzufädeln, um sie dann sogar – vollendete Tarnung der Infiltration –

öffentlich als Hochzeitsgast mitzuspielen. Nur mit Livias Versprechen, *seinen* Sohn Tiberius zur Macht zu bringen.

Und welche Skrupel hätte Livias Urenkelin Agrippina II. verspüren sollen, nach der Ermordung ihrer Eltern und ihrer Brüder Nero I. und Drusus III. im Hungerturm durch Livia und Tiberius, genau nach diesem «Muster»: Infiltration durch Einheirat, den Claudius und seinen Sohn Britannicus zu ermorden, damit *ihr* Sohn Nero den Thron erlange, ein Nachkomme des Augustus?

Wie der «Verkehr» zwischen den Ehe spielenden Livia und Augustus aussah, hat Birt so grotesk wie sachlich antiken Chronisten nacherzählt: «Nichts ist bezeichnender, als daß dieser große Römer keine Rede hielt, die er nicht wörtlich vorher festgelegt hatte. Ja, sogar auf die wichtigeren Gespräche mit Livia, der Kaiserin, seiner Frau Gemahlin, bereitete er sich stets schriftlich vor und hielt das Konzept, wenn das Gespräch vor sich ging, in der Hand. Ebenso pedantisch war er mit seinen Briefen: Er datierte jeden Brief genau, und zwar nicht nur mit Angabe des Tages, sondern auch der Stunde, in der er aufgesetzt war.

So erklärt sich die so beispiellos merkwürdige Veränderung in Octavians Auftreten: anfangs der grausame Henker der reichen Leute, ist er hernach der mildeste Friedensfürst. Es war nicht eigentlich eine Entwicklung seines Charakters; es war ein Systemwechsel.»

Da rätseln die Leute noch zweitausend Jahre nach dem Tode des Augustus, warum er als Sterbender von der «Komödie» seines Lebens sprach! Auf dem letzten Lager, doch auch hier so «plötzlich und unerwartet», wie es in Todesanzeigen heißt, seinem Ende ausgesetzt, durchschaute er endlich sich und sie! Sich als ihren Hampelmann. Zwar Alleinherrscher der Welt wie nur ein Mensch nach ihm noch: die Queen Victoria – doch nicht einmal *so* frei, seinen letzten Enkelsohn besuchen zu dürfen, ohne daß ihn und den Jungen und seinen Reisebegleiter diese Reise das Leben kostete ... Fürwahr eine Komödie!

Eheliche Infiltration als Weg zur Macht

Dies ist die Urform aller Infiltration: Daß Besiegte ihre Ehefrauen und Töchter aus politischem Kalkül – wie im Falle Livias – dem Sieger hinhalten, um ihn endlich doch noch lahmzulegen. Aber die Entschlossenheit dazu geht zweifellos von den Frauen selber aus; kein Mann kann das von einer erzwingen, die das nicht will und dazu von Natur nicht ausgeprägt die Gaben hat und folglich auch die Lust; das würde ja auch gar nichts bringen, eine Frau dazu anzustiften, die das nicht selbst passioniert mitspielt. Marie-Louise von Habsburg, fast noch ein Kind, war kaum aus ihrer Kutsche, in der sie Napoleon entgegengereist war, umgestiegen in die seine – sie kannten einander bis dahin nur durch Bilder –, als sie sich bereits während der Weiterfahrt nach Paris deflorieren ließ.

Es sind natürlich immer ausgesucht *schöne* Landestöchter, die ausersehen werden, einen Sieger umzulegen, um ihn umzustimmen. Livia galt als *die* Schönheit der Republik, als sie Octavian, der sich noch nicht Augustus nannte, mit einer Schläue besiegte, die ihm erlaubte, *sich* als Sieger zu fühlen ... (Nur dumme Frauen bringen sich um den Ertrag ihrer Einsätze, indem sie das Männlein ihre Überlegenheit fühlen lassen.)

Die *ganz* bedeutenden Aktivistinnen, so Livias Urenkelin Agrippina II. (Schwester des ermordeten, Mutter des später berüchtigten Nero, der dann sie ermordete) haben gar keinen Mann mehr – nur noch Söhne –, wenn sie beschließen, für den Sohn und für sich den Weg zur Macht zu beschreiten. Sie war noch so schön wie klug, als sie beschloß, ihren fast sechzigjährigen Onkel Kaiser Claudius zu heiraten, der soeben seine Gattin Messalina hatte hinrichten müssen, weil sie hinter seinem Rücken sich mit einem ihrer Liebhaber hatte *trauen* lassen! Da heiratete Agrippina den Witwer, um ihren Sohn Nero anstelle des Kronprinzen Britannicus auf den Thron zu setzen, was sie «natürlich» ebenso erreicht hat, wie Livia Tiberius inthronisieren konnte. Wir erzählen das noch ...

Um den Sieger maßvoll zu stimmen, hielt also sogar der stolzeste Monarch der Welt, Franz I., der Kaiser von Österreich, seine Tochter dem Emporkömmling Napoleon als Ehefrau hin, so wie die Polen ihm die Gräfin Walewska anboten; und so wie Cavour die Gräfin Castiglione dem dritten Napoleon «zusandte», der bis dahin die Einigung Italiens verhindert hatte. Die Castiglione sei die «Inhaberin» der schönsten Brüste des Zeitalters gewesen: klassische Entwaffnungs-Rituale. Auch um Sieger zu ermorden, werden Landestöchter aufgeboten: So durch die Juden, als die schönste Witwe Israels, Judith, den Holofernes als Beischläferin enthaupten mußte; und wie die Ukrainerin Jelena Masanik als sehr schöne Witwe dem Minsker Generalkommissar Hitlers in Weißrußland 1943 eine britische Mine in die Matratze schmuggelte, die ihn zerriß.

Doch öfter noch als Ehemänner ihre Frauen – benutzen besiegte Väter schöne Töchter, sie jenen Mächtigen ins Bett zu legen, die eines späten Tages am *Erbe* ihres Überwinders rächen können, daß der sie um Thron und Land brachte. So jener Däne, den 1864 der König von Preußen, an der Hand seines Bismarcks, um «sein» Land brachte, um Schleswig-Holstein: Er verheiratete seine berühmt schönen Mädchen mit den zwei stärksten Herrschern der Welt, dem Zaren und dem König von England – und aus dieser Familien-Verbindung ging direkt die große Koalition hervor, die fünfzig Jahre später – was ist ein halbes Jahrhundert im Leben der Völker! –, die 1914 / 18 den Enkel des Landräubers von 1864: Wilhelm den Letzten von Deutschland, um Thron und Reich brachte …

Ferrero, Jahrgang 1871, erklärt das Umsteigen der seit sechs Monaten schwangeren Livia aus dem Bett ihres besiegten Mannes in das des Siegers: «Nach unserem Gefühl erweckt ein solches Vorgehen den Eindruck eines schamlosen Zynismus; und man ist geneigt, eine Frau, die sich zu einem solchen gemeinen Tauschhandel hergibt, der Leichtfertigkeit und Sittenlosigkeit zu zeihen.» Schließlich ist ja Livia zu dem Mann übergelaufen, der ihren Vater als unbeugsamen Republikaner vor die «Wahl» – das ist keine Wahl – gestellt hat, sich umzubringen oder dem Erwürger anheimzufallen. (Livias Vater mußte sich in sein Schwert stürzen.) *Diesen* Octavian heiratet *sie*, schwanger im sechsten Monat, offiziell von jenem Ehemann, der dann als Trauzeuge dabeisitzt! So etwas wie diese Überläuferei *gibt es nicht*! Es sei denn in der Komödie. Oder aus politischem Kalkül. Wie hier.

Aufschlußreich, wie Ferrero dann eingesteht, daß Geschichtsschreibung keineswegs, wie noch heute die meisten glauben, eine objektive Wissenschaft ist, sondern eine sehr subjektive: eine von Herkommen, ja Stimmungen der Historiker ganz und gar abhängige Sache der Interpretation, die Ereignisse heute so, doch morgen ganz anders auffaßt und darstellt. Pure «Ermessens-Fragen», sprich: Willkür – heute so, morgen ganz anders: «... ich selbst habe mich in meinem Buch ‹Größe und Niedergang Roms› zu der Ansicht bekannt, daß die Eile, mit der die Sache sich abspielte, wenigstens nicht auf politische Beweggründe zurückzuführen ist, sondern auf die leidenschaftliche Zuneigung, die die ausnehmend schöne Livia dem jungen Triumvirn eingeflößt hatte. Nach reiflicherer Überlegung des Falles bin ich jedoch zu der Überzeugung gelangt, daß diese berühmte Eheschließung, die auf die Geschichte Roms einen so großen Einfluß ausüben sollte, einer anderen Erklärung bedarf: Wir müssen vor allem die Frage aufwerfen: Wer war Livia, und wer war Octavianus? Sie war von Geburt ein Claudier ... vereinigte sich in Livia die Quintessenz des römischen Hochadels: In den großen Revolutionen nach dem Tode Cäsars war Livias Vater im Jahre 43 von den Triumvirn auf die Proskriptionsliste gesetzt worden, hatte auf Seite des Brutus und Cassius gekämpft und nach der Schlacht bei Philippi den Tod von eigner Hand gefunden. Im Jahre 40, nach dem perusinischen Kriege und nur zwei Jahre vor Livias Vermählung mit Octavianus hatte sie mit ihrem Gatten Tiberius Claudius Nero aus Furcht vor der Rache Octavians aus Italien flüchten müssen.

Und wer war auf der andern Seite dieser Octavianus? Ein Emporkömmling, sein Großvater war ein reicher Wucherer in Veliträ, dem heutigen Velletri, gewesen, ein Mann, der sich mit allerhand Finanzgeschäften befaßte. Erst seinem Vater war dank den Reichtümern, die jenes Finanzgenie, Octavians Großvater, erworben, die Aufnahme in die römische Nobilität geglückt. Er hatte eine Schwester Cäsars geehelicht und war, obwohl er jung starb, Senator und Prätor geworden. Octavianus war also, wie man heutzutage sagen würde, der Abkömmling eines frisch geadelten reichen Bourgeois. Obwohl Cäsar mit seiner Adoption ihm seinen Namen gegeben hatte, den einer alten Patrizierfamilie, kannte man doch allgemein die bescheidene Herkunft des Octavianus und das Gewerbe, dem sein Großvater obgelegen hatte …

Es findet sich also eine ungezwungene Erklärung dafür, daß der künftige Augustus i. J. 38 so sehr auf die rasche Vermählung mit Livia drängte, ohne daß man der Annahme bedarf, sie habe seine Leidenschaft besonders entflammt. Die Zeiten waren wildbewegt, niemand konnte die Zukunft wahrsagen; die Stellung des jugendlichen Triumvirn aber, der durch die Gunst der Umstände an die Spitze eines revolutionären Direktoriums erhoben worden war, war die schwächste innerhalb dieses Triumvirats einmal wegen seiner Jugend und des geringeren Ansehens bei den Soldaten, dann aber vor allem wegen seiner niederen Herkunft. Besonders Antonius, der bewährte Heerführer, der Sproß einer Familie von echtem, altem Adel, besaß eine weit größere Popularität beim Heer. Durch die Heirat mit Livia erschloß sich Augustus den Zugang zur alten Aristokratie. Aber welche Gründe mögen Livia dazu bestimmt haben, auf die Heirat einzugehen? Aus einer Stelle bei Velleius Paterculus möchte man schließen, daß derjenige, welcher den Plan dieser so berühmt gewordenen Heirat entwarf, niemand anders war als jener erste Gemahl Livias, Tiberius Claudius Nero, selbst, der durch diese Heirat den jüngsten der drei Führer der neuen Regierung zur altaristokratischen Partei herüberzuziehen suchte. Mit Livia hielt in das Haus des Octavianus der alte römische Geschlechteradel seinen Einzug, der nach seiner Niederlage bei Philippi durch das Ansehen und die Klugheit einer Frau den Posten neu zu erobern hoffen durfte, den er mit den Waffen nicht hatte behaupten können.

Diese ihre Mission führte aber Livia ihr ganzes Leben hindurch mit ruhiger Beharrlichkeit ... Sie wechselte den Gatten ohne Sträuben, obwohl ihre Verheiratung mit Octavianus fünf Jahre nach den Proskriptionen stattfand und die Blutgerichte, die er über ihre Verwandten und Freunde verhängt, also noch in frischester Erinnerung standen ...»

Gewiß ist allein: Daß Livia sich niemals in diese Situation begeben hätte, als Hochschwangere ihren Ehemann zugunsten des stadtbekannten Ehebrechers Octavian sitzenzulassen, würde sie damit nicht neben der Lust zur Macht auch noch das Ziel verfolgt haben, Rache zu nehmen an den Erben des Mörders ihres Vaters, indem sie *dessen* Enkel Tiberius an den Enkeln des Kaisers vorbei den Weg zum Thron freimacht ... freimordet. Ohne eine solche Absprache mit ihrem Gatten – hätte der mindestens die Posse nicht mitgespielt, bei der Hochzeit Livias mit dem Mörder ihres Vaters und ihrer Parteifreunde dabeizusitzen.

Und ebenso handelt, mordet ihre Urenkelin. Wie Golo Mann die Untat Agrippinas II. exakt umschreibt, so ist es: Die zweite Agrippina leistet für ihren Sohn Nero genau das, was ihre Urgroßmutter Livia für Tiberius getan hat: «Über die Adoption verhilft sie ihm zur Nachfolge.» Jedenfalls: Agrippina II. hat die gleichen – man muß zugeben: verständlichen, obwohl mörderischen Motive wie ihre Urgroßmutter Livia: Rache für unbeschreibliche Serien-Morde an den Ihren! Sie hatte, Tochter der Augustus-Enkelin Agrippina I. und des Livia-Enkels Germanicus, die Vernichtung ihrer Eltern und vermutlich aller Geschwister ihrer Mutter und auch der zwei ersten Ehemänner ihrer Großmutter: Marcellus und Agrippa – Agrippa war der Großvater Agrippas II. –, damit Tiberius zur Macht gelange, miterlitten. Sie war dann selber von ihrem Bruder: Kaiser Caligula, dem einzigen der drei Söhne ihrer Eltern, der ein normales Alter erreicht hatte – zwei andere Brüder: Nero und Drusus waren die als Knaben durch Tiberius dem Hunger Ausgelieferten –, verbannt und von dessen Nachfolger: ihrem Onkel und späteren Gatten (und späteren Opfer) Kaiser Claudius wie ihre Schwestern Drusilla und Julia Livilla und andere Verbannte zur Rückkehr begnadigt worden. Als sie nunmehr sich bewarb, mit Hilfe des «Finanzministers» Pallas, anstelle der hingerichteten Messalina Kaiserin zu werden, hat zweifellos nicht Liebe: zu ihrem fünfundzwanzig Jahre älteren Onkel, Bruder ihres Vaters Germanicus, sie zu dieser Heirat bewogen, sondern ihr Sippentrieb, endlich an den Claudiern vorbei wieder einen Julier zur Macht zu bringen: Nero, ihren jetzt zwölfjährigen Sohn, der dann tatsächlich mit siebzehn Kaiser wurde – nachdem sie, seine Mutter, seinem Stiefvater Pilze zu essen gegeben hatte, die durch die kundigen Hände der berühmten Giftmischerin Lucusta gegangen waren ...

Der Basler Burckhardt-Schüler Felix Staehelin hat ungefähr im gleichen Jahr – ohne daß die beiden voneinander gewußt haben werden – wie der Brite Robert von Ranke-Graves eine überzeugende Rehabilitierung des angeblich halb närrisch gewesenen Kaisers Claudius geschrieben (Aula-Vortrag am 29. 11. 1932).

Wir betonen durch ein unterhaltsames Zitat auch deshalb, wie erfolgreich Kaiser Claudius und seine zwei berühmten Minister – einst Sklaven in seinem Gesinde, dann Freigelassene – das Imperium geleitet haben, um abermals *das Problem der Zeit* wenigstens nicht verschwiegen zu haben in dieser Mord- und Mörderinnen-Erzählung. Über den Schauergeschichten darf nie vergessen werden, daß sie sich zuletzt über mehr als ein Jahrhundert erstreckten und nur dank dieser klugen «*Verteilung*» möglich waren. Über ein ganzes Jahrhundert hin, das in den Augen der Untertanen ein so ungewohnt friedliches war, daß überhaupt erst vor diesem Hintergrund verständlich wird, wieso noch jemand bei Hofe ein Pilzgericht zu essen, ein Glas Wein zu trinken wagte: Die Zeit, die lange, für das gegnerlose Weltreich und seine Herrscher und deren Untertanen so segensvolle, weil kriegfreie Zeit, hatte, tückisch und täuschend, wie sie ist, schon wieder in Vergessenheit gebracht, daß der Witwer Claudius, jetzt achtundfünfzig, im Jahre 49 n. Chr., sich mit seiner dreiunddreißigjährigen Nichte Agrippina II. immerhin die Urenkelin jener Livia ehelich zuzog, über die in Rom die Spatzen von den Dächern gepfiffen hatten – allerdings nur die Spatzen, kein Mensch hätte das gewagt –, daß sie durch Gift Weltgeschichte gemacht habe. Und was hätte der kluge Claudius – selbst ein passionierter Historiker, von dem «dank» der Vernichtungslust der Christen keine Zeile erhalten ist, gegen Agrippinas Urgroßmutter – offiziell –

einwenden können, da sie doch auch *seine* Großmutter gewesen war? Nein, es waren normale, aufbauende, den Glanz des Imperiums und Imperators, der mit der Eroberung Südenglands ein bedeutender «Mehrer des Reiches» war, wie das später hieß, weit ausstrahlende Jahre! Staehelin schreibt und spielt dabei die riesigen Landerweiterungen des Imperiums durch gerade diesen Kaiser Claudius unbegreiflicherweise maßstablos herab – sie waren so bedeutend wie die durch Julius Cäsar: «Claudius war vom besten Willen beseelt, die eingerissenen Mißstände zu beseitigen. Den Anklagen wegen Majestätsbeleidigung, nachgerade einem äußerst ergiebigen Betätigungsfeld für gewissenlose Streber und erpresserische Denunzianten, gebot er entschieden Einhalt. Ebenso hat er den zur Mode gewordenen Unfug, den Kaiser zum Erben einzusetzen, verboten, sofern noch Verwandte des Testierenden am Leben waren. Aufs Ganze besehen, erlebte das römische Reich unter ihm ohne jeden Zweifel eine Periode glücklicher, gedeihlicher Entwicklung. Die Ruhe im Innern wurde nur ein einziges Mal getrübt durch einen im Keim erstickten Aufstandsversuch des Statthalters von Dalmatien. Die Kriegsführung nach außen beschränkte sich auf das unumgängliche Maß; es wurde da und dort an den Grenzen gekämpft: in Britannien, Südrußland, Nordafrika, Armenien und am Rhein. Auch einige neue Provinzen wurden dem Reiche hinzugefügt, so die beiden Mauretanien (das heutige Marokko und ein großer Teil von Algerien), dann Britannien, Lycien, Judäa (nach König Agrippas Tode) und Thracien. Fast all das lag noch durchaus im Bereiche dessen, was Augustus und Tiberius als den wünschenswerten und nicht zu überschreitenden Umfang des Reichs ins

Auge gefaßt hatten. Nur eine Ausnahme verdient hervorgehoben zu werden: der südliche Teil der Insel Britannien, auf der seit dem großen Julius Cäsar kein römischer Krieger mehr sich hatte blicken lassen, wurde über jenes Programm hinaus im J. 43 für immer dem Reiche einverleibt …

… Wenn wir fragen, wer unter Claudius den Regierungsapparat tatsächlich handhabte, so kann die Antwort nur lauten: weder der Kaiser, der mit seinem Namen alle Verfügungen deckte, noch der Senat, noch auch der mittlere Beamtenstand der sogenannten römischen Ritter, sondern so gut wie ausschließlich das kaiserliche Gesinde, die ursprünglich unfreien, dann freigelassenen Bedienten des Hofes. Sie waren es, die im Namen des Kaisers die einzelnen Ressort-Ministerien selbstherrlich verwalteten; obenan zwei hochbegabte Männer: der Kanzler Narcissus und neben ihm der Schatzmeister Pallas, ein Bruder des aus der Apostelgeschichte bekannten Procurators von Judaea, Antonius Felix. Nun ist es gar nicht zu bestreiten, daß diese Leute nebenbei gewaltige Summen in ihren eigenen Taschen verschwinden ließen. Und doch ist ihre Verwaltung im ganzen für das Reich ein wahrer Segen gewesen; Mommsen rechnet sie unter ‹die weitsichtigsten und folgerichtigsten Regierungen›, die Rom gesehen hat. Diese Freigelassenen haben, schon aus Selbsterhaltungstrieb, tatsächlich für den gemeinen Nutzen gewirkt und ihn zielbewußt gefördert; sie haben die Finanzen des Reichs wieder in Ordnung gebracht und außerdem noch die nötigen Mittel zu gewaltigen, für die Ewigkeit berechneten Bauwerken herauszuwirtschaften verstanden. Die Stadt Rom erhielt drei neue Zuleitungen frischen Trinkwassers, deren mächtige Bogenreihen noch heute weithin der Campagna das Gepräge geben. Der geregelten Brotversorgung der Hauptstadt diente die Gründung eines neuen Hafens an der Tibermündung bei Ostia. Auch für die Besserung der Verkehrsverhältnisse hat diese Regierung viel getan. Der Kaiser bemühte sich, die Städte des Reichs von den schweren Fron- und Fahrdienstleistungen zu befreien; in einem Edikt beschwert er sich darüber, daß die ‹Nichtsnutzigkeit der Menschen› ihn dieses Ziel noch nicht habe erreichen lassen. Man könnte versucht sein, aus einem andern, merkwürdigen Edikt des Claudius, das in Italien das Reisen nur zu Fuß oder in Sänften gestattete, zu Wagen oder zu Pferd jedoch verbot, auf eher verkehrsfeindliche persönliche Neigungen des Kaisers zu schließen. Andrerseits hat er sich aber doch auf den Meilenstein-Inschriften selber des Baus der großen Heerstraße über die Ostalpen (auf der Linie Reschenscheideck-Fernpaß) ausdrücklich gerühmt und dabei hervorgehoben, daß er hier den Spuren seines Vaters Drusus folge …

Gleichzeitig mit dieser Heerstraße ist im J. 47 auch eine zweite im Westen über den großen St. Bernhard geführt worden …

Der Ruhe und Ordnung tat es weder in Italien noch in den Provinzen Eintrag, daß sich unterdessen am Hofe die skandalösesten Vorgänge abgespielt haben. Die Schuld daran trug während der ersten Regierungsjahre vorwiegend die lebenslustige und ausschweifende Kaiserin Messalina. Daß sie ihren ahnungslosen Gatten jahraus, jahrein betrog, war noch das mindeste. Sie hatte auch eine große Zahl kaum verhüllter Justizmorde auf dem Gewissen: die Beseitigung von Männern, die sich ihr versagten, von Frauen, die ihre

Eifersucht erregten, von Besitzern prächtiger Gärten, nach denen sie gelüstete. Das alles war freilich grauenvoll, aber es berührte lediglich die Spitzen der hauptstädtischen Gesellschaft; in die Regierung hat sich Messalina niemals eingemischt. Schließlich allerdings drohte ihr wüstes Treiben geradezu hochverräterischen Charakter anzunehmen: als sie nämlich hinter dem Rücken des Claudius sich mit dem schönen Gaius Silius unter Wahrung aller Formen der kirchlichen Trauung vermählte. Aber auch jetzt bedurfte es der unerschrockenen Energie des Freigelassenen Narcissus, um dem Kaiser über die ihm drohende Lebensgefahr die Augen zu öffnen und ihm die Erlaubnis zu schärfstem Eingreifen abzuringen. Messalina und ihr Buhle wurden hingerichtet. Alsbald erhob sich nun aber das Problem einer neuen Frauenwahl, denn Claudius konnte nicht unvermählt bleiben. Von den Freigelassenen suchte der eine dieser, der andere jener Kandidatur zum Erfolg zu verhelfen. Schließlich siegte der Schatzmeister Pallas mit der von ihm vorgeschlagenen Agrippina. Und mit dem Einzug dieser damals 33jährigen Frau in den Palast des 58jährigen Kaisers beginnt im J. 49 die zweite, für Claudius verhängnisvolle Periode seiner Regierungszeit. Agrippina war die leibliche Nichte des Kaisers, die Schwester seines Vorgängers Gaius (Caligula), das einzige noch lebende von den neun Kindern des Prinzen Germanicus, überhaupt neben Claudius und seinen Kindern das letzte noch vorhandene Glied der Dynastie. So vertrat sie schon ganz anders gewichtige dynastische Ansprüche als ihre Vorgängerin Messalina. Sie hat denn auch von Anfang an eine Art Mitherrschaft beansprucht und dies durch eine Neuerung im Hofzeremoniell zum Ausdruck gebracht, indem bei feierlichen Staatsaktionen, Huldigungen unterworfener Fürsten, Gesandtenempfängen, kaiserlichen Gerichtssitzungen sie, von ihren Hofdamen umgeben auf einem besonderen Throne sitzend, teilnahm.

Sie brachte aus einer früheren Ehe einen Sohn in den Kaiserpalast mit, den damals elfjährigen Lucius Domitius. Diesem Sohne nun, und zwar ihm allein, den Weg auf den Thron zu bahnen war der Endzweck all ihres Trachtens. Mit unheimlicher Folgerichtigkeit, vor keinem Verbrechen zurückschreckend, hat sie ihn von Stufe zu Stufe gehoben. Zunächst wurde Domitius mit der Kaisertochter Octavia verlobt, ein früheres Verlöbnis der Prinzessin gewaltsam gelöst und der bedauernswerte bisherige Bräutigam durch schändliche Verdächtigungen in den Selbstmord getrieben. Es folgte die Adoption des Stiefsohnes durch den Kaiser, und von diesem Augenblick an hieß der neue Prinz nicht mehr Lucius Domitius, sondern Nero Claudius (Drusus) Germanicus Cäsar; er ist unter seinem Vornamen Nero eine der am übelsten berüchtigten Figuren der Weltgeschichte geworden. Dem leiblichen Sohn des Claudius, dem Britannicus, war Nero seit seiner Adoption rechtlich gleichgestellt; tatsächlich verlieh ihm sein um drei Jahre höheres Alter eben doch den Vorrang. Bald darauf erhielt Nero die Männertoga, und schon mit 16 Jahren wurde der Stief- und Adoptivsohn auch zum kaiserlichen Schwiegersohn, indem im J. 53 seine Vermählung mit Octavia vollzogen wurde. Noch immer gab es jedoch am Hofe eine Partei, die die Absichten der Kaiserin durchschaute und ihr gegenüber die Sache des mehr und mehr beiseite geschobenen echten Kaisersohns Britannicus vertrat. An ihrer Spitze stand der Kanzler Narcissus. Mit Besorgnis sah Agrippina dem Augenblick entgegen, wo auch der jüngere Prinz die Männertoga bekommen sollte. Vielleicht nicht mit Unrecht befürchtete sie, daß ihre Gegner bei dieser Gelegenheit einen Staatsstreich gegen sie und Nero ins Werk setzen würden. Eile tat not, und um jeder Möglichkeit zuvorzukommen, benutzte sie eine Badereise des Narcissus, um in seiner Abwesenheit den alten Kaiser am 13. Oktober 54 ins Jenseits zu befördern. Es halfen ihr dabei eine berufsmäßige Giftmischerin Lucusta, und, als dies nicht genügte, der griechische Leibarzt Gaius Stertinius Xenophon aus Kos. Nun meinte Agrippina das Ziel ihres Strebens erreicht zu haben. In der Tat: keine Hand regte sich mehr für Britannicus; niemand verwehrte Nero den Griff nach der Krone, und bald genug ließ der neue Herrscher, den die Schmeichler als aufsteigenden Sonnengott bejubelten, den verhaßten ehemaligen Nebenbuhler durch Gift aus dem Wege räumen. Sein nächstes Opfer aber war die eigene Mutter Agrippina, deren Herrschsucht ihm selber gefährlich zu werden drohte: Mit dem furchtbarsten aller Verbrechen, dem Muttermord, lohnte er die verbrecherischen Taten, durch die sie ihm zur Herrschaft verholfen. Erst nachher sind von ihm noch die letzten Schritte getan worden zur vollständigen Ausrottung des claudischen Hauses, indem auch die unglückliche Octavia, Neros Gattin, und schließlich deren ältere Schwester Antonia beseitigt wurden.»

Felix Staehelin hat diese Zusammenfassung seiner Quellen: Tacitus, Sueton und Cassius Dio «erleichtert» um die – meist – schauerlichen «Einzelheiten» dieser Mörderin- und Mörder-Chronik.

Was unbegreiflich bleibt: Wie wahllos im 19. wie im

20. Jahrhundert aberhundert Nachschreiber des Tacitus, des Sueton, des Cassius Dio ihre Sympathien verteilten, während sie doch gleichzeitig vorgeben (weil sie das selber glaubten), «objektiv» zu sein: Livia wird von ihnen unter Mißachtung der drei genannten Kronzeugen aus dem Rom des ersten Jahrhunderts – wir haben fast nur noch diese drei – reingewaschen, fast so oft sie die Fürchterliche erwähnen. Doch Livias Urenkelin Agrippina II. wird niemals weniger schwarz von ihnen gezeichnet als von den drei antiken, ihr beinahe noch zeitgenössisch nahestehenden Historikern!

Und doch hat diese zweite Agrippina ihrer Urgroßmutter Livia moralisch immerhin voraus, daß sie in ihrer Jugend nicht «nur» den plötzlichen, so absolut termingemäßen Gift-Tod ihres Vaters Germanicus verkraften mußte, wie einst Livia die Ermordung *ihres* Vaters durch Augustus – den sie so schnell danach heiratete! Sondern Agrippina II. leitete – menschlich *auch* sehr verständlich – zweitens und drittens und viertens noch aus dem Hungertod ihrer Mutter Agrippina I. und ihrer zwei Brüder Nero I. und Drusus III. – drei sadistische Morde, von denen sogar der vor Tiberius in Ehrfurcht kniende Kornemann die Bestie von Capri nicht freisprechen kann – ihr Recht zur Rache ab! Zweifellos auch überzeugt, ihr Großvater Drusus I. – *der* war das «Dreimonatskind» der Livia – sei schon nicht mehr vom ersten Mann ihrer Urgroßmutter gewesen, dem Claudier. Sondern schon von dem, in dessen Bett Livia, seit sechs Monaten schwanger, umgestiegen ist, sobald er – Augustus – aus diesem Bett seine vorbildliche zweite Frau Scribonia, nur vier Monate, nachdem die ihm sein einziges Kind: Julia, geboren hatte, ohne jeden Grund verstieß. Überliefert ist, daß Germanicus sich nicht als Claudier, sondern immer als Julier, also als Augustus-Nachkomme gefühlt habe: vermutlich *weil* er es war! (Warum sonst hätte Augustus den Tiberius, der doch selber einen Sohn hatte, gezwungen, den Germanicus zu adoptieren, würde Augustus ihn nicht für seinen Enkel gehalten haben, dem er die Thronfolge sichern wollte?) Was wissen wir, was in der Familie so überliefert wurde? Nichts wissen wir! Wieso sollte dann die Germanicus-Tochter Agrippina II., deren Mutter sowieso als Julias Tochter eine Augustus-Enkelin war, *anders* gefühlt haben?

Aus dem Sadismus Livias und des Tiberius leitete Agrippina II. ihren mit so fürchterlicher Konsequenz zielgenau ausgelebten Trieb ab, endlich mit ihrem Sohn Nero – benannt nach ihrem verhungerten Bruder Nero I. – wieder einen Julier zu inthronisieren. Folgerichtig. Sofern Rache Recht sein könnte – was sie freilich schon deshalb hier nicht sein kann, da sie sich ja auch wieder an den völlig schuldlosen Nachkommen austobte, obgleich diese Schuldlosen allerdings das, was sie ihren mörderischen Vorfahren verdanken, noch als Besitz innehatten: eben die Macht, wie Kaiser Claudius. Oder den Anspruch auf die Macht, den dessen Sohn Kronprinz Britannicus hatte …

Wer schon so viel erzählt hat wie ich – ist längst dort, wo er sich als Dieb und Hochstapler vorkommt, wenn er mit eigenen Worten noch einmal aufbaut und weitergibt, auch abwandelt, was andere vor ihm berichtet haben; zuweilen gar berichtet haben in klassischer Kürze und Authentizität, schon weil sie dem Dargestellten zeitlich viel näher standen. Zum Beispiel Tacitus.

Denn wenn Jacob Burckhardt wiederholt darauf hinwies,

klassische Texte müßten deshalb immer erneut gelesen werden, weil zum Beispiel im Thukydides eine Wahrheit ersten Ranges stehen könne, die erst der heutigen Generation sich als solche offenbare, so hat er doch schwerlich damit erlauben wollen, diese uralten Texte einfach nachzuerzählen, wie das ja die weitaus meisten unserer Historiker tun. Um überhaupt sich von anderen zu unterscheiden, bringen sie dann *neue* Deutungen – oft nur angeblich – aufgrund angeblich neuer Forschungen in ihren Essays. Es gibt aber für diese Epoche gar keine neuen, *kann* keine geben, bevor nicht *neue* Quellen aufgefunden werden. Denn was wir uns zu selten klarmachen: Nie ist umfangreiche Geschichteschreibung volle zweitausend Jahre nach den von ihr geschilderten Ereignissen auf derart *wenige* dokumentarische Zeugnisse der Tatzeit gestützt worden. Tacitus und Cassius Dio sind deshalb die bei weitem meistausgebeuteten Chronisten, weil es neben ihnen und Sueton fast keine dieser Epoche mehr gibt ... So vehement auch in aller Welt das Interesse gerade am Augusteischen Zeitalter ist. (Von welcher Epoche sonst wüßten wir, daß zum Beispiel Voltaire und Friedrich leidenschaftlich diskutierten, ob deren Chronisten ihre Herrscher seriös gezeichnet haben?)

Doch sogar der Schwiegersohn Mommsens, Wilamowitz, tut, als wisse er Neues über diese Zeit, wenn er abfällig sagt, am 12. 3. 1915: «Mommsen hat die letzten Jahrhunderte vor Christo als Römische Geschichte geschrieben; er konnte nicht anders. Aber das liegt zwei Menschenalter zurück. Jetzt können, also müssen wir sie als Geschichte der ganzen Welt begreifen und einschätzen.» Mißt man diesen anmaßenden Satz an Mommsens nun gedruckter Kaisergeschichte – so sieht man, daß die Kritik am übermächtigen Lehrer und Schwiegervater nur der – menschlich verständlichen – Unterscheidungslust der Söhne-Generation gegenüber genialen Vorgängern entspringt. Auch bei Kornemann ist bloße Besserwisserei, was er an dem ihn zeitlebens überschattenden Mommsen mäkelt: «Mommsen hatte bei Cäsar zu hoch gegriffen und hatte den Weg zu Octavian nicht mehr gefunden ...» Ja, diese Verbitterung kommt davon, wenn eine Generation von der vorangegangenen mehr oder weniger nur abschreibt – als habe die Generation Thomas Manns Storms ‹Schimmelreiter› abermals und «besser» erzählen wollen! Grotesk, wenn dann dergleichen Kopisten-Arbeiten als Wissenschaft und Forschung ausgegeben werden. Doppelt grotesk anläßlich dieser Zeitalter des Cäsar, des Tiberius, da ja deren *legitime* Chronisten – das sind allemal nur die frühesten, also fast zeitgenössische, die noch selber Zeugen befragen und Quellen sichern und ausbeuten konnten –, wenn die Frühen in nur noch so geringer Anzahl wie hier überliefert sind! In der Tat gab es niemals in der ganzen Geschichte der Wissenschaft so wenige Autoren, die so viele Nacherzähler gehabt haben; keine Chronik der ganzen Welt ist öfter abermals und abermals erzählt worden als die des Tacitus und des Sueton – einfach deshalb, weil das Augusteische und das ihm vorangehende und ihm folgende Zeitalter stärker die ganze Menschheit, seit sie geschichtsbewußt lebt, fasziniert haben als alle anderen Epochen ... als, merkwürdigerweise, sogar die Zeitalter des Perikles oder des Michelangelo.

Wie kämen aber wir uns vor, würden wir alte Berichte von erstrangiger Prägnanz und Faktentreue hier nicht als

Fotokopie mit Schere und Klebestreifen den Lesern zugänglich machen – sondern sie «nacherzählen», wie das sogar Leute tun, die sich gleichwohl als selbständige Wissenschaftler aufspielen: Stellen sie zuweilen sogar frisch und produktiv Überliefertes in Frage – wie *sie* bereits bestens Erzähltes, ohne einfach abzuschreiben, abermals weitergeben: wird ihnen absurderweise nie problematisch! Leuchtende Ausnahme: Jener Zürcher Georg Schoeck, der ‹Zeitgenosse Cicero› geschaffen – wir können nicht sagen: geschrieben – hat, weil er nämlich aus der Tatsache, daß vermutlich Ciceros Leben neben dem Mark Aurels das bestdokumentierte der Antike ist, dessen Biographie ausschließlich anhand authentischer Dokumente zusammenstückte. Schoeck hatte sogar den unter Wissenschaftlern so seltenen Mut, zuzugeben, ein Werk der Belletristik: Thornton Wilders ‹Iden des März› habe ihn zu dieser Machart angeregt: Was der amerikanische Dichter mit fingierten, von ihm samt und sonders erfundenen Cäsar-«Dokumenten» geleistet hat – leistete Schoeck mit historisch unanfechtbaren Äußerungen Ciceros und dessen Zeitgenossen: womit er ein streng wissenschaftlich fundiertes Drama geschaffen hat, dessen hohe Qualität es schlechthin verbietet, dem noch ein erdichtetes hinzuzufügen ...

Hier noch einmal Tacitus – um ihn zu ehren, ihm zu danken! Tacitus: «... in besonderer Angst schwebte Agrippina, da sie sich wegen einer Äußerung des Claudius fürchtete, die er in Trunkenheit hatte fallenlassen: Vom Schicksal sei ihm bestimmt, die Schandtaten seiner Frauen zu ertragen und sie dann zu bestrafen. Sie beschloß daher, beschleunigt zu handeln [...]

Agrippina, die zum Giftmord schon längst entschlossen war, mußte die gebotene Gelegenheit rasch ergreifen und über die Art des Giftes Überlegungen anstellen: Es durfte nicht durch eine plötzliche und unmittelbare Wirkung das Verbrechen verraten werden; falls sie ein langsam wirkendes, zehrendes Gift wählte, so war aber zu befürchten, daß sich Claudius, wenn er sich dem Tod nahe fühlte und die Heimtücke durchschaute, in Liebe seines Sohnes erinnerte.

Sie entschloß sich zu einem ganz ausgesuchten Mittel, das den Verstand verwirren und den Tod noch hinauszögern sollte. Ausersehen wurde eine Meisterin in diesem Fach namens Locusta, die erst kürzlich wegen Giftmischerei verurteilt worden war, andererseits lange als Werkzeug des Herrscherhauses diente. Durch dieses Weibes Erfindungsreichtum wurde das Gift hergestellt, und darzureichen hatte es einer der Eunuchen, Halotus, der gewöhnlich die Speisen auftrug und sie kostend prüfte.

Und so sehr wurden alle diese Vorgänge in der Folge bekannt, daß Geschichtsschreiber jener Zeit berichten konnten, in ein schmackhaftes Pilzgericht sei das Gift eingeträufelt worden, aber man habe eine Wirkung des Mittels nicht sofort bemerkt, aus Unachtsamkeit oder infolge der Trunkenheit des Claudius; zugleich schien ihm ein Durchfall geholfen zu haben. Daher erschrak Agrippina, und weil das Äußerste zu befürchten war, machte sie sich ohne Rücksicht auf eine mögliche Verdächtigung durch Anwesende das bereits zuvor hergestellte Einverständnis des Arztes Xenophon zunutze. Dieser habe dem Kaiser, so glaubt man, als wolle er ihm die Anstrengung beim Erbrechen erleichtern, eine mit schnell wirkendem Gift bestrichene Feder in den Schlund eingeführt; er wußte wohl, daß größte Verbrechen einzuleiten mit Gefahr verbunden sei, sie zu vollenden aber mit Belohnung.

Berufen wurde inzwischen der Senat, und Konsuln und Priester brachten Gelübde für das Leben des Princeps dar, als man ihn, der schon entseelt war, noch mit Tüchern und Umschlägen zudeckte, während alles, was für die Sicherung der Herrschaft Neros notwendig sein konnte, eingeleitet wurde. Das erste war, daß Agrippina, als wenn sie, vom Schmerz überwältigt, Trost suche, Britannicus in ihre Arme schloß, ihn das wahre Ebenbild des Vaters nannte und mit allerlei Vorwänden hinderte, das Schlafzimmer zu verlassen. [...]

Dann, am Mittwoch des 13. Oktober, werden plötzlich die Tore des Palatiums geöffnet, und in Begleitung des Burrus tritt Nero heraus zu der Kohorte, die nach militärischer Sitte den Wachdienst versieht. Dort wird er auf einen Hinweis des Präfekten mit Heilrufen empfangen und in eine Sänfte gesetzt. Gezögert hätten einige, sagt man, indem sie sich umsahen und fragten, wo Britannicus sei: dann aber, als niemand ein abweichendes Verhalten veranlaßte, folgten sie dem Beispiel, das ihnen geboten wurde. Nero wurde in die Kaserne getragen und, nachdem er eine der Lage angemessene Rede gehalten und ein Geschenk nach dem Vorbild der väterlichen Freigebigkeit versprochen hatte, als Imperator begrüßt.

Der Willensäußerung der Soldaten folgten Beschlüsse des Senats, und man zögerte auch in den Provinzen nicht. Göttliche Ehren wurden für Claudius beschlossen und ein feierliches Leichenbegräbnis gerade wie beim göttlichen

Augustus abgehalten, wobei Agrippina mit ihrer Urgroßmutter Livia an äußerer Pracht wetteiferte. Das Testament jedoch wurde nicht verlesen, damit nicht die Bevorzugung des Stiefsohnes gegenüber dem Sohn als Unrecht und Gehässigkeit im Volk Unruhe hervorrufe.

In Unruhe geriet Nero durch die Nähe des Tages, an dem Britannicus das 14. Lebensjahr vollendete; er überdachte bei sich bald die heftige Art seiner Mutter, bald dessen eigene natürliche Veranlagung, wie man sie bei einer an sich unbedeutenden Probe kürzlich kennengelernt habe, mit der er sich jedoch habe weithin Beliebtheit verschaffen wollen.

Als am Fest der Saturnalien seine Altersgenossen unter anderer Kurzweil auch einen König mit dem Würfel erlosten, war das Los auf Nero gefallen. So trug er den übrigen auf, verschiedenes zu tun, was sie nicht in Verlegenheit bringen konnte: dann hieß er Britannicus aufstehen, in die Mitte treten und irgendein Lied anstimmen, in der Hoffnung, zum Gespött werde sich damit der Knabe machen, der auch Gesellschaften, auf denen es nüchtern zuging, nicht kannte, geschweige denn Trinkgelage. Doch jener begann mit großer Selbstsicherheit ein Lied, in dem darauf angespielt wurde, daß er verdrängt sei vom väterlichen Thron und der höchsten Machtstellung. Dadurch wurde das Mitleid geweckt, und zwar noch offenkundiger, weil die Ausgelassenheit jede Verstellung aufgehoben hatte.

Nero verstand die Anfeindung und steigerte sich weiter in seinen Haß hinein; und angesichts der Drohungen Agrippinas mußte er, weil kein Verbrechen vorlag und er den Befehl zur Ermordung des Bruders nicht offen zu geben wagte, heimlich zu Werke gehen und ließ ein Gift herstellen unter Mithilfe von Pollio Iulius, dem Tribunen einer Prätorianerkohorte. [...]

Es bestand die Sitte, daß die Fürstenkinder mit den übrigen gleichaltrigen Adeligen sitzend aßen im Angesicht ihrer Verwandten an einem eigenen, sparsamer gedeckten Tisch. Da dort auch Britannicus speiste und ein Ausgewählter von den Dienern seine Speisen und Getränke vorzukosten pflegte, ersann man, um nicht von dem Brauch abgehen zu müssen oder durch beider Tod das Verbrechen zu verraten, folgende List: Ein noch ungiftiger und sehr warmer, vorgekosteter Trank wurde Britannicus gereicht; dann, weil er ihn als zu heiß zurückwies, goß man in kaltem Wasser das Gift zu, das derart alle seine Glieder durchdrang, daß es ihm zugleich Stimme und Atem benahm. Panische Angst ergriff die ringsum Sitzenden, sie liefen in ihrer Ahnungslosigkeit auseinander: doch diejenigen, denen tiefere Einsicht gegeben war, blieben wie angewurzelt sitzen, die Augen auf Nero gerichtet. Dieser behielt seine bequeme Lage bei und erklärte, als ob er von nichts wisse, etwas ganz Gewöhnliches sei dies, ein Anfall von Epilepsie, von der Britannicus seit frühester Jugend heimgesucht werde, und es würden allmählich Blick und Empfindung wiederkehren.

Doch Agrippina war ein solcher Schrecken, eine solche Bestürzung anzusehen, sosehr sie dies zu unterdrücken suchte, daß feststand, sie habe ebensowenig davon gewußt wie Octavia, die Schwester des Britannicus: freilich erkannte sie, daß ihr der letzte Rückhalt entrissen und die Probe für den Muttermord geliefert sei. [...]

Nero vermied es, unter vier Augen mit seiner Mutter zusammenzukommen, und wenn sie sich in ihren Park oder auf ihre Güter in Tusculum oder Antium zurückzog, lobte er sie, weil sie sich Ruhe verschaffe. Da er sie schließlich, wo auch immer sie sich aufhalten mochte, als äußerst lästig empfand, beschloß er, sie zu beseitigen, wobei er nur soviel noch überlegte, ob mit Gift oder mit dem Dolch oder auf welche andere gewaltsame Weise.

Für das beste hielt er zunächst Gift. Aber wenn es ihr an der Tafel des Princeps gegeben werden sollte, konnte man es nicht auf einen Zufall zurückführen, da schon Britannicus ein solches Ende gefunden hatte; und der Versuch, ihre Diener zu gewinnen, schien schwierig bei einer Frau, die aus Erfahrung mit Verbrechen vor Anschlägen stets auf der Hut war; auch hatte sie durch vorbeugende Einnahme von Gegenmitteln ihren Körper unempfindlich gemacht.

Ermordung mit dem Dolch – wie das geheimzuhalten wäre, konnte niemand ausfindig machen, auch daß einer, der für eine so abscheuliche Tat ausgewählt sei, den Auftrag ablehnte, mußte er befürchten. Da stellte der Freigelassene Anicetus sein Erfindungsgabe zur Verfügung; er war Befehlshaber der Flotte bei Misenum, hatte Nero als Knaben erzogen und war aufgrund seiner Haßgefühle, die auf Gegenseitigkeit beruhten, mit Agrippina verfeindet.

Nun legte er dar, daß man ein Schiff bauen könne, von dem ein Teil, auf hoher See durch eine Vorrichtung losgelöst, die Ahnungslose ins Wasser fallen lasse: nichts schaffe so sehr die Voraussetzungen für Zufälle wie das Meer; und wenn sie durch Schiffbruch umgekommen sei, wer werde dann so ungerecht sein, einem Verbrechen zuzuschreiben, was Wind und Fluten verschuldet hätten? [...]

Das Schiff war noch nicht weit gefahren, und zwei aus dem Kreis der Vertrauten waren bei Agrippina als Begleiter, von denen Crepereius Gallus in der Nähe des Steuerruders stand, während Acerronia über die Füße der Ruhenden gebeugt voller Freude von der Reue des Sohnes und der Wiederherstellung des freundschaftlichen Einvernehmens mit der Mutter sprach: da stürzte auf ein verabredetes Zeichen das mit viel Blei beschwerte Dach der Kabine herab; erdrückt wurde Crepereius und starb auf der Stelle, Agrippina und Acerronia dagegen wurden durch die hervorstehenden Seitenwände des Ruhebetts geschützt, die zu stark waren, als daß sie der Belastung nachgegeben hätten. Auch das Auseinanderbrechen des Schiffes folgte nicht, da alles durcheinandergeriet und sehr viele, die keine Ahnung hatten, den Eingeweihten im Wege waren. Jetzt schien es den Rudernden geboten, ihr Gewicht auf eine Seite zu verlegen und so das Schiff kentern zu lassen; aber einerseits gab es bei ihnen selbst keine einmütige Bereitschaft zu rascher Tat, andererseits stemmte sich ein Teil dagegen und ermöglichte einen sanfteren Sturz ins Meer.

Doch Acerronia, die in ihrer Arglosigkeit schrie, sie sei Agrippina und man solle doch der Mutter des Princeps zur Hilfe kommen, wurde mit Stangen, Rudern und was der Zufall sonst noch an Schiffsgeräten bot, erschlagen. Agrippina, die sich ruhig verhielt und daher weniger beachtet wurde – eine Wunde empfing sie dennoch an der Schulter –, gelangte schwimmend, dann mit Hilfe entgegenkommender Barken zum Lucriner Golf und wurde in ihr Landhaus gebracht.

Dort überlegte sie: Darum also habe man sie mit einem heuchlerischen Brief herbeigeholt und mit besonderer Auszeichnung behandelt; und in der Nähe der Küste, nicht von Stürmen getrieben, nicht auf Klippen gestoßen, sei das Schiff mit seinem Verdeck wie ein Baugerüst auf festem Boden zusammengestürzt. Sie bedachte auch Acerronias Ermordung, sah auf ihre eigene Wunde und erkannte, daß es nur ein Mittel gegen einen heimtückischen Anschlag gebe, ihn nicht zur Kenntnis zu nehmen. So schickte sie ihren Freigelassenen Agermus ab, der ihrem Sohn mitteilen sollte, durch die Gnade der Götter und ihm zum Glück sei sie einem schweren Unfall entronnen. [...]

Indes wurde Nero, der auf Nachrichten über die vollzogene Schandtat wartete, gemeldet, Agrippina sei mit einer geringfügigen Verwundung davongekommen, andererseits in einem Maße in Gefahr geraten, daß über den Anstifter kein Zweifel bestehen könne. Jetzt geriet er vor Angst außer sich und rief beschwörend, im nächsten Augenblick werde sie erscheinen, um Rache zu nehmen, ob sie nun die Sklaven bewaffnen oder die Soldaten aufhetzen, ob sie sich an Senat oder Volk wenden würde, um ihm den Schiffbruch und die Verwundung der erschlagenen Freunde anzulasten: wo gebe es dagegen Hilfe für ihn?

Es sei denn, Burrus und Seneca könnten etwas erfinden, diese hatte er sofort holen lassen, wobei ungewiß blieb, ob sie auch schon vorher etwas wußten. Daher verharrten beide lange Zeit in Schweigen, um nicht erfolglos von Weiterem abraten zu müssen, oder vielleicht glaubten sie wirklich, die Entwicklung habe einen solchen Tiefpunkt erreicht, daß Nero, wenn man Agrippina nicht zuvorkomme, ein Kind des Todes sei.

Dann bewies Seneca insofern mehr Entschlossenheit, als er sich nach Burrus umsah und wissen wollte, ob man nicht den Soldaten den Mord befehlen könne. Jener antwortete, die Prätorianer seien dem ganzen Kaiserhaus verpflichtet und würden in der Erinnerung an Germanicus keine Schreckenstat gegen seine Tochter wagen: vollbringen solle Anicetus, was er versprochen habe.

Der fordert ohne jedes Zögern die Leitung des Verbrechens. Auf diese Äußerung hin bekennt Nero offen, erst an diesem Tage werde ihm die Herrschaft wirklich verliehen, und der ihm dieses große Geschenk mache, sei ein Freigelassener: gehen solle er in Eile und Leute mitnehmen, die bereitwilligst seine Befehle ausführten.

Er selbst setzt, als er hört, von Agrippina geschickt sei Agermus als Bote gekommen, seinerseits eine Komödie des Verbrechens in Szene und wirft ihm, während er seinen Auftrag ausrichtet, sein Schwert zwischen die Füße. Dann läßt er ihn, als sei er auf frischer Tat ertappt, in Fesseln legen, um vorgeben zu können, die Mutter habe die Ermordung des Princeps beabsichtigt und sich aus Scham über die Entdeckung der Untat selbst den Tod gegeben. [...]

Anicetus umstellte die Villa mit einer Postenkette, ließ das Tor aufbrechen und die ihm entgegentretenden Sklaven fortschleppen, bis er an die Tür des Schlafgemachs vordrang; dort standen nur wenige, die übrigen waren vor Schrecken über die Eindringlinge wie gelähmt. Im Schlafzimmer befand sich nur ein schwaches Licht und eine einzige Dienerin, während Agrippina mehr und mehr in Angst geriet, weil niemand von ihrem Sohn kam, auch Agermus nicht: anders sehe eine erfreuliche Entwicklung aus; jetzt nur Einsamkeit und plötzlicher Lärm und Anzeichen schlimmsten Unheils.

Als dann auch die Magd davonlief, rief sie: ‹Auch du verläßt mich!› und erblickte, sich umschauend, Anicetus, der von dem Trierarchen Herculeius und dem Flottenzenturio Obaritus begleitet war: Ja, wenn er gekommen sei, um nach ihr zu sehen, solle er melden, sie habe sich erholt, wenn aber, um ein Verbrechen auszuführen – von ihrem Sohn glaube sie nichts Böses; nicht befohlen sei der Muttermord! Da umstellten die Mörder das Bett, und zunächst schlug ihr der Trierarch mit einem Knüppel auf den Kopf. Als der Zenturio das Schwert zum Todesstoß zückte, hielt sie ihm ihren Schoß entgegen und schrie: ‹Den Leib triff!› Unter vielen Wunden verblutete sie.»

Soweit Tacitus.

Angeblich ist ihr, bevor sie vermocht hatte, Nero zum Kaiser zu machen, die Ermordung durch ihren Sohn vorausgesagt worden durch Orakelpriester. Sie habe geantwortet: «Mag er töten – wenn er nur herrscht!»

Wie alles anfing: Cäsars Testament wird gefälscht

Ernst Jüngers belustigende Entdeckung, in mittleren Jahren würden wir Autoren zu Langweilern, die Professoren aber zu Stänkerern, erwähnt nicht, daß die Streitlust der Gelehrten sich meist an der Spitzfindigkeit der Epigonen entzündet. Immerhin erfrischt sie oft durch einen polemischen Ton, entsprechend der Tiefe ihres Gekränktseins durch einen bedeutenden Vorgänger – so wenn Eduard Meyer und Ernst Kornemann verbissen an ihrem Übervater Mommsen herumstänkern. Sie *müssen* das, um «wenigstens ein wenig» aus dessen sie verschluckendem Schlagschatten herauszutreten und selber überhaupt noch sichtbar zu sein. In fünfzig Jahren kennt sie kein Mensch mehr, daher die Wut ihrer Ohnmacht.

Die wächst proportional, je geringer – wie hier zur Cäsar-Zeit – die Zahl jener *originalen* Chronisten ist, denen nichts Neues hinzufügen kann, wer sie zum aberhundertsten Male nacherzählt, um nicht zu sagen: nur abschreibt. Dagegen einem Ranke, als der die Geschichte der Päpste, einem Burckhardt, der das Zeitalter Konstantins, einem Fest, der den Staatsstreich des 20. 7. 44 beschrieb – ja noch kein Tacitus, kein Cassius Dio und kein noch fast Gegenwärtiger wie Mommsen ihren Stoff schon vorweggenommen und einmal für allemal in klassischer Prägnanz bereits gestaltet hatten … Doch immer nur ein bißchen besserwissend das gleiche beschreiben zu wollen, was Giganten, mehrere, vor ihm auch schon berichtet hatten, das muß den, der sich dessen unterfängt, noch grämlicher machen als den, der das lesen soll … Nicht allein den Mimen und Regisseuren «flicht die Nachwelt keine Kränze», sondern auch denen nicht, die nur schreiben und malen, um die Originalen angeblich zu «verbessern»: Kolumbus konnte es nur *einen* geben, so viele Spätere auch exaktere Karten seiner Route nach Amerika noch gezeichnet haben …

Tatsächlich *neue* Fakten und Wege finden ja – wenn sie so instinktlos sind, *dieselben* Themen zu beackern wie das ihnen vorangegangene Genie – niemals die Jünger eines Großen, seine «Anhänger», selbst wenn sie gegen ihn aufmucken. Denn wie schon das Wort sagt: Anhänger bestimmen nie Richtung und Tempo; und Zugmaschinen sind sie nicht, bevor sie nicht eigene Stoffe gefunden haben. Erst die dritte, mehr noch die vierte Generation, die einem Bahnbrecher wie Mommsen thematisch folgt, hat nicht mehr dessen Brille auf. So wie jedermann, der Familienfotos vergleicht, auf den ersten Blick gewahr wird, daß er den Urgroßeltern viel ähnlicher sieht als den Großeltern oder gar den Eltern; so wie uns auch in Kunst, Architektur, ja «Sitte» und Geschmack das, was Urgroßeltern machten, wieder mehr anspricht als das, was die Generation der Eltern malte, schrieb, dachte, fühlte und bekämpfte. So ist die Machtergreifung des (noch Octavian heißenden) Jünglings Augustus, seine – laut Mommsens Irrtum – angebliche Adoption, nicht schon durch Mommsens Schüler und deren Schüler der Fälschung des Cäsar-Testaments vom 13. 9. 45 v. Chr. zugeschrieben worden – sondern erst von ungefähr hundert Jahre nach Mommsen Geborenen: Von Walter Schmitthenner, Jahrgang 1916. Und von Herbert Rosendorfer, Jahrgang 1934. Ein Jahrhundert, im Durchschnitt, liegt zwischen unserer Geburt und der unserer vier Urgroßväter. (Die Urgroßmütter sind meist nur achtzig bis neunzig Jahre älter als wir.) Beide, Schmitthenner und Rosendorfer, haben 1952 und 1989 ‹Octavian und das Testament Cäsars› im Hinblick auf ‹Die angebliche Adoption des Augustus durch Cäsar› mit einer Schärfe durchröntgt, zu der noch keiner der Mommsen-Mitläufer fähig war; denn, wie gesagt, anders als den Urenkeln vererben die Großen den Kindern, oft auch noch den Enkeln, nicht nur ihre Bücher, sondern – verhängnisvoll – sogar noch ihre Brillen …

Hat Cäsar Augustus adoptiert – wie das seit Mommsen niemand mehr bezweifelte? Laien wie dem hier Schreibenden war stets fragwürdig, erstens, daß ein Mann, der sich – wie Napoleon zuerst geheim, dann öffentlich darauf versessen, eine Dynastie zu gründen – sehnlichst einen leiblichen Sohn wünscht; daß der, wenn er dann endlich einen hat: nicht diesen Sohn zum Nachfolger einsetzt, sondern den Enkel seiner Schwester. Und war zweitens *das* Fragwürdigste überhaupt auch in dieser Erzählung: Daß der – angeblich – zum Adoptivsohn Cäsars ernannte Großneffe, sobald er des sechzehnjährigen Sohnes seines Großonkels und Wohltäters Cäsar habhaft wird – des Sohnes einer Königin und schon ihr Mitregent –, daß er den nicht adoptiert, da er zudem selber als Gründer einer Dynastie keinen Sohn hat:

sondern daß er diesen Jungen gerichtslos absticht wie ein Schwein! Was ja nun zweifellos siedende Empörung gerade auch bei all denen – voraussehbar! – erregen mußte, für die der angeblich von Cäsar adoptierte Augustus oder Octavian zu kämpfen vorgab: Für jene nämlich, die den ermordeten Cäsar rächen wollten, seine engsten Verbündeten. Vor deren Augen ermordet er Cäsars Sohn, den logischerweise sein Stiefvater Antonius längst dem Senat als künftigen Nachfolger des von Senatoren abgestochenen Cäsars empfohlen hatte!

Warum hat der erst Einunddreißigjährige – so königlich von Cäsar im Testament am 13. September 45 Beschenkte – dessen einzigen Sohn als Sechzehnjährigen totgemacht?

«Einfach so» beginge selbst ein Ungeheuer – damals *war* Octavian eines – keine solche Ungeheuerlichkeit. Er hat den Jungen ermordet, der nach Cäsars Wunsch bereits den Vater-Namen im Diminutivum trug –, weil der Großneffe wußte und das also fürchten mußte, dieser Sohn sei der legitime Nachfolger Cäsars. Und er selber, Octavian, habe sich allein deshalb durch einen usurpatorischen Trick, als angeblich von Cäsar «adoptiert», dem unwissenden Volk anpreisen können, weil Cäsar in diesem Testament, das er erst ein halbes Jahr vor seinem Tode bei den Vestalinnen auf dem Forum hinterlegt hat, seinen Sohn Caesarion nicht adoptieren konnte. Warum nicht? Weil «es, summa summarum, eine testamentarische Adoption nach römischem Recht nicht gegeben hat». Das ist die Schlußfolgerung des Juristen Herbert Rosendorfer, der 1989 vor der Akademie der Wissenschaften und Literatur zu Mainz ‹Die angebliche Adoption des Augustus durch Cäsar› mit zahllosen Belegen als eine der weitestwirkenden Geschichtsfälschungen entlarvte. Rosendorfer hat damit als Jurist vertieft und ergänzt, was bereits 1952 Walter Schmitthenner als Historiker herausgefunden und – in zweiter Auflage – 1972 bei C. H. Beck in München abermals publiziert hat: Daß nämlich Mommsen keineswegs pflichtgemäß auch als Detektiv den ‹Octavian und das Testament Cäsars› untersucht, sondern überlieferungsfromm bei zwei antiken Autoren: Appianos und Nikolaos Damaskenos, deren Legende von der Adoption des späteren Augustus durch Großonkel Cäsar einfach abgeschrieben hat ... Rosendorfer, der zwar juristenexakt schreibt, doch als Satiriker auch nicht ohne jene «göttliche Bosheit», die laut Nietzsche Prosa allein noch erfrischend macht, stellt endlich wieder einmal ins Zentrum, was eigentlich jedermann weiß, doch fast niemand, wenn er aus der Antike liest, mehr berücksichtigt: «Alle diese Berichte sind, worauf die ganze Augustus-Biographik stets hinzuweisen vermeidet, samt und sonders nicht zeitgenössisch ... Appianos, um 100 nach Christus geboren, schrieb ... nach 165, also knapp 200 Jahre nach den Iden des März. Freilich erscheint uns aus der Perspektive von 2000 Jahren der Abstand unwesentlich, aber dennoch müssen wir uns quellenkritisch vor Augen halten, daß Appianos kein Zeitgenosse der von ihm hier geschilderten Ereignisse war. Es ist ungefähr so, als ob ein heutiger Historiker sich unterfangen wollte, über den Siebenjährigen Krieg als Zeitgenosse zu berichten. Außerdem war Appianos Grieche und mit dem römischen Recht nicht vertraut. Dennoch beruht niemandes Geringeren als Mommsens Theorie von der testamentarischen Adoption hauptsächlich auf Appianos, und Mommsens Theorie – inzwischen eine unanfechtbare Burg und von Interpretation zur Quelle geworden – wird nun für die Richtigkeit von Appianos' Bericht ins Feld geführt.»

Was aber spricht «für die Richtigkeit» der wahrhaft sensationellen Schlußfolgerung des Juristen Rosendorfer, der ja sogar erst 2000 Jahre nach den Iden des März schreibt: Daß es erstens «summa summarum, eine testamentarische Adoption nach römischem Recht nicht gegeben» hat? Und daß zweitens auch die «herkömmliche Weise», auf die nach Cassius Dio eine Adoption zu vollziehen war – und deren drei Stufen Rosendorfer minutiös beschreibt –, deshalb nicht *per Testament* vollzogen werden konnte, weil sie «ausgeschlossen, wenn einer der Beteiligten schon tot war».

Machen wir uns aber Rosendorfers Skepsis zu eigen gegenüber den Chronisten, die wie Cassius Dio erst 250 und wie Sueton erst 150 Jahre nach den Iden des März geschrieben haben; oder die wie Plutarch erst 100 Jahre nach Cäsars Ermordung (und fernab als Grieche) geboren wurden: So müssen wir selbstverständlich eine noch radikalere Skepsis gegenüber den Forschungen an den Tag legen, die einen erst *heute* Schreibenden, der sogar erst 2000 Jahre nach den Iden des März über sie berichtet, zu dem Resultat gelangen ließen, Adoption via Testament habe es in Rom nie gegeben ...

Wieso aber vertrauen wir dennoch diesen Autoren der Gegenwart? Obgleich doch Schmitthenner wie Rosendorfer logischerweise ebenso viele Quellen *weniger* haben, als einst die Berichterstatter der Antike hatten – wie die heutigen an Jahrhunderten noch weiter entfernt von den Ereignissen über diese berichten. Wieso glauben wir hier dennoch Heutigen, doch nicht Gestrigen, wenn die Heutigen sagen, keiner habe durch Testament im alten Rom jemanden adoptieren *können?* Ganz einfach: wir müssen das deshalb glauben, weil Cäsar natürlich seinen Sohn Caesarion im Testament vom 13. 9. 45 – da war Caesarion schon zwei Jahre – adoptiert hätte, wäre das juristisch möglich gewesen. Daß er das nicht getan hat – *ist der Beweis,* daß er es nicht tun *konnte.*

Zweitens: Hätten Gesetze Adoptionen durch das Testament erlaubt – hätte Cäsar es nicht nötig gehabt, dem Senat mit der zweifellos unpopulärsten seiner Forderungen zu kommen: Ihm mehrere Ehefrauen zu erlauben, wie man das bisher nur im Orient kannte! Denn natürlich hat Cäsar nicht an einen so nahen Tod geglaubt, sondern in Respektierung des aufreizend «pikanten» Ärgernisses, die Königin samt seinem Sohn schon bei sich in Rom wohnen zu haben – vermutlich auch zu deren Sicherheit wohnten sie in Rom –, es schlau vermieden, sich schon jetzt von Calpurnia scheiden zu lassen, was von jedermann bereits als Vorsatz gewertet worden wäre, Kleopatra zu heiraten. Daß er aber seine Ehefrau nicht einmal *nennt,* geschweige denn bedenkt im Testament vom 13. 9. 45 – beweist auch, daß er geglaubt hat, dieses Testament, mit dem er ja laut Rosendorfer nur sein Privatgeld den drei Großneffen vererbte, aber keine Macht- und Ämterbefugnisse, trete erst in Kraft, wenn er Kleopatra geheiratet und ihren gemeinsamen Sohn zum Kronprinzen gemacht habe. Wer will daran zweifeln, daß sein Begehren, dem Senat das Diadem abzutrotzen – wenigstens, wenn er im Ausland sei –, als der Anfang seiner Dynastie-Gründung gemeint war?

Doch noch einmal zur Frage, warum der Jurist Mommsen – denn andere Quellen als er haben ja auch Schmitthenner und Rosendorfer nicht –, warum er so leichtfertig (im Wortsinne) dem Propaganda-Gerede der Augustus-Hörigen aufgesessen ist und an dessen Adoption geglaubt hat?

Antwort: Es hat dies – dies *auch* – Mommsens Aurora-Dreckliese-Komplex verschuldet. Denn einem Unehelichen, einem Halborientalen, also einem «Mischling», wie dann in der Nazi-Zeit der Mommsen-Musterschüler Geheimrat Kornemann den Caesarion schimpft – kann ja in den Augen sittenfester Deutscher Cäsar unmöglich den Thron vererbt haben wollen, den zu errichten – was selbst Mommsen nicht bestreitet – des Diktators Ziel, «aufs innigste zu wünschen» gewesen ist ... Denn in der Epoche der Queen Victoria, deren moralischer rocher de bronze Geheimrat Mommsen war, seit er gänzlich verdrängt hatte, daß er einst als achtundvierziger Revolutionär begonnen ..., «gehörte» es sich nun einmal nicht – und ist ja auch zu Mommsens Lebzeiten Gott sei Dank in keiner der ach so sittenfest (wenigstens äußerlich) lebenden Fürstenfamilien Europas «passiert», daß ein vorehelich Geborener irgendwo einen Thron bestiegen hätte, geschweige denn mit einer Orientalin gezeugt worden wäre ... Daß solche «moralischen» Einstellungen, exakter: Entstellungen auch die Geschichteschreibung mehr zur unfreiwilligen Selbstkarikatur der nachgeborenen Chronisten machen als zur Chronik dessen, was die vorgeben und sich einbilden, darzustellen: hat Mommsen in seinem imperialen Selbstbewußtsein nicht einmal *geahnt*.

Und noch vier Generationen später auch Walter Schmitthenner nicht, wenn er nämlich den Caesarion ein «Halbblut» nennt. Zwar das schauerliche Wort in je einen An- und Ausführungsstrich setzt, dann aber doch dieses Kind Kleopatras so «einstuft», als sei er Mommsen oder gar Kornemann, indem auch er Caesarions Unehelichkeit, mehr aber noch dessen Blut als Unmöglichkeit auf dem Wege zur Nachfolge Cäsars ansah ... Wie die Weimarer des «sittlich» so terroristischen Biedermeiers Goethes Freundin und vorehelich geborenen Sohn ignorierten; mit Ausnahme der geistvollen Mutter Schopenhauers, die es «wagte», die arme Christiane wenigstens dann einzuladen, als Exzellenz die endlich geheiratet hatte. «Wem Goethe seinen Namen gegeben hat», entschuldigte sich die witzige Frau bei ihren quälend und bösartig verspießerten Weimarer Mitbürgern, «dem darf ich doch wohl eine Tasse Tee geben?»

Doch blieb Johanna Schopenhauer die einzige Dame Weimars, da als Nichtadlige selber oft genug zurückgesetzt, die «mit dieser Person» – sogar als die bereits Frau von Goethe hieß – zuweilen ein paar Worte wechselte. Und diese gleiche beispiellose Verachtung, ja totale Ignorierung ist noch bis zum Ende des 19. Jahrhunderts in Mommsen, als dem Reichshohepriester aller Spießer, gegenüber dem unglücklichen Caesarion, wenn der Geheimrat dessen Ermordung nicht einmal *erwähnt*! Und überhaupt ihn nur einmal erwähnt, mit folgender Nichtswürdigkeit: «Dann wurde der Osten als Großkönigtum über Ägypten und die anderen Länder an Kleopatra übertragen mit dem Caesarion als Mitregenten – widerliche Verhandlungen. Caesarion war ein ‹echter› Sohn Cäsars, also der eigentliche Rivale des Octavianus» ...

Warum schrieb hier Mommsen nicht: Ein leiblicher Sohn

Cäsars, da er doch sogar dessen einziger – nachgewiesener – war? Warum denunzierte er «echter» auch noch durch Anführungsstriche? Weil sogar Mommsen – und was brandmarkte die Denkweise des 19. Jahrhunderts deutlicher als eine nur engstirnig zentraleuropäische – wie horizontlose und daher dünkeldumme Kleinbürger einem unehelichen Sohn selbst noch die Echtheit aberkennen wollte; alle Rechte sowieso. Immerhin ist es ein sehr großes, wenn auch sicher unfreiwilliges Zugeständnis, daß Mommsen den Caesarion den «eigentlichen Rivalen des Octavianus» nennt. Hätte der Großneffe das nicht ebenso gesehen und damit gesehen, daß er selber ein Schwindler war als Testamentsfälscher: Er hätte Caesarion nie ermordet …

Schmitthenner und Rosendorfer, die endlich und gründlich die Frage abhandeln, ob Cäsar den Großneffen, den er mit zweien von dessen Vettern am 13. 9. 45 zum Haupterben einsetzte, ob er den auch noch adoptiert habe, verneinen entschieden aus vielen Gründen.

Schmitthenner schreibt beispielsweise auch zu dem Detail, ob mit dem Erbe im Testament, das ja seit Cäsars Zeiten kein Mensch mehr auffinden konnte – kein einziger Autor außer Cicero hat es je gesehen, nicht einmal Abschriften –, ob also auch die Erblichkeit des Imperatornamens und der Oberpriesterwürde damit verbunden gewesen sei, die sich Cäsar vom Senat dekretieren ließ, um die Stellung seines Nachfolgers zu sichern: «Der Beschluß über die Erblichkeit der Stellung Cäsars als *pontifex maximus* – mit dem Zusatz, daß sie auch für einen adoptierten Sohn gelte – wird von Cassius Dio im Zuge jener letzten Ehrungen berichtet, deren Ungewöhnlichkeit dann mit zur Katastrophe beitrug.

Strack und H. Andersen haben darauf hingewiesen, daß die Kapitel Cass. Dio 44, 4–7 in einer historiographischen Tradition stehen, die Wirkliches, Geplantes und – wird man hinzufügen müssen – in verleumderischer Absicht Unterschobenes häuft, um den zum Mord führenden Haß zu motivieren.

Die dem Verleihungsbeschluß über die Erblichkeit des Imperatornamens bei Cass. Dio (43, 44, 3) entsprechende Notiz Suetons (Caes. 76, 1), wo nur von der Gültigkeit für die Person Cäsars die Rede ist, gehört bei Sueton auch zur Reihe der das Verhängnis auslösenden Ursachen. Bei Cassius Dio ist es zwar eine der Ehrungen nach dem spanischen Sieg, aber Cassius Dio fügt das Moment der Erblichkeit mit dem kennzeichnenden Zusatz an, daß dies der Gipfel der Schmeichelei gewesen sei. Er rückt so selbst seine Mitteilung in den Bereich jener zweifelhaften, sich übersteigernden Ehrenbeschlüsse.

Mommsen hat in beiden Fällen die Zutat der Erblichkeit als eine spätere Fiktion des Augustus aufgefaßt, mit der dieser seine eigene Stellung habe stärken wollen ... Aber sollte man trotzdem auf der Ansicht beharren, daß Cäsar die Verleihung der Würden nicht nur für sich, sondern auch für einen leiblichen Sohn gewünscht habe, so fehlt doch ein Anhalt dafür, daß er – im Hinblick auf den Inhalt des Testaments bei den Senatsbeschlüssen auch einen Adoptivsohn berücksichtigt haben wollte.»

Schmitthenner sagt unverblümt: «Daß das, was wir so insgesamt erfahren, nur ein dürftiger Auszug aller seiner letztwilligen Verfügungen ist, liegt auf der Hand. Der mächtigste Mann des Staates, auf dem Höhepunkt seiner Laufbahn, Besitzer eines ungeheuren Vermögens, hatte mehr zu testieren. »

Und Schmitthenner erläutert seine – in der Augustus-Geschichteschreibung – wahrhaft epochemachende Entdeckung, daß nämlich die Großneffen nur Ersatz-Erben waren für den Fall, « daß Cäsar kein leiblicher Sohn nachgeboren » werde: « In die Sprache der römischen Testamente übertragen heißt das, daß die drei Vettern entweder als Miterben des *postumus filius* eingesetzt waren und ihnen im Falle seines Ausbleibens dessen Erbteil, ihrer jeweiligen Quote entsprechend, zugewachsen wäre – dies ist die umständlichere und seltenere Form – oder daß C. Octavius, L. Pinarius und Q. Pedius ihrerseits dem *postumus filius* substituiert, also bereits Ersatzerben gewesen sind ... Für Antonius als Vormund eines *postumus filius* ist die gleiche Diostelle der einzige Beleg. » Daher Mark Antonius später noch Cäsars Sohn von Kleopatra dem Senat offiziell ans Herz legte, womit er – vermutlich – den Haß des jungen Augustus stärker als durch alles andere hervorgerufen hat ... Und auch dessen als Notwehr empfundenen Trieb, diesen Rivalen Caesarion als den wahren Erben bei erster Gelegenheit zu killen. (Da hatte den Jungen Mark Antonius, sein vorbildlicher Stiefvater als Cäsars Freund, bereits in der Hauptstadt seiner Gattin Kleopatra als « König der Könige » inthronisiert.) Schmitthenner fährt fort: « Es war alter zivilrechtlicher Grundsatz, daß die Geburt eines *postumus filius* die Ungültigkeit des ganzen Testaments zur Folge hatte. Seit der späten Republik bestand die Möglichkeit, ihn vorsorglich im Testament zu berücksichtigen, um das Ungültigwerden des Testaments zu verhindern ... Cäsar hat von dieser Möglichkeit Gebrauch gemacht … Die Folgerung, die daraus gezogen werden muß, ist aber die, daß die Erbeinsetzung der C. Octavius, L. Pinarius und Q. Pedius, so wie sie uns überliefert ist und wie sie dann in Kraft trat, nur eine bedingte gewesen ist, nämlich unter der Bedingung, daß Cäsar kein leiblicher Sohn nachgeboren wurde.»

Cäsars Sohn, den Schmitthenner: Kaisarion schreibt, war zwei Jahre alt, und sein Vater *wußte*, warum es völlig unmöglich für ihn gewesen wäre, ihn schon jetzt als Nachfolger namentlich zu bezeichnen: Cäsar, fünfundfünfzig, als er am 13. 9. 45 sein Testament diktierte, konnte sich – kein Prophet – ja auch sagen, dazu habe er noch Zeit. Daß er gefährdet war, hat er zweifellos gewußt – warum sonst fühlte er sich nur sicher bei seinen Soldaten im Felde? Aber daß er *so rasch* ermordet werde, wie hätte er das wissen können? Daß er an keinen anderen Sohn dachte als an den der Königin, als er einem die erste Stelle im Testament freihielt: ist selbstverständlich. Schmitthenner untersucht, wieso aus der Überlieferung herausgefälscht wurde, daß Cäsar dem Großneffen diese erste Stelle nie hatte einräumen wollen: «Wie konnte dieser Umstand gänzlich aus der Überlieferung verschwinden? Schreibtechnisch ist der Unterschied zwischen dieser Einsetzungsformel und einer, wie sie der dann beim Erbfall eingetretenen Wirklichkeit entspräche, nur gering. Man brauchte nur die wenigen den *postumus filius* betreffenden Worte wegzulassen und konnte nach der *praefatio* sofort mit ‹C. Octavius …› fortfahren … Octavian hatte, als er die Erbschaft durch öffentliche Erklärung antrat, das geringste Interesse an der Erwähnung des *postumus*.»

Dieses «Verhalten» der Quellen, schreibt Schmitthenner – er will sagen: Das Weglassen der postumus-filius-Erwähnung, ist kein Zufall: «Octavian muß ihre Darstellung auch gelenkt haben. Ihm war die Einsetzung eines *postumus* peinlich. Diese Bedingung, unter der sein Erbe-Sein im Testament gestanden hatte, machte offenbar, daß eher der Zufall als die Absicht des Testators ihn zur Erbschaft gerufen hatte ... Gewöhnung und ‹Propaganda› erklären das Verschwinden eines Umstands aus der Überlieferung, der als bloße Möglichkeit nur für einen kurzen geschichtlichen Augenblick vernehmbar gewesen war. Gibt es innerhalb der publizistischen Auseinandersetzungen jener Jahre, die uns freilich nur trümmerhaft überkommen sind, gar keine Spur mehr? Vielleicht doch. Die Berichte des Cassius Dio über jene Senatsbeschlüsse, seien sie Wirklichkeit oder Gerede, in denen Cäsar die Vererblichkeit gewisser Ehren dekretiert war, könnten mit der Erbeinsetzung des *postumus* in Verbindung gebracht werden. Der berüchtigte Antrag des Helvius Cinna, dem Diktator Vielweiberei gesetzlich zu erlauben, wurde von der modernen Forschung auch damit verknüpft. Diese Stimmen einer erregten Zeit, ... konnten sich bestätigt fühlen in der Erwähnung des vergeblich erwarteten Leibeserben.»

Schmitthenner urteilt dann leider konventionell-untertänig, wenn er sich darüber lustig macht, daß Eduard Meyer im gründlichsten aller Bücher über ‹Cäsars Monarchie› diesen Antrag, Cäsar Vielweiberei zu gestatten, mit dem Satz kommentiert, von seiner Gattin Calpurnia «freilich konnte er einen Nachkommen nicht mehr erwarten ... So ließ Cäsar ein Gesetz entwerfen ...» Schmitthenner gibt zwar zu: «Nichts erfahren wir darüber, ob Cäsar in seinem

Testament die Gattin Calpurnia … irgendwie bedachte» …, kreidet jedoch Meyer dann gradezu hohndumm an: «Das Testament und sein Verfasser hatte weder zur Zeit der Abfassung noch des Wirksamwerdens einen anderen Leibeserben im Auge haben können als den, den Calpurnia gebären würde.»

Absurd: Hier urteilt Schmitthenner, als schreibe er nicht über Cäsar, sondern über einen Durchschnittsbürger, der erst zum Rechtsanwalt läuft, um zu fragen, ob er den Rubikon überschreiten dürfe … Schmitthenner traut Cäsar nicht zu, daß er sich, sobald das *politisch*, propagandistisch opportun gewesen wäre, von seiner Gattin – auch von *dieser* – wegen Kinderlosigkeit habe scheiden lassen, um sofort das zu tun, was kurz darauf Mark Anton ja tatsächlich getan hat: Kleopatra heiraten und mit Caesarion, seinem Stiefsohn, auch jene Kinder zu Erben, ja zu Königen machen, die Kleopatra *ihm* zur Welt brachte!

Genau dies bestätigt auch Eduard Meyer, wenn er sagt, daß Sueton Cäsars Antrag an den Senat, ihm mehrere Gattinnen zu gestatten, überhaupt nicht begriffen habe, da Sueton dieses amtliche Begehren mit Cäsars «Ausschweifungen» in Verbindung bringt: Tatsächlich mußte ja Cäsar die Frauen nicht *heiraten*, die er stets in Scharen verführt hat. Da der so anstößige Antrag noch «unmöglicher» gewesen wäre, hat Cäsar ihn nicht selber, sondern durch Helvius Cinna einbringen lassen, den bald darauf das Volk zerrissen hat bei Cäsars Leichenfeier, weil es sein Opfer irrtümlich für einen der Mörder Cäsars hielt! Eduard Meyer sagt unwiderleglich, so medioker auch Schmitthenner das zurückweist, weil er sogar wissen will, Cäsar habe nicht einmal *gedacht* (!)

an diese durch Meyer aufgezeigte Begründung: «Von Calpurnia freilich konnte er einen Nachkommen nicht mehr erwarten; aber den Weg wiesen auch hier die makedonisch-hellenistischen Monarchien, in denen der König oft genug mehrere Gemahlinnen und dann aus seinen Söhnen einen als Nachfolger bestimmt hatte. So ließ er ein Gesetz entwerfen, das ihm gestattete, beliebig viele Frauen zum Zweck der Kinderzeugung heimzuführen ... Wenn das bewilligt war, stand ihm frei, auch Kleopatra zu seiner Gemahlin zu erheben und seinen Sohn von ihr durch ein Gesetz legitimieren zu lassen. (In seinem Testament vom 13. 9. 45 hatte er ihn selbstverständlich unter dem bisherigen Recht nicht berücksichtigen können.) Das ist der Weg, den nachher in Nachahmung Cäsars Antonius gegangen ist, der Kleopatra neben Octavia zu seiner rechtmäßigen Gattin erhob ... Antonius hat denn auch Caesarion als Sohn Cäsars anerkannt. Eben darum konnte Octavian ihn nicht dulden; während er die Kinder der Kleopatra von Antonius aufzog, ja halbwegs als Mitglieder seiner Familie behandelte, hat er den Knaben, der ihm als Rivale und berechtigterer Erbe Cäsars entgegengestellt wurde, umbringen lassen, als er in seine Hände fiel» ...

Das ist so stichhaltig wie Schmitthenners Hohn ob dieser Schlußfolgerung Meyers inferior. Wenn er vom Durchschnitt auf Cäsar schließt, vergleicht Schmitthenner den Hutmacher mit dem lieben Gott! Meyer hatte zuvor in Übereinstimmung mit allen Cäsar-Kennern noch einmal daran erinnert: «Die direkte Anknüpfung an Alexander hatte Cäsar seit langem ins Auge gefaßt. Es ist nicht nur ein Liebesverhältnis gewesen, das Cäsar im Jahre 48 mit Kleopatra angeknüpft hat – das hätte schwerlich jahrelang vorgehalten –: sondern die Königin war die letzte Erbin Alexanders und das ägyptische zugleich das letzte, wenigstens dem Namen nach noch selbständige Königreich der Kulturwelt. So hatte die Verbindung mit ihr eine weit höhere Bedeutung; und eben darum ließ Cäsar sie im Jahre 46, nachdem sie ihm einen Sohn geboren hatte, nach Rom kommen, wies ihr eine Wohnung in seinen Gärten jenseits des Tiber an und stellte ihre Statue im Tempel der Venus Genetrix neben dem Kultbild der Göttin auf. Seine ganze Regierung hindurch ist sie in Rom geblieben ... Zum Wesen der Monarchie gehört die Erblichkeit, ... der Gedanke daran hat Cäsar sehr ernstlich beschäftigt. Daran, seinen Sohn von Kleopatra zu legitimieren, konnte er einstweilen nicht denken, wenn er auch aus seiner Vaterschaft keinen Hehl machte.»

Natürlich hat Cäsar wie *jeder* Gründer einer Dynastie gewußt, er könne unmöglich eine Mitbürgerin, die «nicht weit her», die «nur» eine Römerin war, eine Frau «nur ihresgleichen», zur Königin Roms erheben – sondern allenfalls eine bereits schon *von Geburt an* sogenannte «königlichen Geblüts»! Welche sonst hätte das sein können außer Kleopatra? Doch Cäsar wußte, was später Napoleon ihm nachgemacht hat: Er müsse die unerhörte Provokation gegenüber seinen Mitbürgern, *seinen* Sohn über sie zum König zu erheben, wenigstens dadurch mildern, daß er nicht *irgendeinen* seiner unehelichen Söhne, die er vermutlich mit Römerinnen hatte, zum Monarchen mache, sondern den Sohn wenigstens einer Königin; und zwar *dieser*, da Kleopatra ebenso dem damals ältesten, ehrwürdigsten Königshaus entstammte wie zur Napoleon-Zeit Marie Louise von Habsburg. Napoleon konnte aus gleichem Grunde nicht einmal daran denken, etwa seinem Sohn, den er von der Walewska gehabt hat – da die nur eine Gräfin war, aber keine Angehörige eines regierenden Hauses –, seine Krone zu vermachen, sondern allenfalls einem Sohn, der wenigstens von Mutterseite schon «kaiserliches Blut» hatte. *Daher* seine Scheidung von Josephine, die so sicher voraussehbar war wie die Cäsars von seiner Frau, hätte er länger gelebt ... oder nicht mehrere Frauen heiraten dürfen.

Eduard Meyer, der ja schrieb, bevor Schmitthenner und Rosendorfer ihre sehr bedeutende Entdeckung machten, daß Adoptionen via Testament in Rom gar nie möglich waren, schreibt also auch von Mommsen ab – obgleich er sonst kein gutes Haar an ihm läßt: «Ein Mensch wie Mommsens Cäsar hat überhaupt niemals existiert ... ein Schemen ohne Fleisch und Blut»; und er kopiert aus Mommsen dessen Falschmeldung, Octavian sei vom Großonkel adoptiert worden. Doch dann schränkt er überzeugend ein: «Die fundamentale Verschiedenheit der Charaktere läßt es fraglich erscheinen, ob Cäsar für Octavius große Zuneigung empfunden und ihn innerlich als den geeigneten Nachfolger betrachtet hat.» Gewiß nicht.

Cäsar hat vermutlich deshalb den Großneffen und dessen Vettern finanziell so königlich im Testament bedacht, um ihre Zuneigung zu erkaufen für den Fall, er sterbe, bevor er Caesarion legitimieren *könne*; denn erst nach seiner Abreise zur Armee (geplant für den Tag nach seiner Ermordung) sollte beim Senat das Gesuch eingereicht werden, ihm mehrere Ehegattinnen zu erlauben. Er hoffte wohl, für den Fall seines Todes würden dann diese Großneffen für Caesarion eintreten: Hätte Cäsar nicht eine so hohe Meinung vom Charakter des Octavians gehabt – warum hätte er dann *ihn* so abnorm im Testament beschenkt? Und wie hätte Cäsar vermuten können, ausgerechnet der ihm so sehr verpflichtete Blutsverwandte würde dann zum Meuchelmörder am einzigen Sohn seines Wohltäters? Daß einst gar eine Rivalität um den Thron zwischen Octavian und Caesarion zu dessen Ermordung führen könne: Konnte Cäsar schon deshalb nie vermuten, weil er ja – was wir nun durch Schmitthenner endlich erfahren haben – den Großneffen niemals zum Erben auch seiner Macht ausersehen hatte, da er an dessen Adoption schon deshalb gar nie gedacht haben kann, weil sie im Testament nicht möglich war. *Daß* er daran nie dachte, ist belegt durch die Tatsache, daß er von Gesetzes wegen den Großneffen ja zu Lebzeiten ohne weiteres hätte adoptieren *können*! Daß Cäsar das nicht getan hat – beweist, daß er's nicht *wollte* ... Warum sonst nicht?

Aber auch Schmitthenner, obgleich Hitler schon tot war, als er seine aufregenden, ja umstürzenden Forscherfunde machte; und er nie so weit geht, wie Kornemann den Caesarion einen «Mischling» zu schimpfen und folglich Cäsar einen «sohnlosen Mann»; auch Schmitthenner glaubt noch, sogar Cäsar könne nicht sein ‹Halbblut› im Blick gehabt haben, wenn er beim Abfassen des Testaments seinen Leibeserben zum Haupterben machte, sondern nur ein Kind, das Calpurnia ihm ... nun bereits seit vielen Jahren schon *nicht* gebären konnte!

Hätte nicht Octavian in Caesarion sogar seinen – wie Mommsen ihn nennt – «eigentlichen Rivalen» ebenso zu fürchten gehabt wie später Tiberius den Augustus-Enkel:

Agrippa Postumus, den Birt «schwachsinnig» nennt und Kornemann «geistig minderwertig», womit sie nur beweisen, daß sie unglaubhafte Autoren sind, denn immerhin hatte Augustus diesen Enkel adoptiert für die Nachfolge, was er kaum mit einem «Schwachsinnigen» gemacht hätte – warum dann die Meuchelmorde? Wenn ein ‹Halbblut› nicht thronfähig ist und der letzte der drei Enkelsöhne des Augustus «schwachsinnig»: wozu dann die Eile, sie zu «liquidieren»?

Natürlich hat Augustus, als er noch Octavian war, keine Stunde vergessen können, daß Cäsar Mittel und Autorität genug gehabt hätte, Kleopatra zu heiraten und ihren Sohn zu seinem Kronprinzen zu machen: Cäsar war aber einfach zu intelligent gewesen, das überstürzt zu tun, weil er ja sogar aus propagandistischen Gründen mit der Panik-Parole verfolgt wurde – pure Erfindung seiner Verleumder –, er wolle Rom einst als Hauptstadt aufgeben und die Residenz «seiner» Königin zur Residenz des Imperiums machen! Warum hätte er sollen? Jedenfalls hielt Cäsar den Augenblick noch nicht für gekommen, sich scheiden zu lassen und Kleopatra zu heiraten, damit er endlich seinen Kronprinzen habe. Denn warum sonst seine so umständlichen und den Großneffen herabsetzenden Vorsorgen im Testament für den *filius postumus*, da Cäsar doch *wußte*, Calpurnia könne diesen Sohn nicht mehr zur Welt bringen? Und warum, hätte er die Scheidung von Calpurnia nicht längst beschlossen gehabt, die von Schmitthenner *erstaunt* zur Kenntnis genommene Auslassung dieser Gattin im Testament? Das ist ja völlig unmöglich, diese Nichterwähnung der Ehefrau im Testament, ohne daß man voraussetzt, Cäsar habe die

Wirksamkeit dieses Testaments vom 13. 9. 45 *nicht* erst für einen Zeitpunkt erwartet, zu dem er von Calpurnia schon geschieden war. Schmitthenner erzählt detailgenau von den gradezu ängstlichen Vorsorgen des Octavian, als er schon Erbe geworden war, auch noch «voll» als der Sohn – nicht nur als der Erbe – anerkannt zu werden: Was Mark Antonius zweifellos nicht nur deshalb hintertrieb, weil das die Macht des zwanzigjährigen Erbschleichers und geborenen Heimtückers und Killers – Perugia! – ins Maßstablose steigerte, denn Octavian war ein Nichts ohne den Namen Cäsar. Sondern auch das Wissen um das nordafrikanische ‹Halbblut›, wie Rassenbewußte zweitausend Jahre nach seiner Geburt Cäsars Söhnchen schimpfen, wird den Cäsar-treuen Mark Anton, da ja auch er sich nicht schämte, der Orientalin Kinder zu machen, veranlaßt haben, in Rom die Machtsucht und Nachfolge-Gier des – nur als Jüngling – so bedeutenden und vor Ehrgeiz entstellten Großneffen zu hintertreiben. Wer immer noch glaubt, Cäsar habe sich nicht für stärker gehalten als alle römischen Verordnungen und Gesetze zusammen – wenn auch nicht für *so* stark wie die öffentliche Meinung –, um also noch zu Lebzeiten den Caesarion legitimieren zu können durch Heirat der Kleopatra, der frage doch einmal: Warum Cäsar dann Octavian nicht zu Lebzeiten adoptiert hat? Er adoptierte ihn nicht, weil er Caesarion zum Nachfolger ausersah. Als Lebender hat Cäsar wie Bismarck «Gott gefürchtet, aber sonst nichts in der Welt». Doch war er vorausschauend genug, daß er wußte, er müsse für den Fall, bei einem zu baldigen Tode, den Caesarion noch nicht legitimiert zu haben, seinen Großneffen an sich binden und zur Dankbarkeit verpflichten durch das Riesen-

Vermögen, damit der willens sei, die Hand über den noch schutzlosen, jetzt erst Zweijährigen zu halten … Vermutlich hat Cäsar mündlich sogar die Zusage der Großneffen gehabt, sich seines Kindes schützend anzunehmen; ganz ohne Gegenleistung beschenkt keiner, der selber einen Sohn hat, so bedeutend Großneffen im Testament … Wie hätte Cäsar ahnen können, daß ein Julier *mörderisch* an dem Kind sich vergehen werde? Man hüte sich vor jedem, der einem dankbar sein muß … Da eine Adoption per Testament die Gesetze Roms ausschlossen, wollte nicht Cäsar von vornherein sein Testament ungültig machen, würde er dennoch im Testament das gesetzlich Verbotene angeordnet haben: Daß man Caesarion im nachhinein als von ihm adoptiert betrachte. Daß er vorgehabt haben *muß*, die Königin zu heiraten, belegt die Tatsache, daß er sie sofort nach Geburt seines Sohnes aufforderte, ihre Residenz zu verlassen und für immer nach Rom zu ziehen. Für immer? Ja, erst nach seiner Ermordung reisten Kleopatra und Caesarion nach Alexandrien zurück …

Zweifellos hat Cäsar testen wollen, ob die Römer in ihrer Mitte eine Königin dulden. Wilamowitz bestätigt, daß sie voll anerkannt war, indem er erzählt, Cicero habe nicht einmal mehr ihren Namen gebraucht, sondern einfach von «der Königin» gesprochen … Sie gehörte dazu. Schon *das* entlarvt das Gerücht als Verleumdung: Cäsar habe Rom zugunsten Alexandrias als Hauptstadt aufgeben wollen. Er hatte, der geniale Dompteur, im Gegenteil die Römer schon dazu abgerichtet, eine Queen in ihrer Mitte nicht nur zu tolerieren, sondern sicher sogar zu lieben. Denn Gekrönte waren meist und überall weitaus populärer als nur republikanische Herrscher ... wie sehr bald sich auch an Julia und den anderen Familienmitgliedern des Kaiserhauses, die stürmisch vom römischen Volk geliebt wurden, beweisen sollte.

Man geniert sich für Schmitthenners so subalterne Sicht ausgerechnet auf Cäsar – «Größe ist, was wir selber nicht sind», definierte Jacob Burckhardt –, wenn er gleichsam unterstellt, der würde *irgendwen* gefragt haben, ob er seinen Sohn, doch «nur» ein Halbblut, legitimieren «dürfe». Wie souverän, verglichen mit Schmitthenners Kleinbürgerblick, sieht das Wilamowitz, wenn er über die Senatssitzung, in der Cäsar abgestochen wurde, schreibt: «Die Griechen haben Cäsar immer als ersten Kaiser geführt oder besser als König, das heißt absoluten Monarchen, was er auch war. In der Senatssitzung, in der er ermordet ward, sollte er das Recht erhalten, außerhalb Italiens das Diadem zu tragen, vielleicht auch den Königstitel zu führen. Er wollte gegen Persien ziehen, in allem ein neuer Alexander ... Den Senat hatte Cäsar herabgewürdigt und mit offener Mißachtung behandelt» ... Und dieser *Eine*, unterstellt Schmitthenner, weil er von uns Normalverbrauchten auf diesen radikalsten aller Normalverbraucher schließt –, dieser Cäsar würde *gefragt* haben, ob er seine Frau wegschicken – seine erste wäre das ja nicht gewesen – und die Königin heiraten und ihren Sohn ebenso zum Mitregenten machen «dürfe», wie sie selber, Kleopatra, dann Cäsars Sohn zu ihrem Mitregenten ernannt hat, bevor der Heimtücker Augustus den Jungen meuchelte? Schmitthenner, der zwar wiederholt zugibt, daß sogar *er* von Cäsars zweifellos umfangreich gewesenem Testament nur spärlichste Bruchstücke kennt, will dann aber doch *wissen*, daß «die Beziehung Cäsars zu Kleopatra unter dem Gesichtswinkel des römischen Rechts ohne jedes Interesse war; der Charakter des Cäsar-Testaments ist insgesamt zu römisch familiengebunden». Schmitthenner hält also für möglich – «du gleichst dem Geist, den du begreifst» –, ausgerechnet Cäsar habe seine Beziehung – wiederum: ausgerechnet – zu *der* Frau, die ja auch nicht gerade irgendeine war!, sondern die einzige, die sich die Römer als ihre Königin hätten von Cäsar aufoktroyieren lassen; habe seine Beziehung zur Mutter des ersehnten Sohnes «unter dem Gesichtswinkel des römischen Rechts» betrachtet? Jenes Rechts, das Cäsar nur noch unter *dem* einen Gesichtswinkel sah: Wie er es brechen könne, um Monarch zu werden …

Aber Schmitthenner bringt es sogar fertig, einen der sehr wenigen Chronisten des Cäsar-Testaments *dann* für seriös auszugeben, wenn dieser Nikolaos von Damaskus, Hauslehrer der Kinder, die Kleopatra später mit Antonius hatte und ungefähr Jahrgänger des Augustus –, wenn der (als einziger) aus Cäsars Testament überliefert, daß er seine Nichte: die Mutter Octavians gebeten habe, ihm das Begräbnis auszurichten. Das ist schicklich, sittenfest, unanstößig. Also wird das hingenommen als wahr von Schmitthenner. Wenn aber dann der gleiche Chronist Nikolaos im gleichen Text überliefert, auch von Cäsars Sohn mit Kleopatra sei im Testament die Rede, dann verwirft Schmitthenner das als «aus vielen Gründen unmöglich … «Für die Zeit, in der das Testament abgefaßt wurde, sind die betreffenden Gerüchte nicht überliefert; die Diskussion um Kaisarion gehört überhaupt einer zehn Jahre späteren, politisch veränderten Situation an.»

Diese Behauptung ist der Gipfel der Komik: Weil aus antiken Quellen, von denen Schmitthenner selber sagt, daß sie gerade auch in einem so entscheidenden Punkt wie Cäsars Testament vor allem *Lücken* aufweisen, nicht auch noch Gerede und Gerüchte um Cäsars Sohn ablesbar sind – zu folgern, diese Gerüchte, dieses Gerede habe es vor 2000 Jahren nicht gegeben! Das Gegenteil wird wahr sein: Die Chronisten waren sich zu gut, auch noch aufzuschreiben, worüber alle Welt quatschte – «natürlich» wie über nichts anderes so häufig: über Cäsars Sohn mit der Königin ... Welcher weltblinde Mangel an Psychologie, für möglich zu halten, diese weitaus pikanteste Einzelheit aus dem Leben des damals weitaus bekanntesten Menschen sei nicht *ständig* im Munde der Leute gewesen ... Bedenkt man, wie sogar heute alle Welt von jedem Seitensprung im Hause Windsor berichtet, und das ist ja nun immerhin nicht vergleichbar mit dem Hause Cäsars in Rom, dann ist diese «positivistische» Behauptung Schmitthenners, sogar noch zu wissen, worüber Römer sich das Maul *nicht* verrissen haben, von einem geradezu deprimierenden «Wissenschaftsaberglauben» (Jaspers). Und von einer Ahnungslosigkeit in menschlichen Beziehungen, wie sie in *diesem* Ausmaß an Weltfremdheit nur einem pontifikalen Gelehrten-Wahn entspringen konnte ... Dies alles, wie schon erwähnt, nachdem Schmitthenner selber heftig beklagt, wie dürftig alle Quellen sind, die Cäsars so umfangreich gewesenes Testament betreffen ...

Quod non est in actis, non est in mundo? (Was nicht in den Akten ist, ist nicht auf der Welt?) Wie kann ein Historiker das noch glauben? Oder das entsprechende: Quod non legitur, non creditur: Was nicht gelesen wird, wird nicht geglaubt: Für Juristen mag das verbindlich sein, aber auch für jemanden, der die Volksstimmung anhand von Hauptstadt-

Klatsch, der zweitausend Jahre zurückliegt, erforschen will? Das *muß* ja keiner. Wenn er dann aber wie Schmitthenner forsch die Behauptung hinschreibt – «forsch» darf einer nur reden, der erforscht hat: «betreffende Gerüchte» seien nicht überliefert –, dann sollte er mindestens in Rechnung stellen, daß es ja gradezu in der Natur eines Gerüchts liegt, *nicht* überliefert zu werden! Welcher Historiker schreibt Gerüchte auf? Doch daraus zu folgern, es gäbe keine? «Verba volant, scripta manent», so sagten die Römer: Gesprochene Worte fliegen davon, geschriebene bleiben.

Der Eine, der die Erblichkeit seines Imperator-Titels und Vielweiberei – genau nämlich aus *dem* Grund (aus welchem sonst?), einen unehelichen Sohn als ehelichen anerkannt zu bekommen – vom Senat ertrotzen wollte; ferner ertrotzen wollte, wenigstens außerhalb Italiens schon König zu sein, immerhin ein Anfang –, *dieser* Mann soll sein Testament unter dem ängstlich obrigkeits-zahmen «Gesichtswinkel des römischen Rechts» diktiert haben?

Ja, wenn Cäsar unsereiner gewesen wäre! Dieser Römer, der sich nur an einer einzigen seiner zahllosen Land-Eroberungen nicht als Kriegsverbrecher vergriffen, sondern im Gegenteil sogar das Reich seiner Königin noch erweitert hat um Cypern; nicht einmal – pfui Teufel – bedenkend, daß doch Kleopatra Orientalin und also sein Sohn ein ‹Halbblut› sei, habe an eine *andere* Frau, einen *anderen* Sohn auch nur gedacht, als er sein Testament schrieb? Da ja nicht einmal Augustus von jenem ausgeprägten Rassenfeingefühl beseelt war wie deutsche Professoren? Augustus fand bekanntlich nichts dabei, die Tochter des Römers Mark Antonius und der Kleopatra: Selene, im Jahre 20 mit Iuba II. von

Mauretanien, also mit einem Schwarzen zu verheiraten ... Absurd also zu denken, Cäsars Sohn, der «Mischling» (Kornemann), sei deshalb in den Augen des Octavian als nicht adoptions- oder regierungsfähig beseitigt worden. Daß er ermordet werden «mußte», beweist geradezu, daß er im Gegenteil potentiell durchaus *der* Rivale des nur sechzehn Jahre älteren Großneffen seines Vaters: Der *wahre* Imperator Roms war, von Mutterseite der ehrwürdigsten Dynastie der damaligen Welt entsprossen ... Während Augustus sich noch nachsagen lassen mußte, Enkel eines Geldwechslers zu sein: Was nicht zuletzt seinen Trieb aktiviert haben wird, Sondergesetze zu bemühen, um nicht «nur» als Erbe, um auch als Sohn des «*göttlichen*» Cäsars zu gelten: Octavius divi filius ... Überkompensieren ist so anstrengend, daß niemand sich dafür abzappelt, der das nicht nötig hat ...

Von kecker Genialität jedenfalls war der «Kunstgriff Octavians», wie mit viel Nachsicht, immerhin ironisch, Schmitthenner die Fälschungen des Testaments – Auslassungen sind die raffiniertesten – nennt. Schmitthenner weist – absolut überzeugend – die Einwände Mommsens zurück, dem offenbar doch immerhin schon vorgehalten worden war, bei der von ihm erfundenen angeblichen Adoption des Jünglings durch Cäsar bleibe Skepsis geboten. Mommsen hatte offenbar eingewandt, von einer Anfechtung dieser durch Octavian behaupteten Adoption sei nichts bekannt ... Sollte Mommsen so argumentiert haben, so wäre das frecher als erlaubt, denn er wußte, wohin ein Römer gebracht worden wäre – aufs Schafott –, der *das* gewagt hätte: Die göttliche Abkunft Cäsars und Octavians zu bestreiten. Schmitthenner erzählt: «‹Vater› hieß er den

Toten jedenfalls schon im November 44, als er sich in einer öffentlichen Rede verschwur: ‹So wahr als mir des Vaters Ehrenstellung zu erreichen verstattet ist›. Erst allmählich erkannte das Publikum, worauf Octavian hinauswollte. Für die meisten war es dann zu spät ... Widerstand blieb nicht aus. Die Schmähungen, gegen die Cicero den Octavian in seinen Philippiken verteidigte ... waren um so verletzender, als der Spott über seine natürliche Abstammung die von ihm angestrebte «adoptive» rundweg unbeachtet ließ. Des Antonius berühmtes Wort vom Knaben, der alles nur dem Namen verdanke (Cic. 13. Phil. 11, 24), darf ganz wörtlich verstanden werden. Da Octavian ... wünschte, sein Sohnestum durch eine förmliche Adoption bekräftigt zu haben, strebte er nach einer *lex curiata* ... Wir wissen nicht, mit welcher Begründung er die ungewöhnliche Anwendung in seinem Fall ... forderte. Solange die staatliche Apparatur nicht in seiner Hand war, gelang es ihm nicht, sie durchzusetzen ... Daß er erst dann nach seinem Willen verfahren konnte, als das Recht zugleich mit der Macht in ihm vereinigt war, löst Mommsens Beweisgrund für ... das Ausbleiben der Anfechtung durchaus auf. In den ‹Gesetzen›, die mit der *lex Titia* vom 27. November 43 v. Chr. die Schrecken der Triumviratszeit eröffneten, ging die Einzelheit der *lex curiata* bald unter. Das in göttliche Sphären erhobene Sohnesverhältnis zum *divus Iulius* hatte sie nicht mehr nötig ... Die Affäre mit Kaisarion gewinnt noch mehr Hintergrund, wenn man bedenkt, daß das illegitime ‹Halbblut› so ... in näherer Beziehung zu Cäsar stehend scheinen konnte als sein nur mit Schwierigkeiten legitimierter ‹Sohn› ... In den dahin zielenden Ausführungen des Antonius, die von

Cass. Dio (49, 41, 2) ihm in den Mund gelegt werden, steckt ein geschichtlicher Kern (vgl. Cass. Dio 50, 3, 5).»

Noch einige Schlußfolgerungen über die Machtergreifung des noch nicht Neunzehnjährigen, zu denen Schmitthenner durch seine gründliche Quellen-Lektüre gelangte: «Octavian nannte sich sofort und nur: Cäsar.» Er hatte die Nachricht von dessen Ermordung, fern von Rom erhalten, im – heutigen – südlichen Albanien; Cassius Dio: «... und als wäre es einzig zum Zweck der Erbschaftsannahme, ... betrat er Rom ... und machte sich dem Antonius gefällig ...; trotzdem litt er ... von ihm ... Unrecht. Denn wie ihn dieser auch sonst ... schädigte, so war er die *lex curiata* – die man eingebracht und gemäß der seine Adoption in Cäsars (Familie) geschehen mußte – selbst nur scheinbar bemüht einzubringen, ließ sie aber mittels einiger Volkstribunen verhindern, damit (Oktavian), als noch nicht sein gesetzlich gewordener Sohn, nicht mit (Cäsars) Vermögen etwas unternehmen könne und auch sonst ohne größere Macht sei.»

Octavians erste Reaktion auf die Nachricht vom Attentat faßt Schmitthenner zusammen: «Sowie er, von Appollonia herübersegelnd, in Lupiae, einem kleinen Ort landeinwärts, Näheres über die Ereignisse in Rom erfahren und auch schon eine Abschrift des Testaments erhalten hatte und in der nur wenige Meilen entfernten Garnison von Brundisium (Brindisi) die Soldaten seines ‹Vaters› nicht weniger bereitwillig fand, ihm zur Verfügung zu stehen, als die Truppen in Epirus es gewesen waren, entschloß er sich zum völligen Namenswechsel ... Es war ganz singulär und gegen allen Brauch, soweit ihn Forschung festgestellt hat, daß er seinen neuen Namen ohne jeden an die frühere Familienzugehörigkeit erinnernden Zusatz trug. Das Bewußtsein dieser Ungewöhnlichkeit kann ihm nicht gefehlt haben ... Octavian, der sich von jetzt an *Cäsar* und nicht anders und nichts dazu nennt, ist die Tragweite seines Verhaltens nicht entgangen. Er wollte es so.»

Und Schmitthenner findet bereits bei Plutarch den Beleg, wie sehr schon antike Autoren nicht umhinkonnten, den völlig «modern» wirkenden Propagandisten in eigener Sache in dem immer kränklichen, gleichwohl so hübschen Knaben mit sarkastischem Widerwillen zu bewundern: Als «Anfang seiner Demagogie», drückt bereits Plutarch das aus, habe der Achtzehnjährige sich «den Namen Cäsars zugelegt». Wie kommt die unkriegerische Advokaten-Natur des genial frechen Erbschleichers – Staatsstreich im Anwaltsbüro – bei dieser Hochstapelei geradezu lustig zum Vorschein! Und auch der Heuchler in bereits jesuitischer Perfektion, denn Schmitthenner belegt, daß der spätere Augustus seiner Aneignung des Namens Cäsar, obgleich das hier «kein sakralrechtliches Erfordernis war», durch eine kultische Handlung auch noch die *religiöse Weihe* zu verleihen suchte: wie ja ausgerechnet Heiratsschwindler besonders hartnäckig auf ihrer *kirchlichen* Trauung bestehen! Octavian vergöttlichte Cäsar, um sich sofort, selbst auf Münzen, als Gottes Sohn bezeichnen zu können: Gaius Julius Caesar divi filius!

«Octavian hat vom ersten Tag an alle Erinnerung seines vormaligen Namens unterdrückt ... Cäsar hätte, nicht gehindert durch seine Würde als Pontifex Maximus, seinen Großneffen adoptieren ... können. Der Diktator hat von dieser Möglichkeit keinen Gebrauch gemacht.»

Es bleibt also Schmitthenners Geniestreich, entdeckt zu haben: «... daß Cäsars Testament mit der Erbeinsetzung eines nachgeborenen Sohnes begann. Soviel Ungewißheit mit der ‹testamentarischen Adoption› Octavians verbunden sein mag, zweifelsfrei ist, daß er nicht der an erster Stelle von Cäsar eingesetzte Erbe ist.»

Schmitthenner hat damit 1952 als erster Geschichteschreiber verständlich gemacht, was sonst auch für alle Verhaltensforscher ewig ein Rätsel geblieben wäre: *warum* Octavian glaubte, sich mit der widerlichsten seiner Untaten, die man exakter eine Tiertat nennte, besudeln zu müssen: Mit der Abschlachtung von Cäsars Sohn – dem Schlimmsten an Undank, was die alte Welt kennt.

Nachwort

Im Sommer 2009 sah ich im Berliner Theater am Schiffbauerdamm Rolf Hochhuths «Inselkomödie». Im Anschluss an die Aufführung ergab sich die Gelegenheit zu einem kurzen Gespräch mit dem Autor. Als Hochhuth hörte, dass ich in einem der vergangenen Semester mit meinen Studenten an der Universität des Saarlandes sein Buch über Livia und Julia behandelt hatte, war er sichtlich erfreut. Kein Althistoriker habe sich bislang näher damit auseinandergesetzt! Dass nun aber die jüngere Generation seine Argumente im Seminar diskutiert hatte, empfand er als beglückende Wirkung. Anhand seiner Darstellung, so sagte ich ihm, hatten wir uns in das Innenleben der augusteischen Familie hineingedacht und aus den verschiedensten Perspektiven und mit allen verfügbaren Quellen zu prüfen versucht, ob man in Livia die politische Mörderin sehen könne, die über Jahrzehnte den einen Plan verfolgte, ihren Sohn Tiberius gegen alle anderen potenziellen Nachfolgekandidaten des Kaisers Augustus durchzusetzen. Hochhuths zugespitzte These und seine kräftig polemische Art, sie auch gegen die großen Namen der Altertumswissenschaft zu vertreten, fordern zur Diskussion auf und machen dieses Buch zu einer ungewöhnlichen, aber gut geeigneten Grundlage, wenn es darum geht, die historische Wissenschaft zu erlernen, also Quellen zu interpretieren, ältere Deutungen zu analysieren, Gegenargumente zu entwickeln und zuletzt zu begründeten eigenen Urteilen zu gelangen, die auch das unvermeidbare Gebundensein an Perspektiven der eigenen Zeit reflektiert haben sollten.

Man kann Hochhuths «Julia» nicht lesen, ohne sich der nachhaltigen Wirkung der Propaganda bewusst zu werden, die Augustus in eigener Sache betrieben hat. Er wollte von Zeitgenossen und Nachgeborenen als Friedensfürst gesehen werden, der die langen, blutigen Bürgerkriege der späten Römischen Republik beendet und dem römischen Imperium innere Ruhe und Wohlstand gebracht hatte. Und es gab solche positiven Reaktionen: Der antike Historiker Sueton weiß davon in anrührenden Bildern zu erzählen, so etwa von einer Situation, die sich im letzten Lebensjahr des Augustus abgespielt haben soll. Als der Kaiser in Kampanien weilte und «mit einem Schiff am Golf von Puteoli vorbeifuhr, riefen Passagiere und Matrosen eines eben erst gelandeten Schiffes aus Alexandria in Festkleidern, bekränzt und unter Opfern von Weihrauch ihm ihre Glückwünsche laut zu und brachen immer wieder aufs Neue in überschwängliche Lobpreisungen aus: ‹Unter Deinem Schutz leben wir, unter Deinem Schutz treiben wir unsere Schifffahrt, unter Deinem Schutz genießen wir Freiheit und Wohlstand›» (Kap. 98). Augustus war von diesem Jubel seiner Untertanen so begeistert, dass er jedem seiner Reisebegleiter vierzig Goldstücke schenkte, mit denen sie ägyptische Waren kaufen sollten. Jahre zuvor war er gar in Tränen ausgebrochen, als ihm der römische Senat den Ehrennamen «Vater des Vaterlandes» verlieh; damals, 2. n. Chr., dankte er mit den von Sueton überlieferten Worten, er befände sich «am Ziel aller meiner Wünsche» und könne die «unsterblichen Götter nur noch bitten, mir diese Eure gemeinsame Liebe bis an mein Lebensende zu erhalten» (Kap. 58).

Es gab durchaus gute Gründe, in ihm den «Vater des Vaterlandes» zu sehen und seine politischen Leistungen zu würdigen. Augustus war der Mann, der mit überraschendem politischem Geschick den Machtkampf nach Caesars Tod für sich entschieden und mit dem Prinzipat eine Herrschaftsform erfunden hatte, die einen Ausgleich mit der republikanisch gesinnten Aristokratie möglich zu machen schien; er hatte dem Reich den Frieden gebracht (und damit, wie die Kirchenväter des 4. Jahrhunderts betonten, die spätere christliche Mission im ganzen großen Reich ermöglicht), und die *Pax Augusta* hatte Italien und den Provinzen einen wirtschaftlichen Aufschwung beschert; Augustus förderte die Künste und die Dichtung, er verwandelte, seinem eigenen Ausspruch zufolge, Rom «aus einer Stadt der Ziegel in eine Stadt des Marmors» (Sueton, 28). Aber waren die Opfer vergessen, die Octavians Aufstieg zur Macht gefordert hatte? War vergessen, dass die Herrschaft des einen, ersten und durch Leistungen für die Allgemeinheit ausgezeichneten Mannes, als der der Prinzeps in der angeblich von ihm wiederhergestellten Republik auftrat, durch die Beseitigung etlicher oppositioneller Politiker abgesichert worden war, dass die Politik und mit ihr die Ämtervergabe in Rom den Vorgaben und Wünschen des Kaisers zu folgen hatte, an dessen alleiniger Verfügungsgewalt über die finanziellen wie militärischen Ressourcen des Reiches kaum zu zweifeln war?

In den großen, modernen Darstellungen des Augustus (im deutschen Sprachraum sind dies die Biographien, die Dietmar Kienast, Jochen Bleicken und zuletzt Werner Dahlheim geschrieben haben) wird Augustus kritisch gewürdigt und keineswegs übergangen, dass sein Aufstieg gewaltsam erfolgte und die Prinzipatsherrschaft totalitäre Züge aufwies. «Seine vielgepriesene Liebe zum Adoptivvater Caesar ... diente vor allem als Vorwand zur Beseitigung seiner Feinde ... Seine nicht weniger gelobte Gerechtigkeit war ihm nichts anderes als ein Werkzeug zur Durchsetzung politischer Ziele», so urteilte etwa Bleicken 1998 (S. 671), und er sprach auch von der «wohl herausragendsten Begabung des Augustus», die in seiner Fähigkeit gelegen habe, sich durchzusetzen. Doch treten die Opfer hinter dem politischen Werk des Augustus zurück, denn die «Ohnmacht der Unterworfenen», so noch einmal Bleicken, sei «eine Bedingung für die Rettung des römischen Staates aus einem scheinbar unaufhaltsamen Verfall» gewesen (S. 678). Die positive Bilanz, die die Biographen des Augustus ziehen, beruht eben auf dieser Annahme, dass es für die Römische Republik keine politische Zukunft gegeben habe, da die Aristokratie, im endlosen inneren Machtkampf befangen, auch aus strukturellen Gründen keinen Ausweg aus der mit den Gracchen beginnenden Dauerkrise habe finden können. Das für eine städtische Republik früher einmal passende Zusammenspiel von Senat und Volksversammlungen sei für die Herrschaft über ein Weltreich gänzlich ungeeignet gewesen, und die einzige Alternative, eben die Monarchie, habe sich zwangsläufig ergeben, wenn sie auch gegen die Traditionen der Republik gewaltsam habe durchgesetzt werden müssen. Angesichts einer solchen (bis auf Mommsen zurückgehenden) Geschichtsdeutung, die mit vermeintlichen Notwendigkeiten im historischen Verlauf operiert, treten Einzelschicksale von politischen Gegnern des Augustus oder von Familienmitgliedern, die sich den Interessen der Herrschaft beugen mussten, mitunter zu schnell zurück. Hier schärfen die bohrenden Nachfragen Hochhuths den Blick, und sein Appell, sich nicht zu sehr beeindrucken zu lassen von der glänzenden äußeren Fassade der Pax Romana, spricht für die Opfer der Politik des Augustus (und dann auch des Tiberius), deren Würde auf dem Spiel steht, wenn sie kurzerhand gegen das große Ganze verrechnet werden.

Die wichtigsten Quellen für die Zeit der julisch-claudischen Dynastie – Tacitus, Sueton und Cassius Dio – vermitteln durchaus einen Eindruck von der mitunter tödlichen Bedrohung, der sich die römische Aristokratie ausgesetzt sah. Tacitus etwa nennt in seinem sogenannten Totengericht, mit dem er am Anfang seiner «Annalen» auf die Herrschaft des Augustus zurückblickt, «Männer wie Varro, Egnatius und Iullus Antonius, die in Rom hingerichtet worden waren», und der römische Historiker erinnert auch an die «Herrschsucht» des jungen Octavian, der sich in der Zeit seines Aufstiegs gegen den Senat gestellt hatte oder rücksichtslos gegen frühere politische Partner vorgegangen war, wenn dies ihm Vorteile bringen konnte, oder an die Proskriptionen, die Octavian mit zu verantworten hatte und die zur Ermordung von Hunderten von Senatoren und Rittern geführt hatten. Tacitus geht es dabei nicht allein um ein kritisches Urteil über Augustus; mit wenigen Worten größter Ausdruckskraft bezieht er auch Livia in das Totengericht mit ein, indem er sie als *gravis in rem publicam mater, gravius domui Caesarum noverca* bezeichnet, also als: «schwer auf dem Staat lastende Mutter (des Tiberius), die aber noch schwerer als Stiefmutter auf dem Haus der Caesaren lastete» (I 10).

Aber Tacitus ist nicht nur ein Meister des Ausdrucks, sondern auch der Zweideutigkeit und Suggestion. Die zitierten Worte stehen im Kontext dessen, was der römische Historiker als die eine Meinung über Augustus und Livia präsentiert, die in Rom zur Zeit von Augustus' Tod verbreitet gewesen sei, neben einer anderen, entgegengesetzten und positiven Meinung, die in den von Augustus befohlenen Hinrichtungen ein notwendiges Mittel gesehen habe, um die innere Ruhe im Reich zu erhalten, das nach seinem langen inneren Zerfall in der späten Republik nicht mehr anders als durch die Alleinherrschaft eines Mannes zu retten gewesen sei. Was aber meint Tacitus persönlich? Wie weit glaubten er oder Sueton und Cassius Dio an die Gerüchte, Livia sei für den Tod des Marcellus, dann Agrippas, später auch der Augustus-Enkel Lucius und Gaius verantwortlich gewesen? Oder habe zuletzt gar 14 n. Chr. den Tod ihres Mannes herbeigeführt, weil sie in seinem Besuch beim verbannten Agrippa Postumus, dem einzigen noch lebenden Sohn der Augustus-Tochter Julia, eine Bedrohung für die Nachfolge des Tiberius gesehen habe? Hochhuth sieht auch hier keinen Grund zum Zweifeln, und seine Nachfragen richten sich nicht an die antiken Quellen, sondern an Mommsen, der in seiner 1882/83 gehaltenen Vorlesung zur Römischen Kaiserzeit, wie durch die Mitschrift von Paul Hensel überliefert ist, die antiken Verdächtigungen Livias kurz abgefertigt und entschieden zurückgewiesen hatte (ed. Demandt, S. 132). Mommsen erschienen die gegen Livia gerichteten Vorwürfe abwegig, er bezeichnete sie als «bösartigen Klatsch», der aus der Kaiserin eine «gewerbsmäßige Giftmischerin» gemacht habe. Und wie, so fragte Mommsen, hätten denn Augustus solche Intrigen Livias verborgen bleiben können? Auch der Tod des Kaisers im Alter von 77 Jahren lasse nicht gerade an ein Verbrechen denken, zumal Livia «während der 51 Jahre ihrer Ehe politischen Einfluß nie gehabt, nie gesucht» habe. Dass Mommsen hier über die Quellen, die Livias politische Rolle klar erkennen lassen, kurzerhand hinweggeht, hat schon Alexander Demandt vermerkt, als er 1992 die Vorlesungsmitschriften publizierte. Und Hochhuth insistiert: Warum fällt Mommsen nicht auf, dass der Kaiser ganz heimlich – «hinter dem Rücken der Herrin der Welt, seiner Frau» (S. 43) – zu seinem Enkelsohn reisen musste: «Ein Großvater besucht seinen Enkel: warum heimlich? Wie ein Dieb in der Nacht: warum?» Mommsen, so Hochhuth weiter, «stellt diese Frage bewusst und vorsätzlich deshalb nicht ..., weil deren Bedeutung allein ausreichte, Augustus als Gefangenen seiner fürchterlichen Gebieterin Livia zu charakterisieren, als komisch wehrloses Ehemännchen ...» Im Seminar in Saarbrücken überlegten meine Studenten, ob Hochhuth hier nicht zu weit ginge im Vertrauen auf die Quellen auch dort, wo diese wenig Substanz zu bieten haben.

Denn gerade in diesem Abschnitt der «Annalen» zeige sich doch die Kunst des Tacitus, mit kolportierten Verdächtigungen zu operieren, dabei kein eigenes Urteil zu fällen, sondern scheinbar alles offen zu lassen, so aber zuletzt dem Leser ein klar negatives Bild von den Ereignissen zu suggerieren, dem man sich wiederum entziehen müsse, wenn man historisch urteilen wolle. Denn was macht Tacitus? Er berichtet, «einige» hätten einen Anschlag Livias auf Augustus vermutet, da das «Gerücht» *(rumor)* umgegangen sei, Augustus sei zu Agrippa gefahren, und zwar «wenige Monate» vor seinem Tod (bei Hochhuth findet die Reise des Augustus «ganz kurz vor seinem Ende» statt [S. 103], sodass der Tod auch der Kaisers also «termingerecht» [S. 43] erfolgt sei). Von der Reise und der angeblichen Versöhnung zwischen dem Kaiser und seinem Enkel soll dann der einzige Begleiter des Augustus, Fabius Maximus, seiner Frau erzählt haben, und diese soll es der Livia zugetragen haben. Als dann bald darauf Maximus gestorben sei, sei es fraglich geblieben, ob er sich nicht selbst das Leben genommen habe, denn man habe einen Seufzer seiner Frau gehört, die sich selbst beschuldigt habe, den Tod ihres Mannes verursacht zu haben. Und Tacitus schließt diesen Bericht mit den Worten: «wie dem auch gewesen sein mochte ...» (I 5): Alles bleibt offen, aber der Fall ist klar! Doch letztlich, so meinten meine Studenten, müsse ja sogar die angebliche Reise des Augustus zu Agrippa in Frage gestellt werden. Vielleicht wurde sie ja nur als heimlich dargestellt, weil sie gar nicht stattgefunden hatte? An anderen Mordtaten unter Augustus oder Tiberius hatten meine Studenten nach der Prüfung der Quellen dagegen keinen Zweifel, sodass sie Hochhuth zustimmten, man solle sich doch «keine Illusion über das Mörderische der zwei Monarchen» machen (S. 159)!

Unbestreitbar ist etwa der Mord an Agrippa Postumus kurz nach dem Tod des Augustus; er sollte offensichtlich jede Möglichkeit zunichte machen, die Nachfolge des Tiberius durch den Hinweis auf alternative Kandidaten aus der näheren Verwandtschaft des verstorbenen Prinzeps zu gefährden. Wäre aber Agrippa Postumus als Nachfolger überhaupt in Frage gekommen? Hier steht man vor einem zentralen Problem der Deutung, denn das dynastische Prinzip, das in einer selbstverständlichen Weitergabe der Macht innerhalb der eigenen Familie besteht, widerspricht der Ideologie des Prinzipats, die politische Macht an Leistungen für die *res publica* bindet. Mit dieser Idee hatte Augustus die Lösung für den Ausgleich mit dem Senat gefunden: Eine unverblümte, monarchische Macht konnte und sollte es in Rom nicht geben, wie zuletzt das Attentat auf Caesar in aller Deutlichkeit gezeigt hatte. Doch die tatsächliche, vor allem militärische Macht lag in den Händen Octavians, nachdem er 31 v. Chr. bei Actium seinen letzten Gegner Antonius besiegt, bald darauf Ägypten eingenommen und mit Antonius auch Kleopatra in den Selbstmord getrieben hatte. Nach jahrelanger Vorbereitung war 27 v. Chr. der politische Kompromiss umgesetzt worden: Octavian gab seine außerordentlichen Kompetenzen und den Befehl über die Armee an den Senat zurück und verkündete, nunmehr sei die Republik wiederhergestellt. Der Senat aber verlieh dem Sieger nicht nur den sakralen Beinamen «Augustus», sondern übertrug ihm sofort wieder politische und militärische Macht, auf Zeit zwar nur und in Gestalt von Ämtern, die man aus der Republik kannte, aber doch in einer solchen Massierung, dass an der unbestrittenen Führungsstellung des Augustus kein Zweifel aufkommen konnte. Später, am Ende seines Lebens, formulierte Augustus in seinem «Tatenbericht» den Grundsatz der Prinzipatsverfassung, indem er seine eigene Stellung mit den Worten kennzeichnete, nach 27 v. Chr. habe er «an Amtsgewalt nicht mehr besessen als seine jeweiligen Amtskollegen» (Kap. 34), aber er habe alle anderen an Autorität übertroffen, die er als Friedensbringer und Friedensgarant gewonnen habe. Diese den Leistungsgedanken mit der angeblichen Wiederherstellung der Republik verbindende Prinzipatsideologie hatte es Augustus ermöglicht, Senatoren und Ritter an der Verwaltung des Reiches zu beteiligen und sich selbst in die Reihe großer Römer einzuordnen, mehr noch, sich als den Höhepunkt der großen Geschichte Roms darzustellen. Besonders deutlich fand das Ausdruck auf dem neuen Augustus-Forum in Rom, wo der Kaiser in den Säulenhallen zahlreiche Bildnisse von *principes viri* – herausragenden Männern – der Republik, von seinem Adoptivvater Caesar aber eine Statue im Tempel des Mars und von sich selbst ein Denkmal, das ihn als Lenker eines Viergespanns zeigte, auf der Mitte des Platzes aufstellen ließ. Welche Leistungen aber hatte Agrippa Postumus für den Staat erbracht? Anders als seine Enkel Lucius und Gaius, die Augustus nicht nur adoptiert, sondern auch mit politischen und militärischen Aufgaben betraut hatte, eben damit sie sich als fähige Mitglieder seiner Familie vor der Öffentlichkeit erweisen konnten, hatte der junge Agrippa keine Chance erhalten, sich auf irgendeine besondere Art zu profilieren, ganz im Gegensatz auch zu Tiberius, der als erfolgreicher Feldherr Schlachten für Rom entschieden hatte. Und selbst die Nachfolge des Tiberius sollte sich 14 n. Chr. noch als problematisch erweisen: Sie verursachte Meutereien bei den schlecht bezahlten Armeen an Rhein und Donau und zwang den zweiten Prinzeps, den Vorgaben des Augustus folgend, zu einer von der Forschung sogenannten *recusatio imperii*, einer scheinbaren Ablehnung der Übernahme der Macht, von der Tiberius in der zweiten Senatssitzung nach dem Tod des Augustus erklärte, sie können von ihm allein nicht ausgeübt werden, denn eine solche Aufgabe sei nur von Männern wie Augustus, nicht aber vom ihm zu bewältigen (Tac., ann. I 11).

Wie schwierig vor dem Hintergrund der mit dem Prinzipatskonzept verbundenen Anforderungen die Auswahl eines Nachfolgers war, muss Augustus spätestens im Jahr 4 n. Chr. deutlich geworden sein, als er im Alter von 67 Jahren und nach dem Tod von Gaius und Lucius Caesar diese Frage neu regeln musste. Damals gab es drei mögliche Kandidaten unterschiedlichen Alters, von denen sich Tiberius schon längst als Feldherr einen Namen gemacht hatte, der siebzehnjährige Germanicus aber und der fünfzehnjährige Agrippa Postumus nicht mehr vorzuweisen hatten als ihre Herkunft aus der claudischen bzw. aus der julischen Familie. «Das dynastische Interesse», so urteilte Mommsen (ed. Demandt, S. 136), «sprach für Agrippa, Augustus' Neigung für Germanicus, sein staatsmännischer Blick für Tiberius». Augustus entschied sich dafür, eine Kombination aller drei Möglichkeiten vorzunehmen, indem er Tiberius und Agrippa adoptierte und Tiberius zudem abverlangte, seinerseits den Germanicus zu adoptieren. So wurde im Jahr 4 n. Chr. wieder einmal deutlich, wie stark das Interesse des

Augustus an einem Nachfolger aus der eignen Verwandtschaft war und dass er dafür die impliziten Kriterien seiner eigenen Prinzipatsverfassung durchaus zu vernachlässigen bereit war. Zwischen den beiden Leitprinzipien – dem dynastischen und dem des Prinzipats – bestand also eine nicht überwindbare Diskrepanz bei gleichzeitiger, für Agrippa Postumus tödlicher Gültigkeit: Auf der einen Seite gab es damals, in den Anfängen der Römischen Kaiserzeit, keinen selbstverständlichen Herrscherwechsel in der Art einer späteren «traditionellen Monarchie europäischen Typs, die im frühen Principat so weder existiert noch vererbt wird», wie Christiane Kunst in ihrer 2008 erschienenen Biographie der Kaiserin Livia gegen Hochhuth kritisch eingewandt hat (S. 13), und Hochhuth spricht tatsächlich zu einfach von «geborenen Thronprätendenten» (S. 20) oder von Julia als der «Thronfolgerin» (S. 70) oder davon, dass Augustus seine Tochter Julia zur Kaiserin Roms – und er meint damit: zur eigenständigen Herrscherin vergleichbar mit Kleopatra oder der Queen Victoria im 19. Jahrhundert – hätte machen können (S. 52), während Tiberius dann später «absolut rechtswidrig» auf dem Thron gesessen habe (S. 59). Aber auf der anderen Seite darf neben den komplexen Abhängigkeiten, die einen Prinzeps auf Leistungen verpflichteten, um in seiner Rolle von allen mächtigen Gruppen im römischen Staat anerkannt und auf diese Weise legitimiert zu werden, auch das dynastische Prinzip in seiner Bedeutung für Augustus und für die römische Öffentlichkeit keinesfalls unterschätzt werden.

Die Frage also, ob Agrippa Postumus dann 14 n. Chr. ein ernsthafter Konkurrent des Tiberius hätte sein können, wurde im Seminar lange diskutiert. Ja, meinten einige Studenten, denn entsprechende Fälle, dass junge Angehörige der julisch-claudischen Dynastie auf den Thron kamen, habe es doch wenig später mit Caligula und dann wieder mit Nero tatsächlich gegeben; beide konnten im Alter von 24 bzw. 16 Jahren nur deshalb Kaiser werden, weil das dynastische Prinzip uneingeschränkt zur Wirkung gekommen sei, und nicht, weil sie Leistungen für den Staat vorzuweisen hatten. Nein, meinten andere, denn die Prinzipatsherrschaft sei 14 n. Chr. noch viel weniger gefestigt gewesen, als ein Vierteljahrhundert später, die republikanische Tradition hätte also noch stärker gewirkt als das dynastische Prinzip! Aber gerade deshalb, so wurde wieder entgegnet, hätte sich in der kritischen Phase nach dem Tod des Augustus eine Opposition gegen Tiberius hinter dem jungen Agrippa sammeln und die Nachfolge des Tiberius zunichtemachen können. Immerhin erzähle doch Tacitus auch die Geschichte von Clemens, einem Sklaven des Agrippa Postumus, der nach dem Tod des Augustus den Plan verfolgt habe, seinen Herrn aus der Verbannung zu befreien und ihn zu den Legionen zu bringen, die an der germanischen Front standen (ann. II 39). Da Clemens aber zu spät kam, habe er die Asche Agrippas gestohlen und sich versteckt, bis ihm Haare und Bart gewachsen seien, um sich nun selbst als Agrippa auszugeben. Schon bald nach seinen ersten Auftritten sei in Italien die Nachricht umgelaufen, Agrippa lebe noch, und « schon umdrängte ihn bei der Landung in Ostia eine gewaltige Menschenmenge, schon verherrlichten ihn in der Stadt Rom geheime Zirkel ». Tiberius habe dann, so Tacitus, den Clemens töten lassen. Und diese Geschichte bestätige doch, dass Tiberius zuvor gar nichts anderes übriggeblieben sei, als den unschuldigen Agrippa umzubringen, wenn nicht sogar, was Tacitus auch als Möglichkeit angibt, der Befehl dazu noch von Augustus selbst gegeben worden sei.

Nicht nur die alle Zeitgenossen überraschende Durchsetzungskraft, die der junge Octavian in den Jahren nach 44 v. Chr. bewiesen hat, und seine Skrupellosigkeit im Umgang mit politischen Gegnern wie zeitweiligen Partnern, seine geschickten, zum genau richtigen Zeitpunkt erfolgenden Seitenwechsel, seine Fähigkeit, geeignete Mitkämpfer zu gewinnen und mit ihrer Hilfe auch eigene Schwächen (etwa im Militärischen) zu kompensieren, sondern mehr noch sein genialer Schachzug, die gewonnene Alleinherrschaft so darzustellen, dass sie als Prinzipat für die Senatsaristokratie akzeptabel war, auch die noch nach 27 v. Chr. folgenden Justierungen dieser Herrschaft (z.B. im Jahr 23 v. Chr., als Augustus auf eine plötzlich sichtbare Opposition in Rom reagierte, indem er von nun das Konsulat nur noch in ausgewählten Jahren und nicht, wie bislang, kontinuierlich bekleidete), alles dies zeigt den Prinzeps als Meister der Politik und des mitunter auch brutalen und blutigen Machterhalts. Gerade er sollte nicht begriffen haben, welche Gefahren von Livias Wunsch ausgehen konnten, ihren Sohn Tiberius als Teilhaber oder Nachfolger in der Macht zu sehen? Gerade er sollte nicht überblickt haben, wenn Livia eigenmächtig handelte? Diesen, wie wir gesehen haben, schon von Mommsen vorgebrachten Zweifel an den gegen Livia erhobenen Vorwürfen (und an Augustus als dem «Leibtrottel» Livias, wie Hochhuth ihn einmal – auf

S. 80 – bezeichnet) teilten viele meiner Studenten, und sie fragten zudem, über welches Netzwerk Livia denn verfügt haben könnte, um auch die Nachfolgekandidaten um ihr Leben zu bringen, die außerhalb Roms verstarben? Warum wird im Zusammenhang mit dem Tod von Marcellus, Agrippa, Gaius und Lucius Caesar nicht ein einziger Freigelassener oder Sklave der Kaiserin Livia genannt, auf den doch ein Verdacht hätte fallen müssen, wenn denn in Rom – und dann doch wohl auch am Hof – über die von unseren Quellen behaupteten Gerüchte ernsthaft diskutiert worden wäre (und sie nicht vielmehr eine subtile Rache der Historiker an den Machthabern darstellten). Zwar vermitteln die Quellen den Eindruck, dass Augustus seiner Frau mit einer gewissen Vorsicht begegnete – Hochhuth verweist beispielsweise auf die Nachricht, der Kaiser habe sich vor Gesprächen mit Livia Notizen gemacht, «um nicht aus dem Stegreif zu viel oder zu wenig zu sagen» (Sueton, 84) –, und für die späteren Jahre des Prinzeps ist dann auch davon die Rede, dass er unter der Kontrolle Livias gestanden und diese 7 n. Chr. die Verbannung des Agrippa Postumus durchgesetzt habe (Tac., ann. I 3). Aber Sueton weiß auch davon zu berichten, wie Livia in früheren Jahren ihren Mann mit Bitten bedrängt habe, Tiberius aus dem Exil, in das dieser sich freiwillig begeben hatte, nach Rom zurückzurufen (Vita des Tiberius, 13), sodass Livias Absichten für Augustus also kein Geheimnis waren. Und überhaupt, auch das ein Argument meiner Saarbrücker Studenten, hätte es doch bei der von Hochhuth vermuteten politischen Intrigenkunst der Livia niemals zum Exil des Tiberius kommen dürfen, bedeutete doch dieser jahrelange, von 6 v. Chr. bis 2 n. Chr. andauernde Aufenthalt auf Rhodos beinahe das endgültige politische Aus für den ältesten Sohn der Kaiserin. Und weiter: Warum starben Gaius und Lucius Caesar erst nach der Rückkehr des Tiberius und nicht schon, was doch passender gewesen wäre, während seines Exils? Hier erfolgte Livias vermeintliche Rache an Augustus und die mordlustige Vorbereitung der Nachfolge ihres Sohnes zu einem reichlich verspäteten Zeitpunkt.

Aber Hochhuth warnt uns davor, Livia zu wenig zuzutrauen! Musste sie nicht die Gunst des Augenblicks abwarten, die vielleicht erst gekommen war, als der eine Augustus-Enkel, Lucius Caesar, 2 n. Chr. auf der Reise nach Spanien war, und der andere Enkel, Gaius Caesar, 4 n. Chr. im fernen Armenien verwundet worden war? Er starb auf der Rückreise noch in Kleinasien, und sein Tod stellte dann tatsächlich, wie wir bereits gesehen haben, die Weichen für die Zukunft. Livia hatte jetzt ihr offenkundiges Ziel erreicht, aber hatte sie es tatsächlich seit 36 v. Chr., seit ihrer Heirat mit Octavian, und mit allen Mitteln, auch denen des Giftmordes, verfolgt?

Hochhuth betrachtet einen solchen Plan über lange Zeit als die einzig mögliche Erklärung für Livias Scheidung von ihrem ersten Mann Tiberius Claudius Nero und ihre Heirat mit Octavian, habe es sich doch um einen Racheplan gehandelt. Ihren «fünfzigjährigen Kampf zur Ausrottung der Julier» habe Livia geführt, um die «vernichtete Republik» zu rächen, «zu deren stolzesten, unbeugsamsten Repräsentanten» ihr Vater und ihr erster Ehemann gehört hätten (S. 197). Und nur mit dem Versprechen, Nachkommen Octavians von der Herrschaft fernzuhalten und den gemeinsamen Sohn Tiberius an die Macht zu bringen, habe Livia – gerade in dem Jahr, in dem Octavian nach dem sogenannten Perusinischen Krieg Hunderte seiner besiegten Gegner gefühllos abschlachten ließ – ihren ersten Ehemann nicht nur zur Scheidung, sondern sogar zur Teilnahme am Hochzeitsfest bewegen können (S. 212f.). Will man über diese Deutung nicht mit psychologischen Argumenten urteilen, die Hochhuth plausibel vertritt, sondern mit historischen, so stellt sich die Frage, wie weit Livia und ihr erster Mann 36 v. Chr. die politische Entwicklung voraussehen konnten. Damals war Octavian wohl der mächtigste Mann in Italien, aber noch weit von der Alleinherrschaft über das ganze Reich entfernt! Es war möglich, aber nicht sehr wahrscheinlich, dass er sich im zu erwartenden Machtkampf gegen Antonius durchsetzen würde, aber wer von den Aristokraten in diesen Jahren im Westen überleben wollte, musste sich gleichwohl mit dem jungen Caesar verständigen. Livias Einsatz (bzw. ihr Nachgeben gegenüber dem Werben Octavians) war nicht ohne Risiko, denn ihre Zukunft und die ihrer beiden Söhne Tiberius und Drusus (der erst nach der Hochzeit mit Octavian geboren wurde) hing davon ab, ob sich Octavian an der Macht würde halten können. Ein schon 36 v. Chr. von Livia gehegter Racheplan erscheint hier unwahrscheinlich und zu sehr aus späterer Perspektive entworfen. Wahrscheinlich ging es für die Claudier wie auch für Livia allein um die Absicherung für die allernächste Zukunft und zugleich um die Option, auch mittelfristig auf der richtigen Seite zu stehen.

Zu einer untergründig rachedurstigen Haltung Livias, die von Anfang an und über Jahrzehnte bestanden haben soll, will auch die Nachricht bei Sueton (Kap. 63) nicht recht passen, Livia und Augustus hätten ein gemeinsames Kind erwartet, das dann aber eine Totgeburt gewesen sei. Sueton betont dabei, wie sehr sich Augustus Kinder von Livia wünschte, doch blieb ihm der Wunsch, einen eigenen Sohn zu haben, ebenso verwehrt wie vor ihm seinem Adoptivvater Caesar. Gemeinsame Kinder von Livia und Augustus hätten die Spannungen zwischen den beiden Zweigen des Herrscherhauses gewiss nicht aufgehoben, aber dem Kaiserpaar eine gemeinsame Linie in der Nachfolgefrage ermöglicht. Wollte auch Livia das Kind? Hochhuths Argumentation impliziert, dass Livia entweder die Geburt eines Sohnes aus der Verbindung mit Augustus hätte verhindern oder aber ihren mörderischen Plan, Tiberius um jeden Preis auf den Thron zu bringen, hätte aufgeben müssen.

Im weiteren Verlauf der Herrschaft des Augustus wurden die Spannungen zwischen Claudiern und Juliern (obwohl Verbindungen entstanden durch die Ehen zwischen den von Livia abstammenden Kindern des Drusus, Germanicus und Iulia Livia, und Gaius Caesar sowie Agrippina, den Kindern der Augustus-Tochter Julia) immer deutlicher, vor allem in der Konfrontation zwischen der Augustus-Tochter Julia und seinem Adoptivsohn Tiberius, nachdem die beiden auf Anordnung des Prinzeps im Jahr 12 v. Chr. hatten heiraten müssen. Julia hatte damals bereits fünf Kinder aus der Ehe mit Agrippa, darunter drei Söhne, sodass ihr kaum verständlich werden konnte, warum sie erneut den Wünschen ihres Vaters folgend eine politische Ehe eingehen musste. Statt zu einem Ausgleich zwischen den Juliern und Claudiern beizutragen, verschärfte die Ehe das Problem; Julia soll sich bei Augustus über Tiberius beklagt haben (Tac., ann. I 53), während sich Tiberius seinerseits im Laufe der Jahre von der immer deutlicher werdenden Förderung ihrer Söhne durch Augustus brüskiert fühlen musste. Und Julia verkörperte ganz bewusst den Führungsanspruch der Julier – nicht nur durch einen betont luxuriösen Lebenswandel und einen prächtigen Palast vor den Toren Roms, sondern auch, wie Tacitus berichtet, indem sie Tiberius gegenüber mit Verachtung auftrat, weil dieser ihr nicht gleichbürtig sei (ann. I 53). Ganz sicher war ein solches Verhalten, ob es nun familiärem Hochmut entsprang oder mangelndem politischen Verständnis für die Prinzipatsideologie, nicht im Sinne ihres Vaters, der einen betont bescheidenen Lebenswandel führte und einen solchen auch von seiner Tochter wie von seinen Enkelkindern verlangte: Ein demonstratives Macht- und Majestätsgebaren war unvereinbar mit der Absicht, im Rahmen der Prinzipatsherrschaft die Aristokraten Roms als scheinbar gleichberechtigte politische Partner zu behandeln. Es ist auch naheliegend, dass Julia in Opposition zum Vater geriet, der über sie nach Belieben verfügt und der Reihe nach mit Marcellus, dann Agrippa und schließlich Tiberius verheiratet hatte, und trotzdem gibt es keinen erkennbaren Grund, warum sie gerade 2 v. Chr. eine politische Verschwörung gegen Augustus hätte betreiben sollen, waren ihre Söhne Gaius und Lucius doch damals von Augustus schon längst adoptiert und damit als Nachfolgekandidaten ausgewählt worden; Gaius war zudem 2 v. Chr. gerade mit einem außerordentlichen Befehl in den Osten entsandt und damit noch einmal mehr von Augustus ausgezeichnet worden. Warum aber kam es dann im Jahr 2 v. Chr. zur Verbannung der älteren Julia und zur Bestrafung einiger Männer, die zu ihrem Freundeskreis gehörten?

Auch diese Frage, ebenso die nach den Gründen für die zehn Jahre später folgenden Verbannungen der jüngeren Julia sowie Ovids wurden im Seminar in Saarbrücken lange diskutiert. Angesichts der Entschiedenheit, mit der Augustus in das Privatleben seiner Untertanen hineinregierte, indem er sie durch Ehegesetze zur Kinderzeugung drängte, und vor allem vor dem Hintergrund der Prinzipatsideologie, die auch eine angebliche Wiederherstellung der alten guten Sitten und der in den Bürgerkriegszeiten vernachlässigten Kulte beinhaltete, sei doch gut vorstellbar, dass Julia ihren Vater gerade auf diesem Feld herausforderte und Augustus seiner Tochter gegenüber ein *exemplum* strafender Vatergewalt vollziehen musste, um sich mit seiner Moralpolitik, die ohnehin auf Spott, ja sogar auf Widerstand in der römischen Gesellschaft gestoßen war, nicht vollends lächerlich zu machen. Aber Hochhuths Argument, dass Sempronius Gracchus, Iullus Antonius und noch einige weitere Aristokraten doch wohl kaum nur wegen Ehebruchs mit Julia verbannt bzw. hingerichtet wurden, war nicht zu entkräften, zumal Tacitus, Livius und Cassius Dio von Umsturzplänen der genannten Männer berichten. Während Julia auf der Grundlage der väterlichen Strafgewalt und damit ohne Gerichtsverfahren (allerdings unter ausführlicher Information des Senats, dem Augustus durch einen Quaestor Bericht erstatten ließ [Suet., 65]) verbannt wurde, lässt sich Tacitus (ann. III 24) entnehmen, dass gegen die fünf dann verurteilten Männer eine Anklage wegen Majestätsverbrechen erhoben und folglich ein Gerichtsverfahren vor dem Senat durchgeführt wurde. Hochhuths Folgerung, dass Iullus Antonius sich mit Julia und gegen Augustus verschworen habe, «um dieser geliebten Frau zu sichern, was ihr – nicht aber dem Livia-Sohn Tiberius – legitimerweise zustand: den Thron» (S. 26f.), diese Folgerung hielten meine Studenten aus den oben schon dargelegten Gründen für nicht überzeugend. Eine grundsätzliche Opposition gegen das Prinzipatssystem erschien ihnen wahrscheinlicher als die Bildung einer Palastfraktion zugunsten einer Prinzessin, die doch als Frau in Rom allein gar nicht hätte herrschen können.

Und die Hinweise der antiken Autoren, auch um die jüngere Julia habe sich, zehn Jahre später, wieder eine Gruppe von oppositionellen Aristokraten gesammelt, galten wie Hochhuth auch meinen Studenten als Beweis für eine Verschwörung, die nun entweder gegen den Nachfolger Tiberius oder erneut ganz grundsätzlich gegen die Monopolisierung der politischen Macht in der Familie des Augustus gerichtet gewesen sein könnte. Dass Augustus in solchen Fällen von Opposition, die für seine Herrschaft und sein System gefährlich werden konnte, seine Gegner ins Exil oder den Selbstmord trieb oder auch ohne Gerichtsverfahren hinrichten ließ, also mordete (D. Iunius Silanus ging 2 n. Chr. freiwillig in die Verbannung, während Julias Ehemann L. Aemilius Paullus, möglicherweise bereits Jahre zuvor, getötet wurde), blieb am Ende der Diskussion als Ergebnis stehen, selbst wenn die genaue Rolle der älteren Julia bzw. ihre politischen Ziele nicht sicher feststellbar sind. Aber dass sich um sie und später auch um ihre Tochter, die jüngere Julia, der Widerstand gegen Augustus formieren konnte, erschien als hinreichende Erklärung für die dauerhafte Verbannung, mit der beide bestraft wurden, und für später offensichtlich bewusst herbeigeführten Tod.

Und Ovid? Was waren die Gründe für seine Verbannung, was verbirgt sich hinter seinem Eingeständnis, ein «Gedicht und ein Irrtum» (*carmen et error* [trist. II 207]) hätten ihm diese Strafe eingebracht? Hochhuth widerspricht mit guten Gründen der Auffassung, dass allein Ovids «Liebeskunst», Jahre vor der Verbannung publiziert, der Grund gewesen sein könne, und er folgt hier den Überlegungen des Münchener Philologen Rudolf Christian Wilhelm Zimmermann, der 1932 auf politische Zusammenhänge verwies: Ovid muss auf irgendeine Weise mit der Opposition gegen Augustus in Verbindung gebracht worden sein, wofür am ehesten an eine Verwicklung in die Pläne Julias und ihrer Umgebung zu denken ist, den verbannten Bruder, Agrippa Postumus, nach Rom zurückzuholen – eine Deutung, die nach Zimmermann und Hochhuth jüngst auch von Detlef Liebs akzeptiert worden ist (Vor den Richtern Roms. Berühmte Prozesse der Antike, 2007, S. 85). Und der dichterische Affront bestand möglicherweise in seinem Stück «Medea», in dem man Anspielungen auf die vermeintliche Giftmörderin Livia erkennen konnte; so Zimmermann und mit ihm Hochhuth und Liebs. Hochhuth geht indes noch einen Schritt weiter und schließt aus dem Verlust von Ovids «Medea», dass das Stück, bis auf zwei kleine Bruchstücke, bereits zu Lebzeiten des Dichters vernichtet worden sei (S. 115), und zwar «auf Allerhöchsten Befehl» (S. 124). Meine Studenten prüften die Überlieferungsgeschichte und fanden heraus, dass das Stück am Ende des 1. nachchristlichen Jahrhunderts noch im Umlauf war, wie positive Würdigungen bei Tacitus (dial. 12) und Quintilian (inst. or. X 1,98) belegen. Dass das Stück dann nicht weiter überliefert wurde, ist wahrscheinlich in Senecas gleichnamiger Tragödie begründet, die das Werk des Vorgängers ersetzt hat. Aber denkbar bleibt ja trotzdem, dass «Medea» als Livia-kritisches Stück aufgenommen wurde und Ovid in den Verdacht des Hochverrats gebracht hat. Ein Gegenargument könnte man allerdings in den letzten Versen seiner ‹Metamorphosen› sehen, die wahrscheinlich erst kurz vor dem Verbannungsbefehl geschrieben worden sind, Verse, in denen nicht nur Augustus als Gott angesprochen, sondern auch Livia und Tiberius Reverenz erwiesen wird: Livia ist hier die «heilige Gattin» des Kaisers und Tiberius sein Mitherrscher (XV 836 f.). Wollte der Dichter mit diesen Versen noch in letzter Minute einer drohenden Gefahr vorbeugen?

Selten gab es in meinen althistorischen Seminaren so intensive und kontroverse Diskussionen, die zu immer weiteren Fragen, neuen Befunden, wieder neuen Zweifeln führten. Hochhuths «Demontage der Geschichtsschreibung» gab uns und gibt seinen Lesern die Möglichkeit, mit seinen scharfen Argumenten die antiken Quellen und die modernen Darstellungen in ihrem jeweiligen Zeitbezug und ihrer Voreingenommenheit zu hinterfragen. Seine Thesen sind zugespitzt und bisweilen äußerst polemisch, aber sie bringen einen Schwung in die wissenschaftliche Arbeit, der vorantreibt und zur unumgänglichen Kritik erzieht. Dass diese sich dann auch der Überzeugungskraft des Autors entziehen muss, wenn man am Ende zu wissenschaftlich überzeugenden Urteilen gelangen will, entspricht der von Tacitus geprägten Maxime, als Historiker *sine studio et ira* forschen und schreiben zu sollen, eine Maxime, die aber für einen politischen Autor nicht gelten kann.

Heinrich Schlange-Schöningen, Januar 2012

Gaius Julius Caesar
† 85 v. Chr.
∞ Aurelia († 54 v. Chr.), Tochter des Marcus Aurelius Cotta und der Rutilia

Gaius Julius Caesar
* 100 v. Chr.–† 44 v. Chr.
∞ 1. Cornelia († 71 v. Chr.), Tochter des Consuls L. Cornelius Cinna
2. Pompeia, Enkelin von Sulla
3. Calpurnia, Tochter des L. Calpurnius Piso

(1)
Julia
† 54 v. Chr.
∞ Gn. Pompeius († 48 v. Chr.)

Julia Maior

Enkel L. Pinarius und Q. Pedius

(1)
Octavia Minor
* 69 v. Chr., † 11 v. Chr.

(2)
Gaius Caesar
* 20 v. Chr., † 4 n. Chr.
∞ Livilla († 31 n. Chr.), Tochter der Drusus Maior

Nero Caesar
* 6 n. Chr., † 31 n. Chr.
∞ Julia († 43 n. Chr.), Enkeltochter des Tiberius

Drusus Caesar
* 9 n. Chr., † 33 n. Chr.
∞ Aemilia Lepida Maior († 36 n. Chr.)

Aemilia Lepida Minor
* 3 v. Chr.
∞ Marcus Iunius Silanus († 37/38 n. Chr.)

Marcus Iunius Silanus
* 14 n. Chr., † 54 n. Chr.

Lucius Iunius Silanus Torquatus
† 65 n. Chr.

Decimus Iunius Silanus
† 64 n. Chr.

Stammtafel der Julier

Julia Minor
† 51 v. Chr.
∞ Marcus Atius Balbus († 50 v. Chr.)

Atia
† 43 v. Chr.
∞ 1. Gaius Octavius († 59 v. Chr.)
2. L. Marcius Philippus († nach 43 v. Chr.)

(1)
Gaius Octavius, später Augustus
* 63 v. Chr., † 14 n. Chr.
adoptiert von Gaius Julius Caesar 44 v. Chr.
∞ 1. Claudia, Stieftochter von Marcus Antonius aus 3. Ehe
2. Scribonia
3. Livia Drusilla († 29 n. Chr.)

(2)
Julia Maior
* 39 v. Chr., † 14 n. Chr.
∞ 1. Marcus Claudius Marcellus († 23 v. Chr.)
2. Marcus Agrippa († 12 v. Chr.)
3. Tiberius († 37 n. Chr.)

(2)
Julia Minor
* 19/18 v. Chr., † 28 n. Chr.
∞ L. Aemilius Paullus, Enkel von Scribonia, 2. Frau von Augustus

(2)
Lucius Caesar
* 17 v. Chr.,
† 2 n. Chr.

(2)
Agrippina Maior
* 14 v. Chr., † 33 n. Chr.
∞ Germanicus († 19 n. Chr.), Sohn des Drusus Maior

(2)
Agrippa Postumus
* 12 v. Chr.,
† 14 n. Chr.

Gaius Caligula
* 12 n. Chr., † 41 n. Chr.
∞ 1. Iunia Claudia († 34 n. Chr.), Tochter des Marcus Iunius Silanus
2. Livia Orestilla
3. Lollia Paulina († 49 n. Chr.)
4. Caesonia († 41 n. Chr.)

(4)
Drusilla
† 41 n. Chr.

Drusilla
* 15 n. Chr.,
† 38 n. Chr.
∞ 1. Lucius Cassius Longinus
2. M. Aemilius Lepidus

Agrippina Minor
* 16 n. Chr., † 59 n. Chr.
∞ 1. Gnaeus Domitius Ahenobarbus († 40 n. Chr.)
2. Gnaeus Sallustius Passienus Crispus († 44 n. Chr.)
3. Claudius († 54 n. Chr.)

(1)
L. Domitius Ahenobarbus, der spätere Nero
* 37 n. Chr., † 68 n. Chr.
∞ 1. Octavia († 62 n. Chr.), Tochter des Claudius
2. Poppaea Sabina (* 31 n. Chr., † 65 n. Chr.)
3. Statilia Messalina II.

(2)
Claudia
*/† 63 n. Chr.

Livilla
* 18 n. Chr.,
† 41 n. Chr.
∞ Marcus Vinicius († 46 n. Chr.)

Lucius Iunius Silanus
* 26/27 n. Chr., † 49 n. Chr.
verlobt mit Octavia († 62 n. Chr.); Tochter des Claudius

Iunia Claudia
* 34 n. Chr.
∞ Caligula († 41 n. Chr.)

Iunia Lepida
∞ Gaius Cassius Longinus

Iunia Calvina
∞ Lucius Vitellius

Tiberius Claudius Nero
† 33 n. Chr.
∞ Livia Drusilla (* 58 v. Chr.,
† 29 n. Chr.)

Tiberius
* 42 v. Chr., † 37 n. Chr.
adoptiert von Augustus → Julier
∞ 1. Vipsania Agrippina († 20 n. Chr.), Tochter
von Marcus Agrippa und seiner 1. Frau
C. Attica
2. Julia, Tochter des Augustus

(1)
Drusus Minor
* 18/17 v. Chr.,
† 23 n. Chr.

2.
∞

Livilla
* 11 v. Chr., † 31 n. Chr.
∞ 1. Gaius Caesar
(† 4 n. Chr.), Sohn
der Julia Maior
3. Lucius Aelius
Seianus († 31 n. Chr.)

Julia
* nach 4 n. Chr.,
† 43 n. Chr.
∞ 1. Nero Caesar,
Sohn des Germanicus
2. C. Rubellius Blandus

Germanicus Gemellus
* 19 n. Chr., † 23 n. Chr.

Tiberius Gemellus
* 19 n. Chr., † 37/38 n. Chr.

(2)
Rubellius Plautus
† 62 n. Chr.
∞ Antistia Pollitta
(† 65 n. Chr.),
Tochter von
L. Antistius
Vetus

(1)
Drusus III.
* um 9 n. Chr.,
† 20 n. Chr.

Stammtafel der Claudier

Drusus Maior
* 38 v. Chr., † 9 v. Chr.
∞ Antonia Minor
(† 37 n. Chr.)

Germanicus
* 15 v. Chr., † 19 n. Chr.
adoptiert von Tiberius
→ Julier
∞ Agrippina Maior
(† 33 n. Chr.)

(siehe Stammtafel der Julier)

Julia
* ?, † ?

Claudius
* 10 v. Chr., † 54 n. Chr.
∞ 1. Plautia Urgulanilla
2. Aelia Paetina
3. Valeria Messalina
(† 48 n. Chr.)
4. Agrippina Minor
(† 59 n. Chr.)

(1)
Claudia
* um 24 n. Chr.,
† ?

(2)
Antonia
* um 29/30 n. Chr.,
† 65 n. Chr.
∞ 1. Gn. Pompeius Magnus († 47 n. Chr.)
2. Cornelius Faustus Sulla Minor
(† 62 n. Chr.)

(3)
Octavia (früher: Claudia)
* 39/40 n. Chr., † 62 n. Chr.
∞ L. Domitius Ahenobarbus, der spätere Nero
† 68 n. Chr.)

(3)
Britannicus
* 41 n. Chr.,
† 55 n. Chr.

Rolf Hochhuth, geboren am 1. April 1931 in Eschwege, war Verlagslektor, als er 1959 während eines Rom-Aufenthalts sein erstes Drama «Der Stellvertreter» konzipierte, das, 1963 in Berlin von Erwin Piscator uraufgeführt, weltweites Aufsehen erregte. Hochhuth blickt auf ein umfangreiches dramatisches, essayistisches und lyrisches Werk zurück und wurde mit zahlreichen Preisen geehrt. Er lebt in Berlin.

Heinrich Schlange-Schöningen, geboren am 26. April 1960 in Lüneburg, studierte an der FU Berlin und in Bordeaux, lehrte in Berlin und Dresden und war 2004 Mitglied der School of Historical Studies am Institute for Advanced Study in Princeton. Seit 2006 ist er Professor für Alte Geschichte an der Universität des Saarlandes.

MIX
Papier aus verantwortungsvollen Quellen
FSC
www.fsc.org
FSC® C019821

Das für dieses Buch verwendete FSC®-zertifizierte Papier
Lux Cream liefert Stora Enso, Finnland.